説外伝 1

星を砕く者

田中芳樹

宇宙暦 795 年。ゴールデンバウム朝銀河帝国と自由惑星同盟《フリー・プラネッツ》は，長きに亘り不毛な戦を繰り返していた。二〇歳に満たずして銀河帝国軍中将となったラインハルトは，最愛の姉を皇帝に奪われて以来，親友キルヒアイスとともに現王朝打倒を誓い，多くの敵対者の妨害に遭いながら，時機をまっていた。信頼できる仲間を求める二人のもとに，ある夜，金銀妖瞳《ヘテロクロミア》の青年士官が訪れ助力を請うた。僚友が貴族たちによって囚われ，危機に瀕しているという。そして，後宮で暮らす姉アンネローゼにも陰謀の魔手が迫っていた。正伝を溯ること一年，新帝国の枢軸を担った勇将たちの邂逅を描く外伝第一弾。

銀河英雄伝説外伝 1

星を砕く者

田 中 芳 樹

創元ＳＦ文庫

LEGEND OF THE GALACTIC HEROES : SIDE STORY I

by

Yoshiki Tanaka

1986

目次

登場人物

●銀河帝国

ラインハルト・フォン・ミューゼル……銀河帝国軍中将。一九歳

ジークフリード・キルヒアイス……ラインハルトの副官。少佐

オスカー・フォン・ロイエンタール……金銀妖瞳《ヘテロクロミア》の提督。少将

ウォルフガング・ミッターマイヤー……少将

エルネスト・メックリンガー……准将

カール・ロベルト・シュタインメッツ……ラインハルトの旗艦〝ブリュンヒルト〟の艦長。大佐

アンネローゼ……ラインハルトの姉。グリューネワルト伯爵夫人

ドロテーア……アンネローゼの理解者。シャフハウゼン子爵夫人

マグダレーナ・フォン・ヴェストパーレ……アンネローゼの理解者。男爵家の当主

コルヴィッツ……………………………グリューネワルト伯爵家の執事
クラウス・フォン・リヒテンラーデ……国務尚書。侯爵
ゲルラッハ……………………………リヒテンラーデの腹心。財務尚書。子爵
エーレンベルク………………………軍務尚書。元帥
ミュッケンベルガー…………………宇宙艦隊司令長官。元帥
シュザンナ……………………………アンネローゼの敵対者。ベーネミュンデ侯爵夫人
グレーザー……………………………皇帝の侍医団の一員。医学博士
ブラウンシュヴァイク………………門閥貴族の重鎮。公爵
フレーゲル……………………………ブラウンシュヴァイクの甥。男爵
アンスバッハ…………………………ヴラウンシュヴァイクの忠臣。准将
ウィルヘルム・フォン・クロプシュトック……名門侯爵
フリードリヒ四世……………………第三六代皇帝

●自由惑星同盟

ヤン・ウェンリー……………………准将。二八歳

ロベール・ラップ……………………少佐。士官学校以来のヤンの親友
ダスティ・アッテンボロー…………少佐。ヤンの士官学校の後輩
ロボス……………………………………同盟軍総司令官。元帥
パエッタ………………………………同盟軍第二艦隊司令官。中将
ヨブ・トリューニヒト………………国防委員長

注／肩書き階級等は登場時のものです

銀河英雄伝説外伝1

星を砕く者

……おお、ツァラトゥストラ、汝、智恵の石よ、汝、投石器の石、汝、星を砕く者よ。汝、おのが身をいと高く投げ上げたるなり。されど、投げられし石の、落ちて返らぬことの何処にかある?

……ついには汝自身に返るべく、自ら投げし石にて自らを殺すべく、断罪されたる者なれば、おお、ツァラトゥストラ、汝いと遠く石を投げたるよ。されど、其《そ》は、ついに汝が頭上に落ちて返らんなり。

フリードリヒ・ニーチェ

第一章　第三次ティアマト会戦

Ⅰ

艦隊は白銀の箭《や》の群となって暗黒の虚空を慣性飛行していたが、ティアマト星系外縁部に到達した宙点《ポイント》で前進をやめ、前方に展開する敵軍に対応して布陣した。イゼルローン要塞より六・二光年の距離であった。

帝国暦四八六年、宇宙暦《SE》七九五年の二月。ゴールデンバウム朝銀河帝国は、先年末の大規模な自由惑星同盟軍《フリー・プラネッツ》の攻勢にたいする報復をとなえ、宇宙艦隊司令長官グレゴール・フォン・ミュッケンベルガー元帥を総司令官として、大小三万五四〇〇隻からなる討伐軍を、帝都オーディンより発進せしめた。ひとつには、ときの皇帝フリードリヒ四世の戴冠三〇周年にあたり、その式典を対外的な軍事行動の成功によって飾りたてる必要があったのである。その在位の、近来にない長さにもかかわらず、皇帝は内政面でなんらの治績もあげていなかった。

銀河帝国軍中将ラインハルト・フォン・ミューゼルは、獅子のたてがみを思わせて波うつ黄金の髪を、わずらわしげにかきあげた。

蒼氷色《アイス・ブルー》の瞳は、個室の肉視窓をとおして、偏光修正された星々の海を見つめている。

開祖ルドルフ大帝の即位より四八六年をへたこの年、ラインハルトは一九歳である。二〇歳に満たずして中将の階級をえた者は、過去、ゴールデンバウム皇家の男子以外にない。「臣下が分を侵す、乱の前兆であろう」と眉をひそめる者が多い。皇帝の権威の前に沈黙する者ばかりではなく、嫉妬と憎悪を秩序論の甲冑にくるんで、異例の人事に非をとなえる者も、枚挙にいとまなかった。

一五歳の初陣以来、ラインハルトは幾度となく戦場に立って武勲をかさね、その間、憲兵本部に出向して軍部内の犯罪摘発にあたったときは、幼年学校で生じた連続殺人の捜査に成功したこともある。多彩な才華は、だが、多くの者の偏見をまぬがれえずにいた。

ラインハルトは、秀でた額を黄金の前髪ごと硬質ガラスに押しつけて、広大な夜の深みを実感しようとした。そこには自然と人工の光点が混在して、人間の認識しうるかぎりに広がる無音の諧調《ハーモニー》を構成している。

若者の白い右手が、掌《てのひら》を上にしてせりあがった。一度低めて、ふたたびあげる。子供っぽい動作だった。彼は、〝宇宙を掌の上にのせ〟てみたのだ。銀河系は一〇〇〇億をこす島宇宙のひとつにすぎず、人類の足跡がおよぶのはさらにその数分の一でしかない。そしてラインハルトが支配するのは、八〇〇〇隻にみたない小さな人工物の一群でしかなかった。

「おれにせめて全艦隊の指揮権があればなあ！　そうしたら、こんな無益な会戦でも、かならず完勝してみせるのに……」

　人の気配を、なめらかな頬に感じて、ラインハルトは肩ごしに視線を放ち、すぐにそのするどさをやわらげた。副官のジークフリード・キルヒアイス少佐がひかえめにたたずんでいた。ジークフリード・キルヒアイス少佐は、ラインハルトより二カ月だけ早生まれの、やはり一九歳である。一九〇センチになんなんとする均整のとれた長身には、刀工によってきたえあげられたサーベルの強靭さがあり、くせのある髪は紅玉《ルビー》をとかした水で染めあげたように赤い。

「お邪魔します、ラインハルトさま」

　その呼びかたは、少年のころから、キルヒアイスひとりに許されたものだった。ふたりのあいだでは、その呼びかたが、時すら超越してたがいを結びつけるものと認識されていた。

「そろそろミュッケンベルガー元帥の旗艦で会議がはじまります。ご用意ください」

「ああ、そうだったな」

　忘れていたのではない。忘れたかっただけである。ラインハルトはいまだ他人に呼びつけられればおとなしく出むかざるをえない立場だった。野望の階段は、さらに上方へむかっており、当分はのぼりつづけねばならなかった。

　ラインハルトの野望は、その黄金の髪と同様、あるいはそれ以上に豪奢なものだった。この類を絶した美貌の若者が、ゴールデンバウム朝銀河帝国にとって最大の反逆者となるであろうことを知る者は、ジークフリード・キルヒアイスのほかに存在せず、しかも彼はラインハルトの盟友だった。

　ゴールデンバウム王朝を打倒し、ラインハルトがそれにかわって全宇宙の覇者たること。五世紀にわたるゴールデンバウム王朝の専制支配によって蓄積された社会的不公正をただし、とくに腐敗しきった貴族制度を一掃すること。そのラインハルトの望むところを、キルヒアイスは知っており、理解し、協力して成功させようとしていた。ラインハルトの姉、美しく優しいアンネローゼが、皇帝フリードリヒ四世の後宮につれさられ、彼らの手から奪われて以来、それはふたりの神聖な誓約となったのだ。現在の王朝、現在の社会において、最高権力者の欲望と我執《がしゅう》を抑制する手段が存在しえないのなら、ラインハルトの選択は、王朝を打倒する以外になかった。皇帝に、罪の大きさを自覚させるには、彼を皇帝の座から追放するよりなかった。貴重なものを奪われる苦しみを、そのときはじめて皇帝は知るだろう。

　それにしても、道程は長く、その途中ではさまざまな不本意を甘受《かんじゅ》せねばならなかった。たとえば今回のように、意義のない戦いに生死を賭けるのもその一例である。

「ダゴン星域で無能者のヘルベルト大公が惨敗して以来、幾度、戦いがあったと思う?」

　若者の声はにがにがしい。

「小ぜりあいをふくめて三二九回めだ。一五〇年間に三二九回。よくもあきもせず、くりかえしたものだ」

「結着がつきませんでしたから」

当然のことを言って微笑したのは、ラインハルトの感情の負の部分をうけとめるキルヒアイスのやりかただった。

「同盟軍、いや、叛乱軍の奴らは戦略を知らんのだ。流血をみずしてイゼルローン要塞を無力化する方法があるものを」

奴らに教えてやりたいくらいだ、と、ラインハルトは思う。本気で〝専制王朝を打倒する〟意思があるなら、とるべき手段はいくつでもある。みずからの平和と安全だけが願いなら、逆の方向にも複数の選択がある。にもかかわらず、これが唯一の途《みち》だとばかり、イゼルローン回廊に攻めこんでは敗退をくりかえす同盟軍だった。ラインハルトとしては、あきれずにいられない。

「なぜ愚劣にもイゼルローンに拘泥《こうでい》する。要塞があれば正面から戦って陥《おと》さねばならぬと信じこんでいる。硬直のきわみだ」

「だからこそ帝国にとっては要塞を建設した意義がありましょう」

「ちがいないな」

苦笑してラインハルトは赤毛の友の見解をうけいれた。

「それにしても、そろそろお時間です。シャトルの用意はすでにととのっておりますが」

キルヒアイスはかさねて金髪の友に乗艦からの出立をうながした。

「出たくない」

不機嫌にラインハルトは言う。不可能を承知のわがままである。

出席したところで、発言を許されることはすくなく、発言が採用されることは皆無であろう。幾度もの経験が彼にそう教える。無視や悪意にいちいち傷つくほどラインハルトは心弱くはないが、不毛な時間を孤独のうちにすごさねばならぬ身は快適な環境にあるとは言いがたい。だが、いまだラインハルトは覇者ではなく、多くの者にひざを屈せねばならぬ身であった。

「おれが出席すれば、参列者の平均年齢がさがる。それだけがまあとりえだな……」


帝国宇宙艦隊司令長官グレゴール・フォン・ミュッケンベルガー元帥は、半白の眉と半白の頬ひげに特徴のある五〇代なかばの男で、堂々たる体躯と、非の打ちどころのない正しい姿勢の所有者である。皇帝フリードリヒ四世の観兵式にしたがうときなど、威風は皇帝ではなくこの臣下から発しているようにすらみえた。

「ミュッケンベルガーを見ろ、堂々たるものだ」

と、あるときラインハルトはキルヒアイスに言ったものだ。もっとも、賞賛するだけでは終わらなかった。

「……ただし、堂々たるだけだ」

シャトルに搭乗して旗艦に参集した提督たちを前に、ミュッケンベルガーはまず皇帝の肖像画に敬礼し、各艦隊の配置をさだめたのち、「敵の降伏を認めず、完全に撃滅し、もって皇帝陛下の栄誉を知らしむること」を告げた。これが作戦会議のはじまりであった。

ラインハルトは心から問いたかった。この会戦の目的はなんなのか。どのような戦略上の課題を満足させるために、数万隻の艦隊をうごかし、数百万人の兵士を死地に立たせ、膨大な物質とエネルギーを消費するのか。その根本から目をそらし、課題を戦術レベルに限定してもっともらしく討議したところで、なんの益があろう。かわされる会話のひとつとして、彼の感銘を呼ぶものはない。

こいつらは戦争ごっこをやっているだけなのだ、と、ラインハルトは思わずにいられない。〝自由惑星同盟《フリー・プラネッツ》〟などと称する叛乱軍の輩《やから》と、似あいの好敵手と言うべきだ。帝国内での抗争に敗れて同盟に亡命した人々の数を思うと、同席の提督たちは、将来の亡命地を失うことがないよう配慮しているのではないか、とさえ思われる。いや、これは過大評価であろう。貧しい能力のすべてをあげて、このていどなのだ……。

不意に元帥の声がおもおもしくひびいた。

「ミューゼル中将、卿《けい》の思うところは如何《いかん》?」

数十の視線が無形の矢となって、若者の面上に射こまれた。公正であるべきことをみずからにかした幾本かをのぞけば、ことごとく敵意と嘲笑の精神波をともなっている。むろんそれは不快な感覚の潮流となってラインハルトの神経網にうちよせてくるが、それ以上に不思議でならないのは、二〇歳にもみたぬ若者ひとりにむきだしの負の感情を集中させておいて、自分を愚かしく思わずにいられるという、自己客観視の欠落である。

ミュッケンベルガー元帥の指名の意図は、かならずしもあきらかではなかった。たんに形式かもしれず、なにか奇異なことを言ったら嘲弄してやろうと思っているかもしれない。率直な意見など望んでいないことだけは確実だった。ラインハルトの才能に一定の評価をあたえているなら、邪魔者あつかいして最後方にひかえさせたりはしないだろう。

本来の気質に反することだが、ラインハルトはうやうやしさでおぎなった。

「意見と申されましても、とくにありません。ラインハルトは凡庸をよそおった。元帥閣下のご遠謀は、私ごとき弱輩の考えおよぶところではございません」

誠意の欠落を、ラインハルトはうやうやしさでおぎなった。彼はその美貌、とくに笑顔を売ったことは一度もなかったが、礼儀作法は必要に応じて売った。そんなものは軽蔑に値する存在であり、売ったところで心が傷《いた》むはずもない。

ラインハルトの、水晶を透過して初夏の陽光がきらめきわたるような笑顔を見る特権は、姉アンネローゼのほかには、キルヒアイスひとりに許されるだけだった。

ミュッケンベルガーはうなずいた。美貌の若者に追従されることは不快ではなかった。

「では、ほかに意見もないようだし、戦勝の前祝いとしてシャンペンをあけ、陛下の栄光と帝国の隆盛を、卿《けい》らとともに祈ることとしよう」

拍手と歓声があがり、やがて提督たちはシャンペングラスのかがやきを右手に高々とかかげた。

なすべきことをなしてもいないのに勝利を確信しうるという精神構造は、ラインハルトの理解を絶している。表情にも動作にもそれをあらわしはしなかったが、視界のすべてが無彩色に変じたような違和感のなかで、彼は他の提督たちに和した。

「皇帝陛下のために……！」

Ⅱ

帝国軍と八〇光秒の距離をおいて、自由惑星同盟軍《フリー・プラネッツ》は三万三九〇〇隻の陣容を展開している。第五、第九、第一一の三個艦隊がその戦力の構成内容であるが、総司令官ロボス元帥は、戦場全体を大局的に見るためと称して、さらに一五〇光秒の後方からうごこうとしない。ひとつには、政府国防委員会が、さらに二個艦隊の動員を約束しながらその実施がいちじるしく遅れ、全陣容が完備していないからでもあった。

自由惑星同盟軍第五艦隊司令官アレクサンドル・ビュコック中将は、ラインハルトの三倍半におよぶ人生と、一三倍におよぶ戦場経験を有している。士官学校の卒業生ではなく、一兵士から提督にまで、実績をつみかさねて栄達した老将であり、「老練という表現を、ビュコック提督以外に使うな」となかば本気で言われるほど、その用兵手腕は充実しており、兵士間の人気からいえば、士官学校出身のエリートたちよりはるかに高い。統合作戦本部長のシドニー・シトレ元帥も、新任士官のころ実戦の機微を教えてくれたこの年長者に、つねに敬意をはらっていた。

総司令官ロボス元帥が後方にいる以上、前線においてはビュコックが先任として指揮を総括すべき立場である。第九艦隊司令官ウランフ中将はそれを了解していたが、いまひとり、第一一艦隊司令官ウィレム・ホーランド中将がそれに不服なのだった。

ホーランドは三二歳で、昨年末のイゼルローン要塞攻撃に際しての機敏な戦闘指揮によって中将に昇進し、艦隊司令官職についたばかりである。けっきょくのところ攻撃は六度めの壮大な失敗を演じ、帝国軍の表現によれば、〝イゼルローン回廊は叛徒どもの死屍によって舗装された〟のだが、個々の戦闘においてはいくつかの勝利をえて自尊心の最後の一割を救った。その一例が、要塞から出撃した敵艦隊を撃破したホーランドの奔放な用兵である。実績はたしかにあるのだが、ビュコックのみるところ、ホーランドの自信は実績の一〇倍ほども巨大だった。

「わが艦隊の行動について、無用な掣肘《せいちゅう》をしていただきたくないのです」

と、ホーランドは戦闘開始に先だって老提督に言ってのけた。

「無理に他艦隊との連係をもとめれば、わが艦隊の長所を殺し、敵軍を益するのみ。戦略上の選択をみずからせばめることとなりましょう」

相手が戦略と戦術を混同しているように、老提督には思えた。

「吾々《われわれ》には最初から戦略レベルでの選択の余地はないのだ。敵が攻めてくる。吾々は防ぐ。ダゴン星域会戦がそうだったように、決戦場を有利に選定するのがせいぜいだ」

「防ぐだけで閣下はご満足なのですか」

「貴官はそうは思わんのかね」

「当然です。来寇《らいこう》する敵をいくら追いはらっても、専制政治の源泉が存在するかぎり、脅威は永遠につづきます。戦いを永久に終わらせるには、悪の総本山たるオーディンを長駆攻略し帝国を滅亡させる、これあるのみです」

ビュコックは頭をふった。

「だが、吾々にはイゼルローン要塞を攻略する力すらないではないか。まして一万光年を遠征して帝国の中枢部を侵《おか》すなど、とうていかなわぬことだ」

「いままではそうでした」

その返答は、ホーランドがみずからを帝国本土侵攻軍の総司令官に擬《ぎ》していることを、雄弁に証明していた。

「小官はビュコック閣下の経験と実績を尊敬しております。過去の経験と実績を……」

嘲弄をふくむその口調に怒気を発しかけたのは、老提督ではなく副官のファイフェル少佐だったが、中将を相手に激発するわけにいかず、背中でくんだ両手を強くにぎりあわせただけである。

通信画像が消えさると、ファイフェル少佐はうなり声をあげた。

「閣下、僭越《せんえつ》ですが、ホーランド提督があも作戦に自信がおありなら、わが隊は観客たるに徹してはいかがでしょうか」

「作戦というものは実行するより早く失敗はしないものだ」

老提督は片手であごをつまんだ。

「わしの過去の経験によればね……」

同日一六時、両軍は一〇・八光秒の距離に接近した。暗黙の了解のうちに、〝戦争ごっこ〟が開始される距離に達したのだ。

「撃て！」の叫びは、どちらが早く発しただろう。

数千の光束が宙空を引き裂いた。

のちに〝第三次ティアマト会戦〟と呼ばれる戦いがはじまったのだ。

灼熱した色彩の渦が、黒鉛の円盤を背景に、わきおこっては弾《はじ》けちり、そのつど四散するエネルギーの残滓《ざんし》が乱流となって艦艇を揺動させる。

戦艦タンホイザー艦橋の指揮シートに優美な長身をしずめて、ラインハルトはスクリーンに視線を投じ、前方で展開される光と熱の乱舞に見いった。独創のかけらもない陣形から、独創のかけらもない戦闘が生みだされつつあるように見えた。

視線の角度を変えると、赤毛の友の、やや心配そうな視線にぶつかった。

「気にするな、キルヒアイス、他人の戦いを後ろから見るのも一興だ」

ラインハルトは笑ってみせた。

「心のもちようひとつで、人間は幸福にも不幸にもなれる」

などという安っぽい道徳販売業者のたわごとをラインハルトは軽蔑していたが、今度の場合、後背にひかえさせられたことは、最前列に押しだされるより望ましいことのように思われた。

ミュッケンベルガー元帥らの意図は、ラインハルトに武勲をたてさせぬ点にあることうたがいないが、逆に言えば戦力を温存することになる。元帥の意図はべつとして、ラインハルトの艦隊が決戦時投入の貴重な最終戦力となりうるのだ。そのためには、同盟軍があるていど善戦して帝国軍を苦しめてくれねばならない。そうなれば、この会戦に戦略的意義などないにせよ、ラインハルトにとって政略的な意味は有することになろう。いちじるしい武勲をたてれば、大将への昇進がかなうし、中将より大将のほうが目標にちかくなるのは当然のことだった。

蒼氷色《アイス・ブルー》の瞳に映る光芒《こうぼう》の炸裂は、いよいよ熾烈《しれつ》さをましつつある。

いかに愚劣であれ、戦いそれじたいにむかうと、ラインハルトの体内では血液の温度が上昇し、白皙《はくせき》の皮膚の下で加熱された細胞がリズミカルに踊りだす。彼の魂を構成する主要な元素のひとつに、灼熱した戦士のそれがあって、ときとして湧きおこる雷雲のように、遠い野望の地平を隠してしまうのだ。

理性との矛盾を承知のうえで、ラインハルトは戦闘の渦中に身をおきたくなった。そしていらだたしさをも同時に感じる。ラインハルトを後方にしりぞけ、みずからが武勲を独占しうる境遇にありながら、その機会を十全に生かしているとはとうてい考えられない味方にたいして。

同盟軍、正確にはホーランドの第一一艦隊は他の味方を無視して前方に躍りだし、大胆にも直線攻撃をかけてくるかにみえた。

「火力を集中せよ!」

ミュッケンベルガー元帥がおもおもしく命じる。

命令はただちに実行され、輻輳《ふくそう》する光条が宇宙の一角を煮えたぎらせる。だが、同盟軍のうごきは、帝国軍の予測をこえる速度と方向性をもっていた。帝国軍の砲火は、密度の薄い同盟軍の艦列をつらぬき、効果的な損害をあたええぬまま宙空の涯《はて》へ吸いこまれる。そして無秩序にすら見える同盟軍の砲火は、密集した帝国軍の各処につぎつぎと穴をあけていった。

燃えたぎるエネルギーの斬撃《ざんげき》をくぐって、同盟軍は帝国軍の咽喉《のど》もとに襲いかかり、頸動脈をかみ裂くように短距離砲撃システムの全火力をたたきつける。光の蛇は、敵艦の外壁をつらぬいた瞬間、光の竜に再生し、八方に舌を伸ばしてのたうった。

帝国軍の通信システムは妨害と混乱のなかで回避と散開を呼号《こごう》していたが、それは混乱を再生産し、狼狽《ろうばい》をまねくだけだった。敵に手玉にとられている印象があった。

ラインハルトは、クリスタルの酒杯のなかで氷塊がぶつかりあうような笑い声で、短く空気を波だてた。

「敵将が誰かは知らぬが、理論を無視することが奇策と思っているような低能らしいな。それにかきまわされている奴らも情ないかぎりだが……」

赤毛の若者はうなずいた。

「おっしゃるとおりです。ただ、あの艦隊運動はみごとですね。芸術的なほどです」

「芸術とは非生産的なものだな。動線の無秩序さを見るがいい。エネルギーを浪費するためにうごきまわっているようだ」

独創的ではあるが、それはラインハルトの希求するものとことなっていた。彼はあらたな理論を確立したいのであって、表面だけの奇計で敵をごまかすようなまねをしたいとは思わない。

「敵ながらみごとな用兵ですな」

第三の声が論評した。ラインハルトはふりむかなかった。声の主はわかっている。彼につけられた参謀長ノルデン少将である。

ノルデン少将は、軍隊もまた肥大した官僚機構の一部にすぎないという事実を、つねにラインハルトに再確認させる存在であった。彼がラインハルトの参謀長という職にあるのは、軍務省人事局の指示によるものであって、若すぎる美貌の上官にたいする彼の忠誠心は、義務の範囲から一ミリも飛びだしてはいなかった。彼は子爵家の長男で、内務省次官をつとめていた父親が七〇歳に達すれば、家督《かとく》をつぐ身だった。彼自身はまだ三〇代前半で、若くして栄達した身を誇っていた。それもラインハルトの前では色あせてしまい、彼としては若すぎる上官に好意的ではいられなかった。この場合、軍務省が彼をラインハルトの下に配したのは、双方にたいして悪意をいだいたからではなく、たんに配慮の不足からであった。

ラインハルトの不快げな沈黙を無視して、ノルデンはなおも舌を回転させている。

「敵将の用兵は、既成の戦術理論をこえております。一定の戦闘隊形をとらず、さながらアメーバのように自在に四方にうごきまわり、意表をついて痛撃をくわえてきます。なかなか非凡と言わざるをえません」

その見解はむろん上官のそれとことなる。

「下には下がある。無能者どもが」

ラインハルトの舌端《ぜったん》が、味方にたいする罵声《ばせい》をはきだした。蒼氷色《アイス・ブルー》の瞳に怒気の極光《オーロラ》がゆらめく。なかばは参謀長にむけたものだが、むけられた当人は気づいていない。

「思いもかけぬところを痛撃されたからといって、なにほどのことがある!?　中枢部を直撃されたわけではないぞ」

同盟軍は柔軟にうごきまわって帝国軍に出血をしいているが、帝国軍のすべてを殺しつくすことができるはずもない。あんな戦術は、敵の後方に味方の大部隊がいる場合のみ陽動として有効なのだ。

「無能とおっしゃいますが、彼らは帝国軍人として勇敢に戦い、その本分をつくしています。ひるがえってわが艦隊は、味方の苦戦を傍観していますが、閣下のお考えは？」

ラインハルトの瞳に蒼氷色の雷光がひらめいたが、一瞬の激情をおさえて、彼は凡庸な参謀長に説明した。

「敵軍のうごきを見るに、速度と躍動性にはすぐれているが、他部隊との連係を欠き、また補給線の伸長を無視しているのがあきらかだ。つまりその意図は極端な短期決戦であって、用兵の基本を無視したうごきにより、わが軍の混乱をさそい、それにつけこんで出血を増大せしむるにある。だとすれば、わが軍は無用な交戦をさけ、敵が前進すれば同距離を後退し、敵が物心両面のエネルギーを費《つか》いはたした時点で反攻にうつるべきだ。ゆえに現時点では応戦する必要はない」

「では、いつ応戦なさるのです」

「敵が攻勢の終末点に達したときだ」

「ほう、いつのことです。一年後ですか、それとも一〇〇年後ですかな」

ラインハルトは激発してもよかった。だが彼は肩をわずかに上下させ、片手をふって参謀長を去らせるにとどめた。

豪奢な黄金色の頭髪を波うたせ、ラインハルトは吐息した。彼は赤毛の友に視線を投げ、少年の口調でうったえた。

「キルヒアイス、キルヒアイス、おれをほめてくれ。まったく、この二週間、おれはよくがまんしている！　一生の忍耐力をここで費いはたしてしまいそうだ」

「いますこしのご辛抱です」

キルヒアイスは優しく金髪の友の苦衷《くちゆう》をうけとめた。

「ラインハルトさまのお手で彼我《ひが》の形勢が逆転すれば、いずれが正しかったか、どんな愚か者にもわかります。そのとき、思いきり勝ち誇っておやりなさい」

金髪の若者はふたたび吐息したが、キルヒアイスを見る瞳は明るさを回復していた。急に人の悪い笑いをひらめかせて彼は言った。

「そうしよう。だが、キルヒアイス、いざおれが勝ち誇ると、お前は言うのさ。彼らは自分たちの誤りを知って恥じているのだから赦しておあげください、とな」

彼はかたちのいい白い指を伸ばすと、友の赤い髪をそれにからめた。

「お前は優しい。だけど言っておく。お前は姉上とおれにだけ優しければいいんだ。ほかの奴にそんな態度をとってやる必要はないんだぞ」

冗談とも本気ともとれる瞳の色だった。

Ⅲ

「帝国軍の一部が、戦わずして後退しつつある。わが軍の勝利は目前にあり」

楽観にみちたその報告は、老提督の白い眉をひそめさせた。敵の後退が真実のものか罠であるか、即断するのは困難だった。すべては相対性の裡《うち》にある。ホーランドが無謀でも敵がより弱いなら勝利は同盟軍に帰する。考えこむ老提督のもとへ、そのときべつの通信がはいった。

「ビュコック提督、ホーランドのはねあがりを制止するのに協力していただきたい。奴は旧《ふる》い戦術を無視することは知っていても、だからとてあらたな戦術を構築しうるとは思えません」

「だが、ウランフ提督、いまのところ彼は順調に勝ちつづけているようだ。あるいは、コールド・ゲームで勝ってしまうかもしれん」

「いまのところ、というやつがいつまでもつづけばよいが、限界は目前にせまっていますぞ。帝国軍にほんのすこし遠くが見える指揮官がいれば、混乱の渦中から身をひいて、逆撃の機会をねらっているはず。このさい憎まれても彼を制止して後退させねば、吾々も道づれにされかねません」

ウランフは名のみで姓をもたない。かつて人類世界の半分を支配した剽悍《ひょうかん》な遊牧騎馬民族の末裔《まつえい》である。身長はさほど高くない——かろうじて長身と称しうるかどうかというところだが、巨人的な印象をあたえるのは、肩幅の広さと胸の厚さによるものであったろうか。浅黒い顔とするどくかがやく黒い目をした四〇代前半の人物で、勇将として令名が高い。

「ホーランドはみずからをもって、ブルース・アッシュビー提督の再来と目《もく》しておるそうです」

半世紀前に戦死をとげた彼らの先達の名をウランフはあげた。ビュコックはうなずいた。そのことは知っている。ホーランドが中将となったのはアッシュビーと同じ三二歳のときで、過去のもっとも名誉ある例に思いをいたせば、野心のかがやきも彩りをいやますというものだった。

「三五歳までに元帥になれれば、彼はアッシュビーをしのぐわけじゃな。だが、貴官の言うように、帝国軍にも遠くが見える者がおるようだぞ。一部の艦隊が戦わずして後退しておるそうだ」

「逃亡でも潰走《かいそう》でもなく、後退ですな」

「なるほど、貴官も気づいたか」

「気づきますとも。気づかんのはホーランドのお調子者ぐらいでしょう。前進と勝利、後退と敗北、それぞれの区別もつかん奴だ」

ウランフは音高く舌打ちした。

「あんな非常識な艦隊運動が、いつまでもつづくはずはない。限界点に達する時間が早くなるだけだ。もし、その帝国軍の指揮官に充分な戦力があったら、ホーランドを縦深陣《じゅうしん》のなかに引きずりこんで袋だたきにするでしょうな。奴はそのことに気づかないのか」

ビュコックはあごをなで、考え深い表情を通信スクリーンにむけた。

「勝っているときに、あるいは自分でそう信じているときに後退するのは、女にふられたときに身をひくよりむずかしいだろうと思うよ、ウランフ提督」

老提督の比喩は僚将を苦笑とともに納得させた。このうえは、彼らとしては、第一一艦隊の敗滅が全軍の崩壊に直結せぬよう努力する以外に途《みち》がなかった。


「敵が接近してきます」

そう告げられたラインハルトは、思わず参謀長の横顔に視線を走らせた。こいつは上官を盲目だとでも思っているのか。それとも、敵とは後退するものだと定義しているのか。

「対処しないのですか、司令官」

その言いかたがラインハルトを刺激したが、

「閣下、いますこし艦列を前方に出して応戦いたしますか?」

キルヒアイスが言ったので、参謀長にむかいかけたラインハルトの怒気はそれで流れさった。

「……いや、まだ早い。さらに後退せよ」

なぜキルヒアイスが彼の意にそむくような進言をことさらにしたのか、一瞬でラインハルトは理解した。自分にむかって言え、と、赤毛の友は言っているのだ。

通常、ノルデンの前ではキルヒアイスはラインハルトに指名されないかぎり口を開こうとしない。彼が差出口をたたけば、「ミューゼル提督は副官を甘やかし増長させている。公私混同は上に立つ者として資格にかける」などと、ラインハルトにたいする人身攻撃の口実に使われるであろう。キルヒアイスはそれを用心せずにいられなかった。ラインハルトに呼びかけるときも〝閣下〟というかた苦しい敬称をあえて使うようにして細心さを忘れなかった。

「キルヒアイス少佐、あせる必要はない。いま一歩で敵の攻勢は限界に達する。攻勢をかけるのはその瞬間だ。さっきも言ったろう、おぼえておけ」

「はい、閣下、出すぎたことを申しました」

ラインハルトはノルデンを何気なさそうに見やって内心で舌打ちした。参謀長は、ふたりの会話にまるで感銘をうけず、かすかに動揺の色をたたえてスクリーンを見つめているのだ。

キルヒアイスの配慮は空転してしまっていた。

一六時四〇分から一九時二〇分までのあいだ、戦況は同盟軍有利のうちに推移していた。しかもその果実は、ほとんど第一一艦隊の非常識的なまでに積極果敢な行動によって収穫されたもので、当然ながらホーランドの自尊心は膨張の一途をたどり、もはや最終的な勝利を既定のものとしていた。のちにビュコックが評した〝擬似天才〟は、このとき高揚の絶頂にある。

「前方に敵影すくなし。いまは前進して敵を分断、完全に撃滅せん」

それをうけたウランフの返信はそっけない。

「戦果は充分。深追いせず後退されたし」

ビュコックも、敵の総反攻をまねくよりさきに、余力のあるうちに後退して全軍の秩序をととのえるよう勧告した。

「先覚者はつねに理解されぬもの。もはや一時の不和、非協力は論ずるにたらず。永遠なる価値をもとめて小官は前進し、未来に知己をもとめん」

それを聞いて、ビュコック中将は白い眉を急角度にはねあげた。ホーランドの返答は自己陶酔のきわみと言うべきであり、その精神は民主共和制における軍人のものではなく、中世騎士のものであった。戦闘は個人の武名をあげるために存在するのではない。それは軍人として以前の認識ではないのか。

「なるほど、先覚者はかならず狂人よばわりされるものだ。だが、狂人がすべて先覚者ではないからな」

痛烈きわまる皮肉を口にすると、老提督は副官ファイフェル少佐に命じた。

「いま一度、後退勧告をだせ。もし後退を拒否すれば抗命罪をもって軍法会議に告発する、と……」

だが妨害波によって通信が混乱するあいだに、ホーランドはさらに艦隊を前進させ、〝先覚者的戦術〟によって帝国軍のあいだを荒れ狂っていた。素人《しろうと》の目には華麗そのものの用兵に映るだろう。これにたいし、帝国軍の惨状は、むしろ醜態というにちかかった。一方的に野獣に追いまわされる臆病な家畜の群。

「なにをしているのか、いったい！」

またしても怒りと失望の叫びが、ラインハルトの端麗な唇を衝《つ》いてでた。同盟軍の無秩序な躍動にたいして、帝国軍のつきあいのなんとよいことであろう。同盟軍が踊りたければ、暗黒のステージで勝手に踊らせておけばよいではないか。なぜ相手とおなじステップを無理にふんでみずから足をもつれさせる必要があるのか。

低能ぞろいだ。もっとも、だからこそラインハルトの才華がひきたつというものではあるが、すこしは役にたちそうな人物がいなければ、今後の野心の展開に支障をきたす。彼が総帥、キルヒアイスが副総帥――そのほかに幾人も行政官僚や艦隊指揮官が必要なのだ。脳が歩くわけにはいかない。心臓が物をつかむことはかなわない。手や足が必要なのだ。この会戦は自分の力で勝つ。ラインハルトには成算がある。だが人材収集の面では期待できそうになかった。

待つこと、耐えることは本来ラインハルトの属性にはなかったが、自己抑制を知らぬ大貴族の子弟たちとことなり、ラインハルトはその必要性を学んでいた。まったく、どれほど彼らの悪辣《あくらつ》な虐《い》めや冷笑に耐えてきたことか。殺してもいいところを半殺しですませてやった思い出が、あちこちのポケットにいくらでもしまってある。

だが、今回、そろそろ耐える必要はなくなりそうであった。スクリーンで戦闘状況を見つめ、コンピューターに計測させた結果、ラインハルトは反撃の時機を至近の未来に見いだした。

彼がキルヒアイスを見やり、無言のうちにその意図を理解したキルヒアイスと、手ばやく反攻手段について話しあっていると、ノルデン参謀長がやや落ちつきを欠いた声を投げてきた。

「司令官閣下、もはや大勢は決したように思われます。損害をこうむらぬうちに退却なさるべきでしょう」

ラインハルトは屹《きつ》となった。これまで耐えてきた怒りの内圧が臨界に達し、優美な外見がひび割れをはじめたようであった。

「敵の攻勢は終末点にちかづいている。無限の運動などありえぬ。終末点に達したその瞬間に、敵中枢に火力を集中させれば、砂上の勝利は一撃に潰《つい》えさる。なぜ逃げねばならぬ」

「それは机上のご思案、そのようなものにとらわれず後退なさい」

こいつはいままでなにを聞いていたのだ！　ラインハルトは体内でなにかがはじける音を聴いた。彼は優美な長身を風の速さでおこし、不敏な参謀長に一喝をたたきつけた。

「だまれ！　臆病者が、味方の敗北を口にするすら許しがたくあるのに、そのうえ、司令官の指揮権にまで口をさしはさむか！」

はじめての怒声は指向性にとみ、参謀長の肺腑《はいふ》を一線につらぬいた。貴族出身の青年士官はよろめき、衝撃と恐怖の表情で、自分よりさらに若い士官を見やった。蒼氷色《アイス・ブルー》の瞳は、正視しがたいほど勁烈《けいれつ》な光をノルデンにあびせかけ、参謀長は、軽視しつづけてきた美しい猫が、じつはうずくまった虎であることをはじめて悟った。反駁《はんばく》の声もなく立ちすくむ。

「麾《き》下《か》全艦隊、短距離砲戦を準備せよ。命令がありしだい斉射するのだ」

もはや参謀長に一顧すらあたえず、ラインハルトは命令し、キルヒアイスがそれを伝達する。このとき第三次ティアマト会戦は、歴史的にひとつの意義を確立した。ラインハルトが独立した艦隊の指揮官として、会戦全体の勝敗を決する立場に立ったのである。

暴風の破壊力をほしいままに、戦局をリードしつづけてきた同盟軍第一一艦隊のうごきが一瞬とまっていた。アメーバの触手は伸びるのをやめた。伸びつづけることが不可能になったのだ。攻撃の終末点、拡大と収斂《しゅうれん》のあいだに横たわる極小の狭間《はざま》で同盟軍は凍結していた。それがとけようとしたせつな、

「全艦、主砲、斉射三連！」

ラインハルトの指令が通信回路を走った。

宇宙全体が白光につつまれた。

Ⅳ

煮えたぎるエネルギーの濁流が虚空に渦まき、灼熱した闇が巨大な掌で艦艇を押しつぶそうとする。艦体の外には無限大の沈黙があって、炸裂する光芒を恐怖の額縁でかざりたてた。ホーランドの完勝の自負は、旗艦もろとも撃ちくだかれ、金属と非金属の塵とともに四散した。自己の敗北を理解するだけの時間が、彼にあたえられただろうか。

同盟軍は勝利の空から敗北の深淵へ直落下した。理論と原則を無視して躍り狂った第一一艦隊は、エネルギーという糸が切れたとたん、地に墜《お》ちた凧《たこ》とならざるをえなかった。邪道をきわめようとして、それすらはたしえなかったのだ。

二度目の三連斉射が虚空をえぐった。とどめと言うべきだった。

同盟軍の指揮官は四時間にわたって戦場を駆けまわり、戦局を支配し、無数の砲撃を敵にあびせた。

これにたいしてラインハルトは、三分間に三連斉射を二度おこなっただけで、同盟軍指揮官を乗艦もろとも宇宙の塵と化せしめ、同盟軍を烏合の衆に変えてしまったのである。より長い時間を勝ちつづけ、より広い空間を勝者としてうごきまわり、より多く敵兵を殺した点で、同盟軍指揮官はラインハルトを凌駕《りょうが》していたであろう。だが、その〝奮戦〟がエネルギーの浪費であり、軍事行動を支える物資が無限であるとの錯覚にもとづく、一見はでなだけのひとりダンスにすぎぬことを、ラインハルトは正確に洞察していた。彼は最後に勝った。最初から勝ちつづける必要などないのだ。

生き残った同盟軍は、恐慌《パニック》と惑乱に挟撃されながら、艦首をひるがえして逃走にうつっていた。「見たか」とラインハルトは独語した。味方にたいして言ったのだった。追撃を命じようとしてキルヒアイスを見やった彼は、視線をうけとめられ、命令の声をのみこんだ。

「追撃してはならぬというのか、キルヒアイス、どうしてだ？」

優美な眉の端を心もちあげた表情で、ラインハルトはただした。

「敗残兵の追撃に、ラインハルトさまのお手をわずらわす必要はないと思います。ただ、それだけのことです」

「……なるほど、ただそれだけのことだな、わかった」

ラインハルトは笑って、キルヒアイスの言わんとするところを了解した。ラインハルトはすでに彼我の形勢を一撃で逆転させるという功績を立てた。帝国軍の勝利は決し、会戦終了後、ラインハルトが勲功第一と認められることは確実である。であれば、敗走する敵を追って殺戮と破壊の量だけを誇るたぐいの武勲など、ほかの提督にわけてやってもよい。ここで残敵掃討の功まで独占しては、ほかの提督たちの嫉妬と憎悪を買うだけである。それでなくてさえ、

〝生意気な金髪の孺子《こぞう》〟などと呼ばれ、不本意な雌伏《しふく》をしいられてきたのだ。今後は多少やりやすくなるだろうが。

この譲歩は、ラインハルトの自尊心を傷つけるものではなかったし、またそれだからこそキルヒアイスも進言したのだった。ラインハルトの自尊心は、キルヒアイスにとって、彼自身のものと同等以上に貴重な存在だったからである。

「では僚軍の勇戦ぶりを、ここから見物するとしようか」

ラインハルトは指揮シートにすわりなおし、長い脚を高々とくんだ。司令官のためにコーヒーを運ぶよう従卒に命じて、キルヒアイスは参謀長の姿に視線を走らせた。ノルデン少将は、ひとたび失った顔色を完全に回復しえないまま、硬化した表情をスクリーンに固定させている。凡庸な精神にくわわった衝撃の巨大さを思って、キルヒアイスは気の毒にも感じたが、〝あの人はラインハルトさまのお役にはたたない〟との判断をたしかなものにした。

いっぽう、同盟軍は全軍潰乱の危機を、ビュコックとウランフの再反攻によって回避していた。

「撃て!」

命令とともに虚空に出現した光の壁は、突進する帝国軍を正面から突きのけた。帝国軍は隊形をくずし、光と熱のシャワーのなかに立ちすくんだが、ふたたび前進して同盟軍を追いつめにかかる。ビュコックとウランフは、巧妙に連係して、逃げもどってきた第一一艦隊の残存兵力をかばいながら後退していく。数度にわたる帝国軍の突進は、そのつど柔軟でくずれをみせない防御網にあってくいとめられ、致命的な損害をあたえぬまま、ついに追撃を断念せざるをえなかった。

「同盟軍にも、できる奴はいるな」

ラインハルトはつぶやいた。彼が全艦隊の指揮権をにぎっていたら、敵将の名をたずね、善戦をたたえたことだろう。キルヒアイスが彼に微笑をむけた。

「さしあたり運命はラインハルトさまに媚《こび》を売ったようですね」

「運命？　運命などに、おれの人生を左右されてたまるか。おれは自分の長所によって成功し、自分の短所によって滅亡するだろう。すべて、おれの器量の範囲内だ。おれと、そしてお前が協力すれば、運命などに干渉させないさ」

「ごりっぱでいらっしゃいます」

「そうありたいのだがな……」

ラインハルトはみずからの気負いを笑いとばすように表情の緊張をくずし、額に落ちかかる黄金の前髪を白い指先ではねあげた。

同盟軍は艦列をたてなおし、本国へと帰還していった。他の二艦隊はともかく、第一一艦隊は完全に敗残の列であり、再建の苦労が思いやられる。責任者ホーランドは戦死によって処罰をまぬがれた。同盟軍は未来の帝国本土侵攻部隊総司令官を失ったわけである。ビュコックもウランフも、全軍潰走はくいとめたものの、ホーランドの暴走を制止しえなかった悔いは心ににがい澱《おり》となって沈んでいる。

「ウィレム・ホーランドも英雄になりそこねたようですな」

ウランフが多少の感慨をこめて通信スクリーン画面から語りかけた。

「英雄か……」

肩をすくめる調子が老人の声にある。

「そう言えば、知っとるかね、ウランフ提督、英雄とやらいう存在について、おもしろいことを言った者がいるそうだ」

「ほう?」

「英雄など、酒場に行けばいくらでもいる。その反対に、歯医者の治療台にはひとりもいない。まあそのていどのものだろう、というのさ」

「なるほどね、反論の余地がなさそうですな。そのたくみな批評家はいったい誰です?」

「シトレ元帥が士官学校の校長をなさっていた当時の教え子だそうだ。名は……」

幾度か聞いた名だったが、敗軍をまとめて帰る責任の大きさに気をとられて、ビュコックはそのとき思い出せなかった。〝ヤン〟という簡単な姓を思い出したのは帰国直後のことである。

こうして、〝第三次ティアマト会戦〟は、帝国軍、同盟軍、双方にとって不本意なかたちで閉幕した。一五〇年にわたる両軍の戦いでは、勝敗が明白にさだまらず終わる例はめずらしくない。そして、この戦いの意義も、戦闘終結当時、ほとんどの者の目にあきらかではなかった。

第二章　蜘蛛《くも》の巣

I

ゴールデンバウム朝銀河帝国の首都、惑星オーディンにおいて、もっとも壮麗な建築物は、むろん皇家の居城たる〝新無憂宮《ノイエ・サンスーシー》〟である。

大小無数の建築物と庭園によって構成される宮殿の一角に、かつて皇帝フリードリヒ四世の寵愛を独占した女性、ベーネミュンデ侯爵夫人シュザンナの館があった。かつて皇帝はこの館から御前会議や謁見の場におもむいたものだが、いまではその爪先はグリューネワルト伯爵夫人アンネローゼの館のほうをむいたきりである。

古典的な調度をそろえ、キャンドルの燈に照らしだされたサロンに、男の客がいた。愛人ではない。皇帝の侍医団の一員たる彼は、侯爵夫人にとって使用人でしかないのだ。医学博士グレーザーだった。

ベーネミュンデ侯爵夫人は、薄明かりのなかで、かつて皇帝の掌につつまれていた白い手をひとふりした。このとき、彼女がまねかれていないパーティーでは、凱旋（がいせん）してきたラインハルトらが祝杯の輪のなかにたたずんでいる。

「わたしはあの女の弟を生かしておいては不利になる、と思い、幾度も後日の害を除こうと試みた」

あの女とは、ラインハルトの姉、アンネローゼのことである。それは殺人計画の告白であったが、そのことを医師は指摘せず、無言のうちに記憶の図書館に登録するにとどめた。

「なのに、そのあいだ、あの癇《かん》にさわる子供は、生きつづけ、背も伸び、あまつさえ閣下と呼ばれる身になりあがった！」

憎悪のエネルギーが細い糸を室内に張りめぐらし、宮廷医師はそれにしばられたように細い身体をすくませた。夫人の激情の発露に慣れてはいたが、これが快感に転じる時はおそらく永久にくるまい。

「二〇歳にもならぬ身で中将とは、帝国軍の権威も失墜のきわみというものじゃな。あの孺子《こぞう》が閣下とは。閣下とは！」

「このたび大将に昇進すると聞きおよんでおります」

医師の口調は注意ぶかく、侯爵夫人は激情に身をゆだねていたので、いやがらせの成分がふくまれていたことは、発言した当人のみの知るところにとどまった。このていどのことは、膨大で苛烈な負の感情の濁流にさらされる身としては、精神衛生上どうしても必要なのだ。グレーザー医師がベーネミュンデ侯爵夫人に同調するのは、感情を共有するゆえではなく、失われつつもなお強大な彼女の権力と、失われるきざしすらみえない彼女の富のゆえであった。

侯爵夫人の歯ぎしりはなおつづいていた。

「あの女がグリューネワルト伯爵夫人を称するさえ不遜ただならぬものがあるというに、今度はあの女の弟までがローエングラム家を——名誉ある伯爵家を名のることになろうとは!」

それはいまだ公式に発表されたことではなかったが、宮廷には金銭と情実でいかようにもはたらく情報網が発達しており、早くからベーネミュンデ侯爵夫人は不快感の種を耳もとに放りこまれていたのだ。

ローエングラム伯爵家は、むろんルドルフ大帝以来の世襲貴族の名門で、これまでに閣僚と提督をそれぞれ一〇人以上、輩出している。ことに第九代ローエングラム伯コンラート・ハインツは、帝国暦二五三年のエーリッヒ二世の宮廷革命に加担した三提督のひとりで、トラーバッハ星域において暴君アウグスト二世の軍を撃破し、エーリッヒの即位後、帝国元帥に叙せられ、軍務、内務、国務の三尚書職を歴任した。爵位も一時は侯爵にのぼったが、次男フィリップのおこした事故で皇女マグダレーナが死亡したため引責して公職を辞し、爵位も一代かぎりで伯爵にもどった。その後はしばしば当主が早逝して直系の血統がたもたれず、ついに家系がとだえて廃絶されていた。

その家系をラインハルトがつぐことになったのは、むろん皇帝フリードリヒ四世の意思である。姉についで弟も伯爵の地位にのぼるわけで、みずからの息子や弟をこの名家の後継者に送りこもうと画策していた貴族たちは、怒りを禁じえなかった。だが、アンネローゼにたいする皇帝の偏愛を思うと、うかつに反対を口にするわけにはいかぬ。それどころか、利害にさとい一部の貴族のなかには、娘や妹をラインハルトに接近させて伯爵家を間接的にわがものにしようとこころみる者もいた。

「金髪の孺子《こぞう》に言いよった名家の姫君は数多けれど、ことごとく、かたちばかりは鄭重《ていちょう》にあしらわれたと聞きおよびます」

「なんと見苦しい」

侯爵夫人の口からころがりでた侮蔑の言葉は、ほとんど固形化していたので、当の姫君たちがその場にいあわせたら、たたきつけられた顔から血を流したことであろう。

「もはやあの生意気な孺子を、ふさわしいやりかたで葬ることはできぬのだろうか、グレーザー」

「お気持ちはわかりますが、金髪の孺子ももはや無名の一士官ではありません。帝国軍大将にしてローエングラム伯爵家の門地をつぐ身とあれば、不慮の死は司法省や典礼省の看過《かんか》しえぬところとなりましょう」

典礼省とは、貴族にかんする各種の行政事務をあつかう役所で、貴族どうしの民事訴訟、相続問題、貴族子弟のみが通学する学校の管理、爵位の授与などを管掌し、ローエングラム伯爵家の門地回復もこの役所があつかっている。ただ、その権限は司法省や財務省としばしば重複し、多くは形式的なものとなっている。典礼尚書の座も、政治家というより貴族社会の名士たる象徴として意味があるのだ。

「同盟とやら称する叛徒どもも、まことに腑甲斐《ふがい》ない。金髪の孺子ひとり、戦場で殺してしまうことがかなわぬとは」

とばっちりの悪罵が、自由惑星同盟《フリー・プラネッツ》に投げつけられるのを聞いて、医師はさすがに苦笑した。

「叛徒どものだらしなさは残念ですが、幸いにして、グリューネワルト伯爵夫人には懐妊の徴候がまったくみられませんな」

「子供など生ませるものか——」

即座に返ってきたその声は、グレーザーすら一瞬、慄然とさせた。おそるおそる見まもる彼の視線のさきで、ベーネミュンデ夫人は、〝憎悪〟と題された彫刻のように凝然と座している。白い皮膚に亀裂がはいれば、煮えたぎった憎悪がほとばしって医師を火傷《やけど》させそうだった。

「あのように下賤《げせん》な女が国母などと呼ばれるのは、わたしが許さぬ」

「いちおうミューゼル家も貴族の一員ではあります。爵位はありませんが、帝国騎士の称号を代々、所有しておりますからな。平民や身分卑しき者というわけではありません」

「平民以下の生活だったというではないか」

「はあ、それはたしかにさようですが」

「いずれにしても名家とはとうてい言えぬ卑賤の女、これ以上つけあがらせるわけにはいかぬ。思い知らせてやらねば」

「ですが、どうやって……」

夫人の顔に邪悪な光が踊った。

「あの女が懐妊《みごも》って、しかも腹のなかの子が、陛下の種でなければよい」

「……！」

「そうなれば陛下の恩寵もあせるだけではない。後宮の女として許されぬ不義。当人も弟も死をたまわるはむろん、これまでの増長にふさわしい厳罰をうけるであろう」

「たしかにそうなりましょうな」

もはやグレーザーは辟易《へきえき》した表情を隠そうともしなかった。男女いずれにしても、同性にたいする嫉妬のすさまじさは異性の想像をこえる。それにしても、このベーネミュンデ侯爵夫人シュザンナの悪意は、他者の同情をひくものではなかった。

「ですが、グリューネワルト夫人に密通をさせることなど可能でしょうか。相手の男をなんびとにいたします？」

「必要なのは男ではない。子種じゃ」

もう一度、医師は呼吸器の機能を急停止させた。

「誰ぞ男の子種を保存しておき、そなたの立場を利用して受精させてしまえばよい。謝礼をはげみに、適当な男の精を集めるのじゃな」

「……かしこまりました。おおせのように男の精を集めはいたしますが、どのような男のものがよいか、ご注文がありましたらお聞かせくださいませ」

夫人の目が脂《あぶら》っぽい光沢をおびた。

「むろん身分は卑しいがよい。知能も低く、学問も修めず、容貌は猿人のように醜悪で、性格は残忍にして粗暴、酒におぼれやすく……ああ、あとなにかなかろうか。そうじゃ、畸型児の生まれる可能性が高ければなおよい」

「ははあ……」

「それに、おお、そうであった、性病の菌をもっていて、あの女に感染《うつ》せるような男であれば、申しぶんない」

グレーザーは、にじんでもいない額の汗をふいて、たくみに吐息をかくした。

「そこまで悪くそろっている男となれば、広いオーディンにもそうありふれてはおりますまいな。完璧を期するために、多少の時間の猶予と、なによりもよい材料を見いだすための費用をお願いできますでしょうか」

「費用はいくらかかってもよい」

それだけがこの女のとりえだ、と医師は思ったが、むろん自己防衛の必要から口にはださず、鄭重に頭をさげた。かかった費用には五割がたうわのせをして、夫人の重すぎる財布を持ちやすくなるよう協力してやるつもりだ。

「ですが、恐れ多いことながら、侯爵夫人、グリューネワルト伯爵夫人が失墜したとしましても、その後、陛下はあらたな女性に興味をいだかれるかもしれませぬ。その点は私めの力のおよばざるところ、あらかじめお赦しいただきたく存じます」

医師が真実、言いたかったのは、アンネローゼが滅びたところで皇帝の寵愛がベーネミュンデ侯爵夫人に回帰するとは考えられないこと、また彼女が皇嗣《よつぎ》をもうけぬかぎり完全な権力をえるのは不可能であること、以上の二点であったのだが、そこまで直言する義務は医師にはなかった。だいいち、侯爵夫人のもっとも敏感な痛覚神経をことさら刺激してえられるものといえば、怒声と悪意だけである。

それにしても、女は、いや、人間はこれほど変わるものか。医師は感慨をいだかざるをえない。一五年前、フリードリヒ四世の後宮に納められたとき、子爵家の令嬢シュザンナ・フォン・ベーネミュンデは、蕾《つぼみ》を開いたばかりの桜草にたとえられる、可憐な深窓の姫君だった。皇帝の寝所で、冬の小鳥のようにおびえ、慄《ふる》えているであろうと思うと、医師はいたましくすら思ったものだ。それが、懐妊、侯爵夫人号授与、男児死産、三度にわたる流産……とつづく日々のうちに、いつか三〇歳をすぎ、容色は衰えぬもののみずみずしさはさすがに失われ、寵愛はグリューネワルト伯爵夫人アンネローゼの独占するところとなった。小鳥は、生肉をついばむ猛禽《もうきん》と化した。その嘴《くちばし》と爪は、彼女を温かい巣から朔風《さくふう》の荒野へ追いだしたべつの小鳥を引き裂くために、とぎあげられている。

医師は宮廷を棲息《せいそく》の場とする人種だった。風のより強く吹く方向を、正確にみさだめておかねば、完全な生は望みえない。

ベーネミュンデ侯爵夫人が最終的に皇帝の寵愛と宮廷内における権力を独占しうる、と判明しているなら、絶対的な忠誠をつくしてもよい。だが、そうとかぎらぬからには、幾重にも保険をかけておく必要がある。グリューネワルト伯爵夫人にたいする陰惨な策謀が露見したとき、ベーネミュンデ夫人が死をたまわったりそれにさきだつ苦痛をしいられたりするのは、自業自得というものだが、共犯として彼が処断されるのは絶対に回避せねばならなかった。

グリューネワルト伯爵夫人アンネローゼ自身に接近するのは、なかなかに困難であろうが、その弟、未来のローエングラム伯爵たるラインハルトによしみをつうじる方策はなにかあるだろう。医師は現在の忠誠の対象にかたちだけ頭をさげつつ、さらに思案をめぐらせていた。

II

当時の銀河帝国皇帝フリードリヒ四世は、ゴールデンバウム王朝の第三六代にあたる。三〇年の在位は、歴代皇帝の平均在位期間の二倍半におよぶが、二九歳で即位して以来、この男は特筆すべき政治的業績もないかわり、それほどの悪業もなさず、時間と、自己の生命力と、王朝の命運とを、緩慢に消費しつづけてきた。

自由惑星同盟《フリー・プラネッツ》との一世紀半にわたる抗争は、環状線上の永久運動めいた様相をあらわし、宮廷陰謀や地域的叛乱は年中行事と化し、宮廷も政府も無気力と形式に支配され、善意も悪意も、勢いよく沸騰するのではなく、生煮え状態にこもった音をもらしていた。

「凡庸、怠惰、慣例、疲労、閉塞《へいそく》……」

と、後代の歴史家たちはフリードリヒ四世の統治した時代を表現する。巨人ルドルフ大帝が銀河連邦《U S G》の民主共和政を簒奪《さんだつ》し、数億人の共和主義者の死屍の上に皇帝神聖の専制国家をきずきあげて五世紀ちかくが経過していた。共和主義者の死屍に打ちこまれた専制主義の杭《くい》も腐食し、床はかたむき、柱はぐらついている。

フリードリヒ四世は、時の侵蝕から王朝を守るべく努力したようにはみえない。即位した当時から彼は凡庸な君主と思われていた。彼には兄と弟がおり、開明的ではないが勤勉で教養にとんだ兄と、行動力にめぐまれた快活な弟とのあいだで、廷臣の支持もなく、灰色に沈澱していた。兄リヒャルトと弟クレメンツは至高の地位をめぐって抗争した。というより、彼らをとりまく両派の廷臣たちが、新時代の特権をめぐってあらそい、ふたりの皇子はそれにかつがれたのである。

帝国暦四五二年、皇太子リヒャルトは父帝オトフリート五世の弑逆《しいぎゃく》をはかったとされ、死を

た。彼を皇太子として擁立するクレメンツ派が冊立《さくりつ》された。クレメンツ一派が彼に冤罪《えんざい》をきせ
たまわった。彼をとりまく廷臣六〇名も処刑され、新皇太子としてクレメンツが冊立《さくりつ》された。
四五五年にいたって、故リヒャルト大公の無罪が立証され、クレメンツ一派が彼に冤罪《えんざい》をきせたことがあきらかになると、今度はクレメンツ派の廷臣一七〇名が粛清され、クレメンツは自由惑星同盟への亡命をはかったが、〝偶然の事故〟により、宇宙船もろとも爆死した。こうして皇帝が心臓病で死の床についたとき、その枕もとにいたのは、誰の期待もうけず、誰の憎悪の対象ともならなかったフリードリヒだけであった。

オトフリート五世が、金銭にかんしてはまことにしまり屋であったため、フリードリヒ大公殿下はいつも遊興費の出処にこまっており、父帝の死の直前も、高級売春婦と酒場から総計五四万帝国マルクの借金の清算をせまられていた。数代前なら〝帝国騎士〟などの称号を売ることもできたが、いまさら商品価値などなく、〝ビュルガー〟という店の主人にたいしては大公ははいつくばって哀願すらした。

大公殿下ともあろう殿方にはいつくばられて、さすがに気まずく思った〝ビュルガー〟の主人は、〝もしフリードリヒ大公が帝位についたときは額面の二〇倍にして借金を返済する〟との証書にサインさせて、借金を帳消しにした。一万二〇〇〇マルクを下水にすてたつもりだったのだが、〝もし〟が現実となり、至尊の冠を頭上にいただいた新皇帝は、〝ビュルガー〟の主人に四四万マルクを支払ってやった。

父帝が、統治者の責任感からというより趣味でためこんだ金銭は、数代つづいた国庫の赤字

を帳消しにするに充分だったが、フリードリヒ四世は復讐のように浪費をはじめ、多くの建築や土木で、父帝の努力を無に帰せしめてしまった。それでも、国庫とみずからを破滅に追いこむにはいたらず、フリードリヒは大公時代に結婚した妻を皇后として飾っておき、それまでひかえていた漁色に身を入れはじめた。最初から国政には関心がなかった。

これとても、先祖たちの一部にくらべれば平凡なものではあった。彼の曾祖父オトフリート四世は、後宮に一万人以上の美女を集め、政治も狩猟も酒宴もろくにおこなわず、快楽をむさぼることに専念して五年後に後宮のベッドで頓死したが、〝なお五〇〇〇人は処女のまま皇帝の寵をうける夜を待っていた〟のである。彼は六二四人の庶出子をもうけ、そのうち三八八人が成人し、おもだった貴族はほとんどが〝皇帝の御子〟を妻や夫に、あるいは婿や嫁に押しつけられ、多額の礼金や結納金を献上させられて頭をかかえこんだ。対自由惑星同盟《フリー・プラネッツ》の戦争で幾度か武勲をたて、元帥に叙せられたゾンネンフェルス伯エドマンドは、結婚運にめぐまれず、三度にわたって妻に死なれ、再婚をくりかえしたが、相手のすべてがオトフリート四世の娘であった。彼が四〇代で死去したとき、彼の友人ブルッフ提督は「彼は皇帝のため才能、財産、精力のすべてを吸いあげられて死んだ」と評し、舌禍によって軍を追われてしまったものである。

平凡、とは言っても、フリードリヒ四世が快楽に奉仕させた女性は、〝一夜妻〟のたぐいをふくめて確実に一〇〇〇人をこす。その嗜好《しこう》は、前半と後半で一変し、前半においては円熟した豊麗な女性を好み、人妻に手をつけたことも一再ではなかった。地方の一男爵にすぎなかったアイゼンエルツという人物が武勲もなく伯爵にのぼり、宮内尚書の座をえたのは、妻を一年間にわたって皇帝に提供したからだと言われている。当時、貴族社会において、やせた女性は適度の肥満をもとめて生クリームやケーキのたぐいを食べまくり、平民から豊麗な娘を買いとって養女とすることまで流行し、一部の貴族と大部分の平民の嘲笑を買うことになった。

四〇代なかばに達したころ、フリードリヒ四世は急に豊麗な女性にたいする関心を失い、一〇代の少女をあさりはじめた。まず彼の寵愛を独占した少女は、ベーネミュンデ侯爵夫人の称号をうけたが、彼女が究極のゴールではなかった。宮廷や門閥《もんばつ》貴族社会で無数の花がたおられつくすと、皇帝は市井に清純な野の花をもとめた。

宮内省の官吏たちは、皇帝の意を迎えて、清楚で美しい一〇代なかばの少女を探しまわった。手間と金銭を使ってようやく探しだしても、多くはひと月もすれば飽きられ、彼らはあらたな花を見つけねばならなかった。

あるとき、当時の軍務尚書が、前線における兵員の不足をなげき、宮内省が過剰な職員をかかえていると閣議で非難したことがある。宮内尚書は憤然——あるいは逆に憮然として応じたと言われる。

「わが省の職員も戦場に立っている。銃弾やビームこそ飛んでこないが、あきらかに彼らは兵士なのだ」

皇太子ルードヴィヒの死後、男児をもうけるためとの名分が立ち、宮内省の職員たちは彼らの職場を文字どおり駆けまわった。

こうして、帝国暦四七七年のある日、宮内省職員のひとりが、裏町の一角でアンネローゼ・フォン・ミューゼルという一五歳の少女を発見したのである。黄金の髪、青玉の瞳、白磁の肌もさることながら、粗末な服を着ていながらおどろくほどの透明感と清楚さが、強い印象をあたえた。

母親は亡く、父親セバスティアンは帝国騎士の称号を有する、末端の貴族である。生活力以前に、みずからの力で生活する意欲にとぼしく、事業にも失敗し、失意を酒にまぎらわせていた彼は、仕度金として五〇万マルクの金貨をしめされると、ためらいなく娘を後宮に売りわたした。つれさられる地上車《ランド・カー》のなかで、少女は人形のように表情を殺していたが、宮殿が近づくと口をひらいて、一〇歳になる弟の将来を保証してもらえるだろうか、とたずねた。宮内省職員が、それは陛下にたいするそなたの奉仕しだいだ、と答えると、少女はうなずき、ふたたび沈黙した……。

こうしてアンネローゼは後宮の一員となった。

宮廷内で彼女の友人といえば、シャフハウゼン子爵夫人ドロテーアとヴェストパーレ男爵夫人マグダレーナのふたりぐらいのものであった。それと、帝国騎士たるコルヴィッツ夫妻。夫のほうは、アンネローゼを見いだして後宮につれさった宮内省の官吏であり、その功で皇帝から多額の褒賞金《ほうしょう》をたまわって、アンネローゼにつかえるよう指示され、グリューネワルト伯爵家の執事をつとめている。

コルヴィッツは、妻に、アンネローゼを見いだしたときのありさまを幾度も語ったものだった。夕闇が大気を侵略しはじめる時刻で、青い服に白い清潔なエプロンをつけた金髪の少女が、裏庭で遊びまわっている弟とその友人に声をかける——ラインハルト、夕食の時間よ。ジークもよかったら食べておいでなさい。遠慮するものではなくってよ、多勢いるほうが楽しいのだから……。

その弟が、いまでは帝国軍大将閣下である。アンネローゼは政治に口をだそうとしない。それこそが弟の生命を——政治的にも物理的にも——擁護しうる最善の方法であると考えてのことかもしれなかった。コルヴィッツは、アンネローゼにたいするほど、その弟にたいしては親身になれなかった。弟のラインハルト・フォン・ミューゼルは、初対面のときから、彼をいわば誘拐犯の一味とみなして、隔意ある態度をくずそうとしなかった。可愛げがない、と、コルヴィッツは思うのだが、勁烈さと犀利《さいり》さをひめたその美貌には圧倒されたし、蒼氷色《アイス・ブルー》の瞳で正面から見すえられると、自分はおそるべき人物と席をおなじくしているのではないか、と考えこむことがあった。

コルヴィッツにとっては残念なことに、またラインハルトにとっては最小限のなぐさめとなったことに、アンネローゼはフリードリヒ四世の子を懐胎せず、それがこの将来《さき》、彼女にとって吉凶いずれの道を歩ませるのか、いまだ誰の知るところでもなかった。

Ⅲ

ラインハルトは機嫌が悪かった。大将に昇進し、年内にはローエングラム伯爵家をついで大貴族の一員に列するというのに、心の地平は雲におおわれている。

姉の白い優しい手が、それに値しない男の額に置かれていると想像すると、生気にみちた春光さえ、無彩画の一部となってしまう。皇帝フリードリヒ四世が病臥《びょうが》し、アンネローゼはその看病のため病室にとまりこんで、王宮内の彼女の居館をたずねたラインハルトとキルヒアイスは、執事に心のこもらぬ鄭重さで不在を告げられたのだった。

姉の居館の前に池が広がり、菩提樹《リンデン・バウム》が濃い影を落としている。緑陰の草地に寝ころがったふたりは、無言で空を見あげていたが、不意にラインハルトが両手を草につくと、小さなかけ声とともに逆立ちした。

「帝国軍大将ともあろう方が、芝生の上で逆立ちですか」

びっくりしたキルヒアイスが笑うと、ラインハルトは逆立ちのまま、豪奢な金髪を草に接吻させながらやり返した。

「重力にさからうのはいい気持ちだぞ。お前もやってみろ」

その表情が急に変わり、彼は瞳に映った光景をいそいで上下修正した。

「姉上……！」

ラインハルトはしなやかな身体を一回転させて起きなおり、キルヒアイスは文字どおり飛びあがって、長身を直立させた。風景はあざやかな色彩をとりもどし、そのなかでアンネローゼの笑顔がやわらかくかがやいている。

「ふたりとも、大きくなって、出世もしたのに、そういうところは昔とすこしも変わらないのね」

「変わりましたよ、心外だな」

「あら、どのように、ラインハルト？」

「以前よりずっと長く逆立ちできるようになりましたよ」

どう考えても、これは、帝国軍大将ともあろう高官の弁明にはふさわしくなかった。

ラインハルトを、〝不遑な野心と不遜な態度を両手にかかえた、生意気な金髪の孺子《こぞう》〟と目《もく》する人々が見れば、奇異の念を禁じえなかったであろう。だが、ジークフリード・キルヒアイスから見れば、これこそがあるべき姿だった。三人が三人だけでいるかぎり、権力も、武力も、そして野心も必要ないものだった。

ときとして、キルヒアイスは想像に駆られる。現在の自分は長い夢の回廊を歩いているのではないか、と。目をさますと、白い清潔なシーツにラインハルトとならんで寝ていて、ドアをあけて金髪の少女が木洩《こも》れ陽のような笑顔をむける——夕べはご両親に連絡しておいたわ、朝食がすんだらラインハルトと学校へいらっしゃい。赤毛の少年は答える——夢を見てました、ぼくたちふたり、軍人になって宇宙戦艦に乗ってたんです、敵をやっつけて凱旋したんですよ……。

「陛下がご病気でいらっしゃるから、すぐにまたご病室へもどらなくてはならないの」

だが、それが現実の声というものだった。

外にあらわれたものと内に秘められたものと、いずれのかたちをとるにせよ、深い落胆はアンネローゼの予想していたところであったのだろう。彼女はふたりにバスケットをさしだし、ポテトのパンケーキがはいっていることを告げた。

「また今度、ゆっくり遊びにきてね。それまで元気でいるのよ、それだけお願いするわ」

「姉上こそ、あまりご無理をなさらぬよう」

「ラインハルトさまのおっしゃるとおりです。お身体に気をつけて……」

一語一語が、それに一〇〇倍する想いをのせている。今回の戦いにおける最高の褒賞をつめたバスケットを手に、ラインハルトとキルヒアイスは菩提樹の下を去った。

国務尚書リヒテンラーデ侯クラウスは、するどいというよりはけわしい眼光を有する七四歳の老人で、すでに一〇年にわたって首席閣僚の座をうごかない。それ以前には、内務、宮内、財務の三尚書職を歴任し、大過なくそれらをつとめあげている。

大過なく、というのが、草食性恐竜のごとく肥大化し鈍重になりはてた帝国官界にあっては重要なことだった。リヒテンラーデ侯は、あたらしい政策や法律をさだめたことは一度もない。慣例や旧習にくわしく、それを状況によってたくみに使いわけ、ときとしては〝皇帝陛下のご意見〟というスパイスを適当にふりかけて、事態を料理してきた。彼は権力に強い欲望と執着をもちながら、そうではないようにみせかけることで、今日《こんにち》の地位と権限を確保しているのだった。真相を見ぬく者は幾人かいたが、すべてリヒテンラーデ侯の巧妙な陰謀で宮廷を追われ、いまや彼の競争相手といえば、皇帝の女婿《じょせい》であるふたりの大貴族ぐらいのものであった。

リヒテンラーデ侯は考えている。皇帝の女婿たるブラウンシュヴァイク公、およびリッテンハイム侯の勢力をこれ以上、伸長させてはならない、と。彼らは能力と関心にふさわしく、狩猟と酒宴で日を送っていればよい。なまじ国政に口をだされては、よけいな混乱と抗争をまねくばかりである。

ラインハルトの姉――グリューネワルト伯爵夫人《グラフィン・フォン・グリューネワルト》の称号を有するアンネローゼは、皇帝の偏愛にもかかわらず、政治に口をだそうとしない。廷臣たちにとっては歓迎すべきことであり、彼らのあいだでアンネローゼ個人の評判はけっして悪くなかった。リヒテンラーデ侯にしてもそうであった。だが、ひかえめなアンネローゼも、男児をもうけ、正式に皇后として冊立されれば国政に干渉してくるかもしれぬ。過去に無数の例があることだ。彼女にたいして今後どのように処すべきか。

銀河帝国は専制国家で、神聖不可侵なる皇帝の思意が、あらゆる法の上に立つ。ある皇帝のもとで権勢をふるった廷臣や寵姫も、あらたな皇帝の登極《とうきょく》とともに宮廷を追われ、ときとして権力が生命を道づれにする例もある。思案はいくら深くてもよい。

皇帝フリードリヒ四世にはルードヴィヒの死後、皇太子がいない。彼の兄弟姉妹九人のうち、ひとりは死をたまわり、ひとりは〝事故死〟し、残る七人は病死した。彼自身は皇后をふくめて一六人の女性を二八回にわたって妊娠させたが、六回は流産、九回は死産、とにかくも誕生した一三人のうち、成人前に九人が、成人後に二人が死亡した。現存するのは、ブラウンシュヴァイク公の妻アマーリエと、リッテンハイム侯の妻クリスティーネの両女だけである。直系の男子がいないことが、予測を困難にする。いや、孫がいることはいるが、いまだ四歳の幼児、しかも母親が門閥の出身ではないので、大貴族たちの反応が気がかりなところだ。

アンネローゼが男児を生めば、彼女を寵愛する皇帝はその子を皇太子に立てるであろう。後宮にはいって九年、若く健康な彼女が懐妊しえないのは、おそらく皇帝の責任にちがいない。流産、死産、そして早逝《そうせい》。五世紀にわたって、例外はあるにしても、淫蕩《いんとう》をつくしたゴールデンバウム家の血は濁り、生命力は衰えているのだ。平民などは知らぬことだが、先天的な畸型児や異常者の誕生比率も高く、それらの不幸な子はすべて侍医たちの手で安楽死させられた。

王朝の開祖ルドルフ大帝は、
「社会的あるいは肉体的弱者には生きる資格がない」
と広言し、共和主義者とともに、畸型児、異常者、精神薄弱者、肢体不自由児、遺伝病患者など、本人になんら責任のない人々を殺戮した。その残忍さ、愚劣さをあざ笑うように、彼の子孫たちは〝生きる資格のない〟子をもうけ、皇室の威信と尊厳をつくろうために乳幼児殺害の悪徳をかさねていったのである。

とすれば、アンネローゼが男児を出産する可能性はすくないと見るべきかもしれない。しかし彼女にかかわるいまひとつの要因がある。彼女の弟ラインハルト・フォン・ミューゼルである。

一九歳で大将とは、皇帝のひいきも度がすぎるが、まるきり自己の光彩を放たないたんなる衛星とも思えない節が、あの金髪の孺子《こぞう》にはあるようだった。今回の第三次ティアマト会戦にしても、ミュッケンベルガー元帥が不満かつ不本意であることをほのめかしつつも、ラインハルトの大将昇進に反対はしなかったのだ。

「皇帝陛下のご不興をかいたくない、と思ったゆえではありませんか」

リヒテンラーデ侯の腹心である財務尚書ゲルラッハ子爵は言うが、過大評価かと思いつつも、ラインハルトを無視する気にはなれない老政治家だった。

「まあたんに卿《けい》の言うとおりかもしれぬが、これ以上、宮中に個別の勢力が増えては、廷臣間の分裂が思いやられる。悪い芽であれば摘みとっておきたいでな」

「であっても、一介の軍人にすぎぬではありませんか」

「来年は、くわえてローエングラム伯爵家の当主になる。この地位は軽視できんぞ」

「そうかもしれませんが、そもそも、国務尚書閣下、急にグリューネワルト伯爵夫人のことなど考えだされたについて、なにか理由がおありなのですか」

国務尚書はややためらったすえ、一通の書簡を差しだした。財務尚書が見たものは、ワードプロセッサーの無個性な文字をつらねた、ごく短い文章だった。

「G……B……はて、これは」

小さく独語していたゲルラッハが、得心したようにうなずいた。

「なるほど、ベーネミュンデ侯爵夫人が、グリューネワルト伯爵夫人を……」

「と見るか、やはり卿《けい》も」

「それ以外にございますまい」

ゲルラッハはにがにがしく頬をゆがめた。

「まったくもって、こまった方ですな」

「あの夫人の宮廷人生はとうに終わった。下賜金でも頂戴してさっさと田園生活にでもはいればよいのに、いまだに沈んだ陽を中空に引きもどせるつもりでいるのか」

「ですが、一〇年以上も前に生まれた御子が成長していれば、夫人はおそらく正式に皇后として冊立されたはず。あきらめきれぬのも無理はありません。まして……」

「そのさきは言うな、財務尚書」

リヒテンラーデ侯は口調から柔和さを消した。ベーネミュンデ侯爵夫人が男児を死産したとき、奇怪な噂が流布《るふ》されたのだ。じつは男児は無事に出産されたのだが、医師の手で殺されたのだ、と。その医師は、皇帝に男児が誕生するのを喜ばぬ者たちに、巨額の金銭で買収されたのだ、と。

噂する者たちは、そこまで語ると、首をすくめて周囲を見わたし、唇に指をあててみせるのだった。その演劇《しばい》めいた行為には、奇妙な迫真性があった。なにしろ、〝皇帝に男児が誕生することを願わぬ者〟と言えば、皇帝のふたりの娘とその夫たち——権門中の権門たるブラウンシュヴァイク公爵とリッテンハイム侯爵の両夫妻しかいないではないか。

噂を耳にして、両夫妻は激怒したが、偏見をもってみればその激怒ぶりまで怪しい。つねは犬猿の仲である両家が共同して流言の犯人さがしに乗り出したともいわれるが、徒労に終わった。すると、「さがしだして法廷で対決などという結果になってはまずいからな、本気でさがしたりするものか」との声が出る。権力や栄華と人望とはべつのものであるらしい。

「いずれにしても、うかつに介入はできませんな。熱湯に手をつっこめば、一瞬の痛みだけではすみません。後々がこわい」

財務尚書の声にうなずきながら、リヒテンラーデ侯は、けわしい眼光で宇宙を切り裂いていた。財務尚書は、無記名の書簡をいま一度読みかえし、何者がこのいかがわしい、しかし事実とおぼしい文章を書いたのであろう、と考えた。

「それにしても皇太子殿下がご健在であれば……」

財務尚書は吐息した。貴族出身の官僚政治家としては有能な男で、行政と政略のいずれの分野にも視線がいきとどく。ただし、帝国と帝政から、その視野は一歩も出ない。皇帝の無気力、後継者の不在、門閥貴族相互の暗闘などで帝政が衰弱することを危惧《きぐ》してはいても、ゴールデンバウム王朝による帝政それじたいが崩壊することなど想像の地平をこえていた。過去、専横をふるう権臣が皇帝をないがしろにし、私腹を肥やし、他の廷臣を圧迫することはあっても、それらはすべてゴールデンバウム王朝という一枚の皿の上で展開される事態だった。彼らの言う〝金髪の孺子《こぞう》〟が、皿じたいをたたき割ろうとこころざしていると知れば、戦慄の極に達するか、痴者の夢として笑いとばすしかできなかったであろう。

Ⅳ

大将に昇進したものの、ラインハルトの役職は未定で、暫定的に〝軍務省高等参事官〟と〝宇宙艦隊最高幕僚会議常任委員〟の称号があたえられたのみであった。いずれも閑職にちかく、地位と名誉はあたえても実質的な権限はあたえない、とする軍部主流派の意図があきらかである。

　キルヒアイスは中佐に昇進した。職務はあいかわらずラインハルトの副官である。階級があがるのにはそれなりの喜びがあるが、そうなればラインハルトから引き離されるのではないか、との不安も皆無ではなかったから、さしあたり彼は安堵した。

　ラインハルトは宇宙艦隊司令部におもむいてミュッケンベルガー元帥にあいさつし、ついで軍務省に足をはこんで、軍務尚書エーレンベルク元帥にたいし、儀礼上、完璧な態度で面接をすませた。

「あの孺子は、すくなくとも礼儀だけはわきまえているではないか。それに見ばえも悪くない」

　旧式の片眼鏡《モノクル》をかけた白髪の元帥はそう評したが、彼の片眼鏡に人心を透過する機能はなかったから、たぐいまれな美貌の若者が、両三年のうちに現在の軍務尚書執務室の主を追いはらってやろう、と考えていることなど洞察しえなかった。外観上の形式しか評価しない元帥を、ラインハルトはそれにふさわしくあしらったのである。

　ただラインハルトが本心から喜んだ、大将への礼遇もあった。個人の旗艦があたえられたのである。むろん所有権は国家にあるが、当事者の同意なくそれをとりあげることはできない。ラインハルト自身が旗艦の変更を申し出るか、退役するか、降等されるか、あるいは戦死しないかぎり、それはラインハルトのものなのだ。

新造戦艦ブリュンヒルト。銀色にかがやきわたる流線型の〝美女〟、誇り高い不敗の女騎士。皇帝から遣わされた使者とともにこの艦を訪れたラインハルトは、一瞬のうちに心がはばたくのを感じた。

「ブリュンヒルト、ブリュンヒルト……」

くりかえしラインハルトは彼のあらたな旗艦の名を呼んだ。彼は騎手が名馬を愛する以上にこの艦を愛し、生涯にわたってそれを変えなかった。

帝都で閑職についているかぎり、この艦もいわば匣《はこ》のなかの宝石でしかなかったが、至近の未来に、この勇敢な女王を艦隊の先頭に立てて戦う日がくるであろう。それには、同盟軍にたいする帝国軍の頽勢《たいせい》が必要であろうが、彼以外の者が負けるのは望ましいことだった。相対的に彼の立場を強くし、彼に機会をあたえることになるのだから。

「よき艦をいただいたこと感謝にたえぬ。陛下にそうおつたえ願いたい」

ラインハルトの声に、このときは礼儀や打算をこえる熱がこもった。使者の某男爵はうなずき、証書をわたすと、「楽しみにしていますぞ」とささやいて帰っていった。奇妙な言葉の意味は、キルヒアイスの説明でとけた。

「ラインハルトさま、旗艦を皇帝よりいただいたときは、使者の方になにか謝礼の贈物をするのが慣習だと聞きました」

「贈物をか?」

「ええ、現金では賄賂《わいろ》になりますから、美術品ですとかを。それではじめて、その人の旗艦たることが周囲に認知されるそうです」

ラインハルトは灼熱した。そんな筋のとおらぬ話があるか、使者に買ってもらったわけではない、と、つい大声をあげてしまったが、キルヒアイスは冷静だった。

「筋が筋としてとおる社会ではありません。だからこそラインハルトさまは変革をこころざされたのでしょう? 一男爵ごときを相手に小さな筋を押しとおされるより、筋のとおる社会をつくるため、ここはこらえてください」

「……そうだな、お前の言うとおりだ。ブリュンヒルト一隻の代価と思えば安いものだ」

ラインハルトはうなずき、キルヒアイスの助言に感謝した。

翌日、男爵の私邸に、高名な画家レイトマイエルの油彩画がとどけられた。男爵は美術にはほとんど関心がなかったが、これをとどけた画商から説明をうけて満足し、当の画商にそのまま転売して五万帝国マルクの現金をうけとった。ひとたび贈与した絵画が、保存されようと転売されようとラインハルトの関知するところではない。

こうしてブリュンヒルトはラインハルトの旗艦として周囲にも認知された。一日、艦内を肩をならべて歩きながら、彼はキルヒアイスに蒼氷色《アイス・ブルー》の瞳をむけた。

「この艦は半分はお前のものだ。中佐だから艦長たる資格があるが、いっそそうするか?」

「それもよろしいですね。私の忠誠心がなによりブリュンヒルトにむけられることに、ラインハルトさまのお許しがいただければ……」

「それはこまる。前言撤回だ。艦長はほかに誰か見つけよう」

「そのほうがよろしいかと思います。それにしても、一日も早くこの艦に乗って戦場へ出たいとお考えでしょう」

「残念だが、しばらく戦いはあるまい。自由惑星同盟《フリー・プラネッツ》を称する叛乱軍の奴らも、好戦的気分を満足させたところだろうしな」

照明をおさえた艦橋にたたずんで、ラインハルトは周囲を見まわした。無彩色にちかい世界で、黄金の髪がひときわあざやかな存在感をしめす。

「地方叛乱でもおきてくれんかな。鎮圧するのに手ごろな……」

ぶっそうなことを口にして、ラインハルトは冗談ともかぎらぬ表情をみせた。

「手ごろな叛乱でしたら、ラインハルトさまのところまでは、まわってきますまい。楽に武勲をたてたい者たちは、いくらでもおります」

「だろうな。奴らが死にたえるまで待つしかないか」

さらに危険な台詞《せりふ》をラインハルトは吐きだし、不敵な瞳を宙に放った。

V

奇妙な書簡がラインハルトの手もとにとどいた。彼は千里眼ではないから知りようもなかったが、国務尚書リヒテンラーデ侯爵、ないし財務尚書ゲルラッハ子爵がその場に居あわせれば、自分たちの目にした密告書と同文のものであることを告げたい欲求にかられたであろう。

「宮中のG夫人にたいしB夫人が害意をいだくなり。心せられよ」

署名などむろんない、ただそれだけの思わせぶりな文面を、しばらくラインハルトはにらみつけていた。流言や噂は情報源として取捨選択すべきだが、今回、わざわざ彼あてに送られてきた書簡はなにを目的としているのか。罠であればいますこし信用させるための技巧があってしかるべきだ。むろんたんなる好意ではありえないが、打算をもととした忠告というところか。G夫人とはグリューネワルト伯爵夫人、すなわちアンネローゼであるとすぐわかる。B夫人とは誰か。ブラウンシュヴァイク公であれば、ことさら〝夫人〟とは称すまい。

「やはり、ベーネミュンデ侯爵夫人か……」

その声は、〝魔女〟という名詞を二乗した以上の不吉さと不快さを表現するものだった。なにしろラインハルトはこの貴婦人に、一度ならず生命をねらわれている。彼女の走狗《そうく》となって噛みついてきた者は、ことごとく返り討ちにしたが、いわば対症療法というもので、病原菌じたいには報復の手を伸ばしえなかった。

「あの女を生かしておいては、姉上の身が危険にさらされる……おれの身もだが」

自分自身を守ることはできるが、奥深い皇宮でアンネローゼの生命が危険にさらされても、現在のラインハルトの力がおよぶところではない。

「あの夫人はかつて皇帝の寵愛を一身に背おっていました。アンネローゼさまを害しようとするのはむしろ当然です」

そう言って、キルヒアイスもラインハルトの見解に同意した。この九年間、ラインハルトとつねに生死をともにしてきた彼は、ベーネミュンデ侯爵夫人の偏執を身をもって知る立場にある。

「そのあたりの心理が、じつはいまひとつよくわからぬ。姉上が失墜したところで、あの夫人に皇帝の寵がもどるとはかぎるまい」

ラインハルトは額に落ちかかる黄金の髪をかきあげ、声をいらだたせた。

「皇帝の性癖が変わらぬかぎり、そして時を逆行でもせぬかぎり、あの女に活路はないのだ。無益なことをするものではないか」

「ラインハルトさまとはちがいます。陰謀をめぐらせるための時間と手段は、ありあまっておりましょうし、ことは理性や利益の問題ではありますまい」

ベーネミュンデ侯爵夫人は三〇歳をすぎたばかりの年齢であるはずだ。人生のもっとも豊穣《ほうじょう》で生産的であるべき年代を、客の訪れぬサロンにこもって、凋落《ちょうらく》と嫉妬と敗北の思いをくすぶらせつつ、老いにむかって歩みつづける女。その姿にキルヒアイスは敵意の枠をこえたものを感じる。

だが、その同情心も、アンネローゼへの想いとくらべれば、ささやかなものだった。ベーネミュンデ侯爵夫人がアンネローゼに害をくわえようとするかぎり、キルヒアイスはささやかな同情などふりはらうことができるのだ。

「それにしても、具体的にどのような害をくわえるつもりなのでしょう」

「さあ……毒殺でもするのか。あるいは宮廷を追いだすつもりか」

戦場では無限に拡大し深化するラインハルトの想像力と洞察力も、同性間の極端な嫉妬にもとづく貴婦人の宮廷策謀にたいしては、そのていどにしか働きえなかった。ただ、宮廷を追いだすとなれば、アンネローゼに皇帝の不興をかわせることが前提になる。なにか失敗をさせようというのか。どのような失敗を？　アンネローゼが皇帝の毒殺をたくらんだようにみせかけるということもありうるが……。

ラインハルトは、皇帝の死を現在の時点で願ってはいなかった。これは、姉アンネローゼが皇帝から解放されることを望む心情と、螺旋《らせん》状にもつれあいつつ並存している。皇帝はアンネローゼを権力によって彼から奪い、黄金の檻に閉じこめた憎悪すべき男だが、さしあたりその権力と寵愛は、各種の陰謀や暴力から彼女を守る盾ともなっているのだ。むろん、もともと皇帝が彼女を拉致《らち》しなければ、不当な憎悪が彼女にむけられることもなかったわけで、しょせん、皇帝は免罪されようがないのではあるが。

ラインハルトにしてみれば、彼の権力と武力が、皇帝に左右されないまでに成長した時点で、彼自身の手によって皇帝を断罪したいのである。それまでは皇帝に、生きて贖罪《しょくざい》の日を待ってもらわねばならなかった。それは同時にゴールデンバウム王朝最後の日となるであろう。

現在のところラインハルトは、表面的には皇帝の寵妃の弟であり、高級士官とはいえ一軍人であるにすぎない。だが、来年になれば名門ローエングラム伯爵家の当主として大貴族の一員に列する。彼自身に政治的な価値が出てくるのだ。くわえて、第三次ティアマト会戦をしのぐ武勲をたてることがかなえば、逆に彼のほうにこそ姉を守りうるだけの武力と権力がそなわるかもしれない。

「その意味では、ベーネミュンデ侯爵夫人は慧眼《けいがん》だったな。おれが幼年学校を卒業した時点で、はやくも将来の禍根とみなしていたのだから」

皮肉っぽい感慨をいだくラインハルトだった。

それにしても、この書簡を信じるかぎり、アンネローゼの身は宮中で危険にさらされている。いまひとつ示唆されているのは、それを知ってかならずしも陰謀に賛同しない者もまた存在するということだ。ただ、それが味方であると判断するのは楽観的にすぎるというものだった。

「つまり、宮中に味方がいるわけではなく、敵が幾種類かいるだけだ、とおっしゃるのですね」

「そうだ」

「ですが、この際、それはかえって有利かもしれません。彼らがひとつになったときこそ、むしろ恐るべきではありませんか」

ラインハルトは蒼氷色《アイス・ブルー》の瞳をかるく見はり、莞爾《かんじ》として笑うと、白い指を友人の赤い髪にからめた。

「キルヒアイス、お前は賢者だな。たしかにそうだ。いくつもいる敵なら各個撃破できるし、たがいに噛みあわせることもできる。この手紙がしめすようにな」

敵をことごとく自力で倒すことがかなわぬなら、敵どうし共食いさせてやればよい。それこそ有意義な策略と呼ぶに値する。ラインハルトも、ベーネミュンデ侯爵夫人の死産にかんする噂を耳にしていた。姉のために、より至近の害であるベーネミュンデ侯爵夫人をのぞかねばならない。にしても、現在のところ彼の手のとどく範囲はしれたものだった。

「まったく、宮廷とは蜘蛛の巣だ。姉上にふさわしい場所ではない。なのに、蜘蛛の首領がもつ権力に、姉上の安全をゆだねるしかないとはな」

姉にふさわしい場所は王宮ではない。ではどこなのか、ということになると、九年前、ラインハルトの一家がキルヒアイスの隣家に転居してきた当時、と、むしろ空間より時間的に、ラインハルトは限定してしまう。キルヒアイスにも異存はない。ただ、彼らが思って、しかも直視しがたい風景が存在する。もしアンネローゼが皇帝につれさられず、市井の青年と愛をはぐくんだとき、ラインハルトやキルヒアイスはそれを許容しえただろうか。

あるときそのことに気づいて、ふたりは最初、呆然とし、ついで感情と理性の置き場にこまりはてた。権力によってアンネローゼを強奪した皇帝が、あるいは彼らを救ってくれたのかもしれない、と考えるのは、忍耐の限界を遠くこえた地点のできごとだったのだ。

ともあれ、新無憂宮《ノイエ・サンスーシー》の地上と地下には、呪詛《じゅそ》と誹謗《ひぼう》をつむぎだしてやまぬ膨大な暗黒がわだかまっている。それは五世紀にとどこうとするゴールデンバウム王朝の歴史が、人々の肉体と精神から流した血で培養してきたものだ。いつか、かならずアンネローゼをそこから救いだす。その誓約を忘れた日は、ラインハルトとキルヒアイスには一日もなかった。

第三章　クロプシュトック事件

I

帝国暦四八六年のこの時期、ラインハルトは新無憂宮《ノイエ・サンスーシー》の正門から北へ三キロほど離れたリンベルク・シュトラーゼの一画にある家の二階を借りて住んでいた。家の所有者は、クーリヒという元大佐の未亡人で、これが妹のやはり未亡人とふたりで一階に住み、二階にラインハルトとキルヒアイスそれぞれの寝室、共同の居間とバスルームがあった。

未亡人といっても、ともに六〇歳をこえており、ふたりは若者にとっては祖母のようなものである。姉のほうは痩《や》せて小柄な、おっとりした印象の老婦人で、ラインハルトに言わせれば宇宙で三番目に美味なフリカッセをつくることができた。二番目はレストラン『ポンメルン』の料理長《シェフ》で、一番目は——言うまでもない。

妹のフーバー未亡人は、ふたりの若者を固有名詞で呼ばず、〝金髪さん〟〝赤毛さん〟と呼びわけている。身体の幅が姉の二倍ほどもあり、なにごとにつけ動じるということのない女性で、キルヒアイスはともかくラインハルトは最初のうち〝金髪さん〟などとかるがるしく呼びつけられるのに不本意な表情をしめしたものだが、昨今《さっこん》では慣らされてしまった。それでも食後のコーヒーのあとは、身をひるがえして二階へ駆けあがってしまい、亡夫の思い出話を姉妹からステレオ式に聞かされる役は、キルヒアイスがひきうけざるをえなかった。おかげで彼は、クーリヒ、フーバー、両家の歴史と、彼女の夫たちが参加した戦闘について精通するようになった。

「そのときの中隊長は……ええと、赤毛さん、誰だったたっけね」

「ウェーバー大尉でしょう」

ラインハルトも逃げそこねて、両家のかがやかしい歴史を拝聴させられることがある。延々と軍国主義賛美めいた話を聞かせたすえに、フーバー未亡人は幅の広い身体をゆすって人道主義的な説教をするのだった。

「まったく若い人というのは、こまったものだこと。戦いというと、勝って武勲をあげることばかり考えて、戦死して親ごさんを悲しませることなんか想像もしないのだからね」

一〇〇回以上もくりかえし聞かされたことなので、いまさらあらたな感銘が呼びおこされるわけにもいかないが、ラインハルトとキルヒアイスは視線をかわして苦笑し、反論をひかえた。

軍人としては、無為の日がつづいている。だいいち、軍務省でも宇宙艦隊司令部でも、単独の執務室をあたえられず、会議のとき呼びだされるだけなのだ。キルヒアイスにいたっては、そのときラインハルトの背後に立っているだけが仕事で、若い彼らの活力は、無為の平和に二週間であきてしまった。後日になってみれば、それが彼らの多忙な人生におけるささやかな休息の日々だったと知れるのだが、当時の彼らはそんなものを欲していなかったのだ。気になるのは、ベーネミュンデ侯爵夫人の策動だったが、多少さぐりをいれたていどではなにも彼らの触角にふれてこなかった。

深慮遠謀のかぎりをつくして一匹の蟻もとらええないことがあるし、ささいな偶発事が多くの人の未来図にあらたな色を塗りくわえることもあるようだ。

その事件は、〝ささいな〟と称するには規模も大きく、深刻なものでもあったが、ラインハルトやキルヒアイスにとっては偶発事にはちがいなかった。彼らは完全にまきこまれたのである。

三月もなかばになろうというころ、ラインハルトのもとに一通の招待状がとどいた。門閥貴族中の重鎮ブラウンシュヴァイク公よりのもので、私邸に皇帝陛下をお招きして、高級士官とその夫人たちとの親睦パーティーを開催する、というものであった。招待状がとどくか否かで貴族たちが一喜一憂するといわれる、名門からの招きである。

パーティーの参加資格者は、准将以上の、いわゆる〝閣下〟の称号をえた者ばかりである。いまだ中佐のキルヒアイスには資格がないいっぽうで、〝現役、退役、予備役をとわず〟とさだめられているのは、貴族の頭数をそろえるためだろう。虚飾と空疎と浪費の三拍子かねた、さぞ盛大な宴になるものと思われた。

「いらっしゃるのでしょう、ラインハルトさま」

「ブラウンシュヴァイク公はきらいだ。尊大で選民意識が服を着て歩いているような奴だ」

「先方もラインハルトさまをきらっていますよ。それでも礼儀正しく招待状をだしてきたではありませんか」

「ことわられるのを期待しているにちがいないさ。それともたんなる手ちがいかな」

だが、キルヒアイスの助言がなくとも、ラインハルトは出席せざるをえない。

皇帝の臨席するパーティーに欠席するのは不敬罪として告発をうけるに値する。せめて皇帝がアンネローゼをともなわないよう祈るしかなかった。その姿を見るのは耐えがたいことだった。心のおもむくままに翼をはばたかせるには、ラインハルトをかこむ檻はなお強大であったのだ。

Ⅱ

当日、キルヒアイスの運転する地上車《ランド・カー》で、華麗な礼装のラインハルトはブラウンシュヴァイク公爵家の邸内にはいった。高い石の塀で森ひとつをかこんだ豪壮な邸宅を、内部から見るのは最初の経験だった。赤い服の私兵たちが、門から車よせまで一キロ以上の道の両側にならんでいる。車をおりるとラインハルトは車窓に顔をよせた。

「なるべく早く帰るつもりだ。悪いが待っていてくれ」

「ごゆっくりどうぞ。それより、ラインハルトさま、貴族どもを相手に短気をおこさないよう願います」

うなずいて顔を玄関にむきかえると、ラインハルトは表情と姿勢をあらため、誰ひとりまねのできない流麗な足どりで玄関にむかった。あれほど美しいみごとな後ろ姿の所有者が、他の貴族のなかにいるだろうか。そう思いながら視線をうごかしたキルヒアイスは、隣に駐車した地上車《ランド・カー》からおりたった初老の貴族の姿をふと見とがめ、通りかかったメイドにたずねた。

「あの貴族はどなたですか?」

メイドは〝ハンサムな赤毛ののっぽさん〟にまぶしそうな視線をむけ、たしかクロプシュトック侯爵閣下である、と教えてくれた。このところ社交界とは無縁だった人である。

キルヒアイスは予言者ではない。それ以上の関心を、クロプシュトック侯爵とやらにはむけなかった。館の主人であるブラウンシュヴァイク公自身をふくめ、このパーティーに参加するラインハルトの敵、そこまではいかぬものの友好関係にない人々の数を思うと、すでに宮廷の内外で〝過去の大物〟とされている初老の貴族に、いつまでも関心を集中させてはいられなかったのだ。おさまりの悪い赤毛を指先でかきまわすと、キルヒアイスは運転席のシートに長身を沈めた。

さざめく紳士淑女の群を、シャンデリアの光が、奇妙に不実な印象で照らしだしていた。皇帝のための賓席を中心として、最高級の大貴族の席がならび、さらにその外側は立席になっている。客をこうもランクづけるのは無礼な話だが、これは最初から主人がランクを自慢するための宴席なのだ。ラインハルトはむろん立席の客でしかない。

ブラウンシュヴァイク公が拍手のなかで立ちあがってあいさつを述べ、つづけて言った。

「皇帝陛下は会場《こちら》へおいでの途中、急に腹痛をもよおされ、途中より皇宮へひきかえされた。残念ながら今回は出席を見あわされるとのこと、宮内省より通達があった。各位には、どうか酒と料理を存分に楽しんでいただきたい」

来客たちのあいだから、やや形式的な失望の声があがったが、じつのところ、人格的魅力や機知にめぐまれたわけでもない皇帝の欠席を、心から残念がった者はいなかった。ブラウンシュヴァイク公が席のひとつに視線をとめた。

「クロプシュトック侯爵はいかがされた？」

「さあ、先刻よりお姿が見えませぬが」

侯爵の席はからで、皇帝の賓席から五、六歩をへだてただけの豪華な椅子は空間をすわらせているだけである。その脚下には黒いケースがおかれていた。銀の皿に盛られた犢《こうし》のワイン煮も、芳香を冷ましかけている。

ラインハルトがワイングラスを片手に壁ぎわにたたずんでいると、ざらついた声が投げかけられた。

「これはこれは、忠勇無双の帝国軍人、華麗なる天才児もご来場であらせられたか」

ラインハルトは、両眼にひらめきかけた嫌悪と侮蔑の表情を、意思のスクリーンでかき消した。彼はほとんどの貴族をきらっていたが、いま眼前に立つフレーゲル男爵は、なかでも、ラインハルトの好意や愛情から最長の距離にいた。彼はラインハルトより五歳年長の二四歳で、予備役少将の階級を有しているが、これはブラウンシュヴァイク公の甥という身分にたいしてあたえられたもので、勇気や用兵術を評価されてのことではなかった。ラインハルトが大将であることを、ことさらに不思議がることはできても、自分が戦場経験もなく少将たりえることを疑問には思わない青年だった。価値判断の基準が、歴史的な既得権の有無だけにすえられており、ラインハルトにたいしては花園を荒らす害鳥としての評価しかあたえていない。

両者のあいだに火花は散らなかった。それより早く、一団の貴婦人から声をかけられて、フレーゲル男爵が歩みさったからである。そのあとにわずかな瘴気《しょうき》がただよったようだった。

広間の正面では、ルドルフ大帝の像が、高い台座の上からラインハルトたちを睥睨《へいげい》している。四二歳で即位したときの姿を写したものという。身長一九五センチ、体重九九キロ、分厚い胸と盛りあがった肩の、圧倒的な巨軀。暗赤色の頭髪、鼻下とあごは無髯《むせん》で、もみあげからつづく頰ひげが印象的である。典雅な美男子ではない。力感と鋭気にとんだ偉丈夫であり、他者を支配することに最高の価値観をおく強大無比な権力者の姿だった。この肩には、全人類の生命や大帝国の命運も重すぎることはなかったろうと思わせる。だが、ラインハルトにとってこの巨人は超克の対象であって、畏敬の対象ではない。

小さなさわぎがおこった。某男爵夫人が不意に貧血をおこして倒れたのだ。医者を呼ぶ声はただちにおこったが、さしあたり夫人をすわらせる席が必要だった。

「クロプシュトック侯爵のお席をすこしお借りしよう、そのケースをどかせてくれ」

男爵夫人の身体が従者たちによって椅子に置かれ、黒いケースは、ひとりの若い貴族にゆだねられた。身分ある客人の荷物を、おろそかにはあつかえない。ひとまず玄関わきのクロークに保管し、客人がもし忘れて帰ったのなら後刻、送りとどけなくてはならない。

ケースは広間からはこびだされかけた。

最初に光と熱が生まれ、一瞬おくれて轟音《ごうおん》と爆風が渦をつくった。

Ⅲ

地上車《ランド・カー》の座席が震動し、すさまじい音量の波が車窓ごしにキルヒアイスの全身を打った。半瞬で全身に緊張をとりもどし、キルヒアイスは車外にとびだすと、うろたえさわぐ人々のあいだを駆けぬけた。

「ラインハルトさま！」

大理石の階段を、キルヒアイスは長い脚で駆けあがった。勢いよく屋外へ流れでる煙が無彩色の渦をつくり、悲鳴や叫びが渦にのって散乱する。この期におよんでも、秩序意識からキルヒアイスを誰何《すいか》する声がとんだが、むろん赤毛の若者は無視してのけた。

「ブラウンシュヴァイク公！　ブラウンシュヴァイク公はいずれにおわす⁉」

広間にはいると、彼の傍を行きちがった壮年の士官が館の主人をもとめて叫んだ。

「アンスバッハ、アンスバッハ、わしはここだ……早く早く、助けてくれ」

大きいが弱々しい声が煙を割り、士官はその方角へ駆けさって煙のなかに身を没した。

キルヒアイスは、血管のなかで感情と理性が沸騰する音を聴いたように思う。こんなパーティーに出席することを勧めるのではなかった。彼の生命の源泉ともいうべき金髪の若者に、無益な危険を犯させてしまった。

「ラインハルトさま、どこにいらっしゃいます⁉」

それ以外の言葉を、キルヒアイスの言語中枢はつむぎだそうとしなかった。彼はごくまれにしか味わいえない感情――後悔と喪失感をともなった恐怖に、神経網をわしづかみされていた。

彼の叫びに応える声が永遠にかえらなければ、彼は自分自身の存在価値を失うことになるのだ。爪先にやわらかいものがふれた。爆風にとばされた人体の一部だった。彼は嘔吐をこらえ、さらに叫んだ。

「ラインハルトさま、返事してください」

「……キルヒアイス！」

その声は大きくはなかった。おそらくキルヒアイス以外の何者も聴覚を刺激されることはなかったろう。だが、赤毛の若者にはそれだけで充分だった。なかば破壊された大理石の装飾柱の傍に、豪奢な黄金の髪のかがやき。

「ラインハルトさま、ご無事で……」

恐怖の深淵から安堵の水面へ、急浮上しつつ、走りよったキルヒアイスは声の震えを自覚した。床にすわりこんでいたラインハルトは、安心させるように笑ってみせると、両耳をかるく掌でたたいた。

「まだあまりよく聞こえないのだ。鼓膜がさっきから情ない悲鳴をあげていて……」

キルヒアイスの差しだしたハンカチで、顔についた煤《すす》をふきとりながら、ラインハルトは立ちあがった。勢いよく、とはいかなかったが、落ち着いているのがキルヒアイスにはうれしい。

「じっとしていれば、お前が来てくれると思っていた。だからうごかなかった……ふう、なんとか、この悪趣味な柱のおかげで助かったようだ」

煙はかなり薄れていたが、なお白濁した気流が視界にヴェールをかけ、聴覚や嗅覚によってむしろ流血の惨状がつたわってくる。

「爆弾でしょうか」

「花火じゃなさそうだ」

「お赦しください。私がパーティーに出席なさるよう勧めたばかりに……」

「そうだ、お前のせいだ、明日はコーヒーをおごってもらうぞ」

それ以上の謝罪は無用であることを言外にラインハルトが告げたとき、大きいが重さのない声がなにやらどなりたてるのが聞こえてきた。

「あのわめき声だと、ブラウンシュヴァイク公は生き残ったらしいな」

「さっき公爵の部下と行きあいました」

残念とは口にださなかったが、ラインハルトはやや失望の態《てい》で礼服につつまれた肩をすくめた。ブラウンシュヴァイク公が死ねば、それは過去の噂を信じたベーネミュンデ侯爵夫人のしわざだと主張できるかもしれない、と彼は煙のなかで考えていたのである。それでも、不幸中の幸いと呼びうる事象をどうにか思いだしたようで、

「皇帝が腹痛をおこしてよかった。もし姉上がこの場にいらしたらたいへんだった」

キルヒアイスは満腔《まんこう》の同意をこめてうなずいた。まったく、その可能性もあったのだ。ラインハルトの所在をもとめていたときの恐怖の残滓が鎌首をもたげて、彼は一瞬、身慄いした。

ラインハルトは、こわれたテーブルの陰から一瓶のワインをとりあげ、瓶の首をテーブルの角でたたき割った。

「四一〇年物の白だ。飲み残しては招待主に悪かろう」

答えようとして、キルヒアイスは傍にあらわれた人影に気づいた。おそらく警護の士官だろう、礼服を着用していない。

「失礼、役儀によってただすが、卿《けい》の官位および姓名は？」

帝国軍大将ラインハルト・フォン・ミューゼル、と、金髪の若者が名のると、きれいに口ひげをととのえた三〇歳すぎの士官は、あらたまって敬礼をほどこした。

「あなたがグリューネワルト伯爵夫人の弟ごでしたか。失礼しました。私はエルネスト・メックリンガー准将と申します。上司のもとで、館の警護を担当しておりました」

「責任重大だったな。これからもたいへんだろう、健闘を祈る」

ラインハルトはふと記憶回路をさぐる表情をした。メックリンガーという名が脳細胞を刺激したのだ。

「私事ながら、ヴェストパーレ男爵夫人からよくお噂をうかがっております」

「ああ、そうだ。私も卿のことを夫人からうかがったことがある」

ラインハルトは口をつけないままの瓶を赤毛の友に手わたした。

「で、犯人の心あたりは？」

メックリンガーはかたちのよい口ひげの下で、やや皮肉なかたちに唇の線を曲げた。

「ひとたびパーティーに出席なさりながら、途中で退席なさった方を、まずはうたがってかからねばなりますまい。小官の調べたところでは一八人おられます」

皇帝が臨席しないと判明した時点で、退席した者がいたわけだが、なかで、もっとも早く、しかもただひとり〝忘れ物〟を残していった人物――クロプシュトック侯が最大の容疑者である、とメックリンガーは述べた。

「名士が犯罪に加担したこと、これまでにいくらでも例があります。にしても、今回はなかなか華麗というべきですな」

即死者が一〇人をこし、負傷者はその一〇倍に達する。そのうち三割は、冥府《めいふ》に旅だつ準備をしているように思える。貴族たちにすれば、これは一〇万人の貧民が餓死するより重大で冒《ぼう》瀆《とく》的な凶事なのである。しかも容疑者は、名門中の名門の当主であった。

Ⅳ

クロプシュトック侯爵家には、名門として他家に劣らぬ歴史がある。その開祖アルブレヒトはルドルフ大帝がいまだ銀河連邦《USG》の国会議員であったころから彼に与《くみ》し、国家革新同盟の書記長として共和政の打倒に力をつくした。帝政がはじまると内閣書記官長、ついで財務尚書、さらに悪名高いファルストロングの死後、内務尚書に任じられ、〝血のローラー〟と称される共和派の粛清・虐殺に貢献した。以後、二〇代にわたって貴族官僚としての家系を誇り、六人の国務尚書をだし、七人が皇室と婚姻をむすんだ。一度は皇后もだしている。名誉、権力、富の三者を両腕いっぱいにかかえた特権階級の典型であった。

彼らの頭上に陽が翳《かげ》ったのは、現在の皇帝フリードリヒ四世の即位からである。そもそも、フリードリヒの弟が帝位につくものと予期して、すくなからぬ投資をおこない、国務尚書職をあたえるという口約束までえていたのに、逆転をかさねた事態は、フリードリヒを玉座に押しあげた。はずれた予測に狼狽したのはクロプシュトック侯だけではなかったが、フリードリヒを帝位継承競争の敗残者とみなして蔑視しつづけてきた彼の態度は、フリードリヒ当人よりむしろ側近たちに憎まれていたので、いまさら軌道の修正もかなわなかった。敗残者として蔑視される立場は、クロプシュトック侯のものとなり、三〇年もそれがつづいた。

クロプシュトック侯は、即位以前の〝フリードリヒ大公〟が遊蕩の費用を捻出するのにこまりはて、借金とりから逃げまわっていた姿を知っている。友人とのあいだで、幾度、嘲笑の種にしたことか。その後、状況の激変によって、フリードリヒが至尊の冠を頭上にいただいたところで、神聖不可侵などというたわごとを信じこみうるはずがなかった。

歴史的に、特権階級の通弊である他罰主義の傾向が、クロプシュトック侯の心のなかで急速に根を広げていった。一万日にわたって屈辱と抑圧の肥料がそそぎこまれた。幻想に終わった地位、拒否された縁談、ことわられた交際、そして無数の冷笑。

帝国暦四八六年三月二一日、クロプシュトック侯ウィルヘルムは、セラミック製の黒いケースを片手に、帝国軍予備役大将の礼服を着て、ブラウンシュヴァイク公爵邸の門をくぐった。じつに三〇年ぶりであった。それにさきだち、侯爵家創立以来、帝都の一角に所有していた宏壮な猟園とそれに付属した邸宅を皇帝に献上し、宮内省や典礼省の高官に多額の献金をおこない、ブラウンシュヴァイク公らおもだった門閥貴族に、秘蔵の美術品を贈った。辞を低くし、傲慢な頭をさげて、社交界への復帰を懇願した。自分自身の経験から、貴族にたいしては、はいつくばってみせることがもっとも有効だ、と、彼は知っていた。心地よく優越感を刺激されたブラウンシュヴァイク公は、皇室すら所有しない名画の幾枚かを満足してながめ、陰惨な決意をひめた暗殺犯を鷹揚《おうよう》に自邸へひきいれたのである。

国内治安をあずかる内務省には、五世紀にわたる悪弊が、パイの皮さながら幾重にもまきついている。迷宮入りした犯罪、真相を公表しえぬ政治的陰謀など、すべて、〝帝政打倒をたくらむ共和主義者の策謀〟として処理してしまうのである。ときとして、すでに収監されていた政治犯や思想犯が、罪状を加算されて、重罰をくわえられたものだ。

開祖ルドルフ大帝は、共和主義者を摘発するため密告を奨励した。密告が事実なら表彰され、事実でなくとも、皇帝にたいする忠誠心のあらわれとして、処罰されなかった。官憲が共和主義者を射殺したとき、無辜《むこ》の市民がまきぞえになっても、共和主義者の傍にいたことじたいが悪であるとして、官憲は免罪されるのだった。

今回は、〝不逞《ふてい》な共和主義者〟の出る幕はなさそうだった。爆弾が、クロプシュトック侯爵の持参した黒いケースにはいっていたことは、その夜のうちに確定した事実となった。

「クロプシュトック侯が、まさか⁉」

だが、侯爵邸に駆けつけた憲兵たちは、主人の留守をあずかる執事や家僕たちの、狼狽と不安にさいなまれる表情に対面しただけだった。宇宙港にも当局の手が伸びたが、クロプシュトック家の自家用宇宙船は、爆弾が炸裂した時間に、いかにも大貴族らしく、公共用の客船に優先して出港していたのである……。

「討伐軍が派遣されるそうです。当然のことですが、クロプシュトック侯は大逆罪の未遂犯としてすでに爵位を剝奪されました」

事件の翌朝、キルヒアイスからその情報をえたラインハルトは、二着めの礼服に身をつつんで皇宮へおもむいた。徹夜で情報収集にあたったキルヒアイスには、家でひとねむりするよう命じておいて。

謁見《えっけん》を申しこんだラインハルトは、一〇人ほどの先客とともに二時間以上待たされた。歴代の皇帝のなかには、早朝四時から執務室にはいる者もいたと言われるが、現在の皇帝フリードリヒ四世は、早朝から廷臣を酷使するより謁見希望者を待たせる道をえらんだようである。

謁見が開始されてから、さらに一時間半がついやされた。謁見室に一歩をふみいれたラインハルトはふたつのことに気づいた。アンネローゼが皇帝の傍にいないこと、大気中にアルコールの微粒子がただよっていることだ。

「……ミューゼル中将、このたびは災難であったな。だが、けががなくてなによりであった」

ラインハルトはさらに深く頭をさげた。侍従が謁見希望者のリストに視線を投げ、皇帝の耳もとでなにかささやく。

「そうか、もう大将であったな」

「陛下のおかげをもちまして……」

「うむ、そうだ、予《よ》が任命したのだ」

皇帝はアルコール臭の大きなかたまりを口から吐きだして笑った。銀のサイドテーブルに鎮座する白ワインの瓶は、半分以上も空《から》になっている。

「で、今日は朝からなんの用で、そなたの恩人をたたきおこしたのだ」

「クロプシュトック侯討伐の件につきまして、臣を将として派遣してくださるよう、お願いに参上いたしました」

表情と感情を押し殺してラインハルトは用件だけを口にした。この窒息感から解放される日の到来を、すこしでも早めたい。

「ああ、その件か。そなたが願うのも無理はないが、すでに指揮官はさだまった。もう変更はきかぬ」

「どなたですか、その方は」

「ブラウンシュヴァイク公がな、ぜひやらせてくれと言うのでな。昨夜のうちに言うてきたのだ」

「公爵閣下は軍人としては予備役でいらしたはずですが、その点を陛下にはお忘れでいらっしゃいますか」

「そなたの申すとおりだが、今回にかぎり一時的に現役復帰を願いでてきた。なにしろ、大貴族で被害をうけた者が多くての、みな自分自身や兄弟や従兄弟やらの復讐をはたそうとしておる。旧くより、復讐は貴《とうと》き血の欲するところと言うし、とてもとめられるものではない。それに、そなたと仲の悪い……誰であったか」

皇帝は指先でこめかみをたたいた。

「そうじゃ、フレーゲル男爵であった。あの者も参加することになっておる」

「お言葉ではございますが、陛下、臣はどなたとも意趣《いしゅ》をかまえたことはございません。男爵のほうではどうか存じませんが、臣にはふくむところはございませぬ」

皇帝は、にぶい眼光を、若い廷臣の豪奢な黄金色の頭にそそいだ。笑いとも吐息ともつかぬさざ波が、あごの周囲にたった。

「……まあいずれにせよ、そういった者どもが多く従軍する。そなたでは、ちと指揮しづらかろう」

「御意」

不本意ながら皇帝の正しさを認めないわけにいかなかった。

「せっかく来たのだ、許してつかわすゆえ、そなたの姉に会っていけ」

謁見室を出て、回廊の一角に、歩みよってくるフレーゲル男爵の姿を認めたとき、ラインハルトは、皇帝への弁明が心にもないものであったことを証明してしまった。露骨な嫌悪の表情をつくったのだ。もっとも、フレーゲルの態度は、あからさまな点でラインハルトをしのいでおり、両眼には有毒の炎がちらついていた。

「ほう、ミューゼルどのはご無事だったか。私の友人は幾人か死んだ」

「男爵閣下も、ご無事でなによりでした。お友だちの件はお気の毒です」

「私も卿《けい》のように身分低く生まれ育つべきだった。あのような場で友人を亡くさずにすんだものをな」

相手が傷つくことを楽しむように、男爵は声を高めた。友人の死すらラインハルトをいたぶる道具に使っているのだが、当人はその残酷さに気づいていない。

「私は自分が生まれた身分に満足しております」

キルヒアイスのたしなめる表情を想いながらも、ラインハルトは切り返してしまった。

「なぜなら、現在の自分が先祖の名声に値しない存在であることを、大声で自慢するような友人をもたずにすんだからです」

二秒ほどの間をおいて、男爵の顔色が一変した。他人を傷つけることには慣れていても、傷つけられることには慣れていないのだ。

「以前から思っていたことだが、卿《けい》はいますこし言動に注意したほうが将来のためではないか」

「充分に注意しております。ですが残念ながら、躾《しつけ》の悪い犬にほえかけられることがたびたびで、ときには蹴とばすほうが犬のためでもあろうという気がいたします」

言う者も受ける者も神経を灼熱させていた。

「つけあがるなよ、孺子《こぞう》」

そうののしるフレーゲル自身、いまだ二〇代前半でしかないのだが、さらに若いラインハルトにたいしては有効だと思っているようだった。薄い礼節の殻がはかなく破れると、憎悪の蒸気が勢いよく噴きだしてくる。

「討伐から帰ったら、きさまとは結着をつけてやる。忘れるなよ」

「どうぞ、ご無事で帰っておいでなさい。平民の部下に救われたりせず、自力でね」

修復不可能な溝《みぞ》が両者のあいだに掘られた、その速度は記録的なものであったろう。フレーゲルは、皇宮内という場所を考え、かろうじて暴力の行使を断念した。

「姉の身に気をつけるんだな」

それはたんにいやがらせの一言でしかなかったろうが、このうえない不快さでラインハルトの感性を刺激した。彼はとっさに声を失い、背を見せて遠ざかるフレーゲルの後ろ姿に、殺意の矢を放った。彼の胸に、ささやかだが確乎《かっこ》たる意思が芽ぶいていた。

V

キルヒアイスが同行していないのは残念だが、鳥籠にとらわれた姉に面会する機会を逃がすことはできなかった。フレーゲルの不快な顔を心の足で踏みつけておいて、ラインハルトは姉の館を訪れた。

多少の落胆を余儀なくされたことに、ふたりの先客がいた。シャフハウゼン、ヴェストパーレの両夫人である。他人がいるところで、ベーネミュンデ侯爵夫人の害意を知らせるわけにもいかなかった。サロンに腰を落ちつけたラインハルトが、討伐軍に参加できないことを残念がると、姉はコーヒーにクリームをいれながら、さからいがたい微笑をたたえた。

「すこしは他人に功績をわけておあげなさい。なにもかも自分ひとりでやるものではなくってよ。今度のことでは、無事だっただけで充分ではない?」

「はい、わかっています」

「ほんとうにそうだといいのだけど……」

アンネローゼは春の陽ざしが微風にゆらめくような笑顔をつくり、ラインハルトは赤面した。自分が姉の意にそった人生を送っているかどうか、心もとないことはなはだしいのである。そんな彼のようすを見て、ふたりの貴婦人が頰をほころばせた。

シャフハウゼン子爵夫人ドロテーアは、容姿からいえばかろうじて美人といえるかどうか、というところだが、貴族社会にあっては、まれにみる美質の所有者だった。善良で親切なのである。もともと平民の出身で、彼女との結婚を認めてもらうために、シャフハウゼン子爵は宮内省や典礼省の金庫にすくなからぬ謝礼金や工作費をそそぎこんだという。ために子爵家の資産は半減したというが、夫のほうも突然変異的に善良な人物で、ほとんど宮廷に出入りせず、薬用植物の研究と旅行記の読書に日を送っている。口にだしてアンネローゼをかばったことはないが、一度として彼女との交流をこばんだことはなかった。

ヴェストパーレ男爵夫人マグダレーナは、その称号にもかかわらず夫をもたない。女性ながら男爵家の当主で、黒い髪と黒い瞳、象牙《ぞうげ》色の肌をした、こちらは歴然たる美女である。

〝歩く博物館〟などという呼び名があるのは、七人の若い愛人がおり、それがすべて無名の芸術家だからである。建築家、画家、詩人、彫刻家、作曲家兼ピアニスト、劇作家、陶芸家と各種とりそろえている。〝彼女は曜日ごとに男をとりかえている〟などと中傷まじりに噂されているが、あるとき劇作家が自作を某公爵邸のサロンで上演することになり、当日はりきってあいさつに立ったところ、「水曜日の男！」とやじられ、狼狽することはなはだしかったと伝えられる。もっとも、劇はちゃんと上演された。笑いころげる貴族諸公を、彼女が「おだまり！」と一喝し、一同静まりかえったからであるとか。

才気と闘争心にめぐまれたこの美女が、なんの閥《ばつ》にも守られず宮廷にはいってきたアンネローゼには好意をいだき、なにかと親切をしめし、他の貴族たちも彼女には圧倒されて、蔭口をたたく以上のことをなしえずにいる。

シャフハウゼン子爵夫人はともかく、ヴェストパーレ男爵夫人は、ジークフリード・キルヒアイスにとっていささか鬼門めいた存在だった。彼は芸術家などではないにもかかわらず、この夫人がときとしてキルヒアイスに無意味とは思えぬ視線を投げるのだ。ラインハルトも気づいていて、いささか無責任におもしろがっている。才色兼備の貴婦人に魅力を認められてうらやましい、などと言うのだ。

「ではラインハルトさまがお相手なされば？」

「残念ながら男爵夫人は、金髪の男はきらいだそうだ。柔弱に見えるらしい。赤い髪は情熱と誠意の証明だというからな」

もしキルヒアイスが本気で男爵夫人に応《こた》えたら不快になるのがあきらかなくせに、ラインハルトはそうからかう。

「私は黒い髪の女性はきらいです。性格がきつく見えます」

などとキルヒアイスは切り返すが、それが本心であれ冗談であれ、面とむかって男爵夫人にそうは言えない。今日、この館を訪問しそこねて、キルヒアイスは残念ななかに安心する気分もあるだろう、と、ラインハルトは思う。

長居をさけてラインハルトが辞去するむねを告げると、アンネローゼは巴旦杏《ケルシー》のケーキを半ダースほどバスケットにつめてくれた。

「これをジークとふたりでわけてね。やっぱり、おみやげは食べるものが一番いいでしょう?」

「姉上、私たちはいつまでも食べざかりの子供みたいに思われているのですね」

姉の返事はやや複雑だった。

「そうね、そう思いたいわ、ほんとうに……」

Ⅵ

三月三〇日、一時的に現役復帰した帝国軍上級大将ブラウンシュヴァイク公爵を指揮官として、クロプシュトック侯討伐の軍隊が帝都オーディンを進発した。正規軍と、各貴族の私兵との無秩序な混成部隊で、一貴族の傭兵隊にたいするに、数だけは充分だった。貴族たちの公私混同が額縁つきで展示されている、とラインハルトは思わざるをえない。彼らにとってこの武力行動は親族や友人の復讐であって、大逆罪など名分にすぎないのだ。

その後ラインハルトは帝都にあって無為の日々を余儀なくされたが、一日、姉の安全が気になってヴェストパーレ男爵夫人にTV電話《ヴィジホン》をいれた。夫人はアンネローゼは元気だ、と確言したあとで話題を転じた。

「ご存じ？　例の討伐軍は苦戦しているようよ」

「ありうることですね」

討伐軍は数こそ多いが烏合《うごう》の衆だし、地上戦となれば迎撃するほうに地の利がある。クロプシュトック侯も、覚悟と自棄の線上で、傭兵隊に出費を惜しまぬらしい。苦戦もやむをえぬところであろう。

それにしても、大貴族どもが徒党をくんで一軍を編成しても、恐怖するに値せぬということではないか。フレーゲル男爵など、大言壮語する万分の一も軍人として通用するとは思えない。

「討伐軍には、専門職の軍人が幾人も戦闘技術顧問としてついていったけど、とくに若手の貴族たちがまるで指示にしたがわないので、内輪もめが絶えないらしいわ。ブラウンシュヴァイク公はどなってばかりいるそうよ」

「おくわしいですね」

「メックリンガー准将が教えてくれたのよ」

　ラインハルトは描いたようにかたちのいい眉をかるくうごかした。

「よろしいのですか、私などに教えてくださって……」

「あなたに伝えてほしい、ということでね。わたしは中継機にすぎないの。どう、あなたも宮廷の内外に味方をふやしておいたほうが、お姉さまのためでもあるわよ……」

　ヴェストパーレ男爵夫人の姿が画面から消えると、ラインハルトはかたちのよいあごを指先でつまんで考えこんでいたが、やがて部屋にはいってきたキルヒアイスに男爵夫人との会話を告げ、メックリンガーとよしみを結ぶべきだろうかと相談した。

「彼のほうでも役にたちたいと思えばこそ、知らせてくれたのでしょう。今後の情宜を期待してよいのではありませんか」

「問題は、期待のていどだな」

　現在、ヴェストパーレ男爵夫人をとおしてラインハルトに好意的であるとしても、最終的なラインハルトの野望についてきうるか否か。ことが大逆罪に類するだけに、同志の選定は慎重をきわめる必要があった。すでに幾人かのリストは作製してあるが、万全にはほどとおい。まったく、彼はいまだ政治的に無力な一軍人にすぎなかった。

「お前の一〇分の一も有能で信頼に値する者がいればなあ、すぐにでも味方にするのだけど」

黄金色の頭の背後で、ラインハルトは両手をくんだ。

ゴールデンバウム王朝の積年の弊害と苛政《かせい》は、人心にとって負担の限界に達している。漠然としたものもふくめ、恒常的な不満を結束し、収斂させれば、老衰しきった巨竜を地に撃ちおすことは可能であろう。ただ、反抗する相手がいざ倒れれば、かえって狼狽する骨なし連中がけっこういるものだ。そういう奴らと手を結ぶことは、どたんばでの裏切者を養成するようなものである。メックリンガーの好意を過大評価するわけにはいかなかった。

エルネスト・メックリンガーというその青年士官は、軍人としてヴェストパーレ男爵夫人に愛されたのではなく、芸術家として遇されたのだった。彼は彼女の七人の愛人とちがい、自分で自分を養うことが充分にできただけでなく、芸術家としてもすでに名声かそれにちかいものをえていた。散文詩人であり、水彩画家であり、ピアニストでもあって、それが逆に、無名好みの男爵夫人に一線をもうけさせることになっているようだった。男爵夫人としては、彼女の精神的物質的な助力を必要とする男性にのみ、強烈な保護欲をそそられるようであった。

「……そうでしょうか」

キルヒアイスの声は、不審にみちている。だとしたらなぜ、パトローネ志向の男爵夫人が彼に食指をうごかすのだろう。

ラインハルトは小さく声をたてて笑った。

「菜食主義者でも、肉を食べたくなることがあるだろう。メックリンガーは、いわば豪華なサラダみたいなもので、かえって食欲がおきないのではないかな」

「女性心理に、ラインハルトさまがそれほどお精《くわ》しいとは知りませんでした」

「想像してみただけさ。ほんとうはどうか知らない」

ラインハルトは手をほどき、黄金の髪をひとつ波うたせた。どこかで一線をこえなくては、人材はもとめがたい。そのための契機《きっかけ》を、彼は欲しているのだった。


五月二日、討伐軍がクロプシュトック侯領から帰還してきた。たかだか地域的な小乱を平定するのに一カ月以上を要したのだ。

その夜、新無憂宮《ノイエ・サンスーシー》をふくむ帝都の一角は、春の終わりの嵐に洗われていた。窓の硬質ガラスは雨と風の情熱的なダンスを映しだし、数分おきに雷光のひらめきに青白く飾られた。

ラインハルトはとくに嵐の光景を好んだわけではないが、その夜は室内を暗くして、放電現象のつむぎだす抽象画に見いっていた。純粋な観賞とはいえない。雷光の一閃一閃が、姉アンネローゼにむけられたベーネミュンデ侯爵夫人の懐剣のひらめきに見えるのだ。

フーバー夫人が来客をつげたのは一一時すぎである。〝赤毛さん〟は夫人にあやまりながら階段をおり、ブラスターの所在を確認しつつドアTVで客の身分をたずねた。

「帝国軍少将オスカー・フォン・ロイエンタールと申します。夜分、申しわけないが、ミューゼル大将にお目にかかりたい」

画面に映った訪問者の瞳が、右は黒く、左は青く、ことなる色の光を放っていることに、キルヒアイスは気がついた。

第四章　軍規をただす

I

オスカー・フォン・ロイエンタールとウォルフガング・ミッターマイヤーは、クロプシュトック侯領討伐軍の戦闘技術顧問をつとめていた。

この年、帝国暦四八六年、ロイエンタールは二八歳、ミッターマイヤーは二七歳であり、階級はともに少将であった。士官学校においては前者が一年先輩であったが、そこでは相識《し》る機会がなぜかなく、四八〇年にはじめて彼らは顔をあわせる。イゼルローン要塞の一角、当時は皮肉っぽく〝後《ヒンター》フェザーン〟と呼ばれた士官用酒場においてである。

当時、ミッターマイヤーが少尉から昇進しての中尉であったのにたいし、ロイエンタールは大尉から降格しての中尉であった。戦闘における失敗や、その要因となる臆病や無能などのゆえに階級の逆行を余儀なくされたのではない。

これよりさき、戦艦クロッセンの艦長ダンネマン中佐に美貌で知られる令嬢がおり、将来を嘱望《しょくぼう》される三人の青年士官から結婚を申しこまれていた。父親は開明的な意思からか、責任を回避したかったゆえか、選択を娘自身にゆだねた。令嬢は三本そろったくじの一本に指をかけてはひっこめるという態《てい》で、三年間も決断をくだしえずにいた。ある週にはA大尉の精悍な行動力が好ましく思えたが、つぎの週には彼の粗野な独断ぶりが鼻につく。ある月にはB大尉の思慮深さに惹《ひ》かれるが、ひと月たつと優柔不断ぶりにいらだたしくなる。ある日はC中尉の若若しい純粋さを愛《いと》しく感じるが、一夜明けるとたんに幼稚なだけに見える。彼女自身の価値観が確立されていなかったので、選択も流動的にならざるをえなかった。

そこへ登場したのがオスカー・フォン・ロイエンタール大尉だった。金銀妖瞳《ヘテロクロミア》の美男子は、古代の灯台のように立っていただけだが、その放つ光は鳥を招きよせずにいなかった。令嬢は第四の男に魂を奪われた。令嬢の心のスクリーンに映った彼は、A大尉より典雅で、B大尉より果断で、C中尉より人間として成熟していた。

ロイエンタールのほうは令嬢に無関心だった――彼女が彼の正面に立つまでは。そして彼女が視界にはいると、無造作に花をたおってしまった。たおられたほうは、それが両者の将来を約束する行為だと信じたが、たおった側では、ベッドはともかく将来を共有する意思などまったくなかった。何リットルか女の涙が流れたのち、騎士道精神と私怨とがつれだって、〝不実な漁色家〟の前にあらわれ、A大尉、B大尉、C中尉から決闘が申しこまれた。

「いいだろう、そちらで時間を調整してくれるならな」

金銀妖瞳《ヘテロクロミア》の〝女たらし〟はそう答えた。

こうしてロイエンタールは一日に三度の決闘をおこなった。一度はブラスターで、二度は軍用サーベルで。彼は三度勝ち、三人の重傷者を病院へ送りこんだ。彼自身は左上膊部にごくかるい刀創をおったにとどまる。

軍隊内における私的決闘はむろん禁じられており、挑戦した者、受けた者の双方とも処罰される。三人にまで重傷をおわせたロイエンタールは一階級を降等された。みずからすすんで被害者となった三人も同様であった。この決闘さわぎに関与した四人が四人とも、帝国騎士《ライヒスリッター》の称号を有する下級貴族であったため、軍法会議は形式にのっとった公平さで事態を処理することができたのである。負傷した三人が爵位を有し、ロイエンタールが平民であったら、かたちはどうであれ彼の両足は現世から離れることになっていたであろう。

さしあたり彼の両足は、当時の赴任地を離れて、最前線のイゼルローン要塞へむかわざるをえなかった。

おなじ時期に、こちらは自由惑星同盟《フリー・プラネッツ》との戦いで武勲をたて、中尉に昇進したウォルフガング・ミッターマイヤーが赴任してきたのである。

ウォルフガング・ミッターマイヤーはそのとき二一歳で、どちらかといえば小柄な身体は体操選手のようにひきしまり、均整がとれていた。おさまりの悪い蜂蜜色の髪、するどくかがやくグレーの瞳が若々しく、活力に富んだ印象をあたえる。個人的な勇敢さと指揮官としての果断さが擬人化したような印象さえあった。

　二二歳のロイエンタールは長身の美男子で、ダークブラウンの髪はともかく、黒い右目と青い左目のくみあわせは、恋人をもつ男性には不吉なものと映ったであろう。

　彼らがたがいを友とみなすにいたったゆえんは、当時イゼルローン要塞をさわがせた事件にあったようだ。これは〝後《ヒンター》フェザーン〟で働いていた女が客のひとりを射殺したことからはじまって、一週間ほど全要塞を騒然とさせたが、真相は憲兵隊の資料室に封印されている。とにかく、周囲が気づいたとき、〝女たらしの下級貴族〟と〝かたぶつの平民〟は、胸襟《きょうきん》をひらいて語りあう仲になっていた。

　その年のすえに、彼らは大尉に昇進してイゼルローンを離れている。

　それ以後、彼らは多くの戦場で行動をともにした。軍部としても、ふたりの共同作戦が、他の場合に類をみないほど高い成功率をおさめることを知ると、人的資源の有効利用のうえからも、彼らをくませて戦わせるようになった。当人たちにしても、これほど呼吸のあったコンビネーションをくめる相手は、ほかに望みようもなかったのである。ミッターマイヤーの迅速さに呼応しうるのはロイエンタールだけであり、ロイエンタールの巧緻さに拮抗《きっこう》しうるのはミッターマイヤーだけであった。

　階級があがるほど、権限が大きくなるほど、彼らの能力は高まり、協調は効果をました。宿命論者に言わせれば、彼らは大軍を指揮して宇宙を征《ゆ》くべく、この世に生を享《う》けた、ということかもしれない。だが、それは、他人がしたり顔で論評するより早く、彼ら自身がごくしぜんに確信するところだった。

本来、ミッターマイヤーのほうに、ロイエンタールのような、漁色家としての外見をもつ男と親しくなる要素はすくない。彼は当時、エヴァンゼリンという〝燕《つばめ》のように身軽な〟少女以外の女性は、無機物としか見えない状態のなかにあって、つぎつぎと掌中の花をとりかえるロイエンタールを、肩をすくめてながめていた。やがてミッターマイヤーはエヴァンゼリンと結婚して家庭をもったが、ささやかな式のとき、出席したロイエンタールには女性参列者たちの視線が集中した。ロイエンタールは冷然とそれを無視し、花嫁に儀礼上の接吻をすると、さっさとひきあげた。

ミッターマイヤーの父親は、花嫁がロイエンタールに興味をうつすのではないか、と心配したが、母親は一笑にふした。うちの息子だってけっこういい男ですよ、と母親は言ったものだ。そして結論としては母親が正しかった。

ロイエンタールがよき伴侶《はんりょ》をえて家庭をもつことを、ミッターマイヤーは望んでいる。さまざまな事情を知ったうえでだ。

もっとも、ミッターマイヤーは、親友の漁色にたいして弁護の余地を見いだしてはいる。ひとつは、ロイエンタールは高級士官として権力を所有しているが、権力を武器として女性を屈服させたことは一度もないはずである。彼と情交をむすんだ女性のほうで、彼の美貌や地位や才能に惹かれて積極的に身をゆだねた例がほとんどであった。

「燈《ひ》にひかれる虫のほうもよくない」

とミッターマイヤーは思うのだが、これは彼の友人びいきの見解であるかもしれない。この〝燈〟は、誰が見てもいささか明るすぎて、無視するのは困難だった。

いまひとつは、ロイエンタールの深刻な女性不信が起因するところを、ミッターマイヤーだけが知っているということだった。それをミッターマイヤーは妻のエヴァンゼリンにすら話したことはなかったのである。

Ⅱ

帝国暦四八六年の、クロプシュトック侯領への討伐行は、用兵家としてのミッターマイヤーやロイエンタールにとって、なんら建設的な意義を有するものではなかった。彼らはほかの幾人かの高級士官とともに、〝戦闘技術顧問〟の肩書をえて、戦場経験のない青年貴族たちの指導にあたることになったのだが、この〝弟子〟たちは度しがたいほど従順さと真剣さを欠いていた。ロイエンタールは一週間で、一ダースのさじをまとめて放りなげた。彼の友人も、幾度さじを投げかけたかしれない。

「おれに指揮権をよこせ。三時間で結着をつけてやる」

ミッターマイヤーはうなったものだが、とにかく不肖の弟子たちもどうにか叛乱を鎮圧することに成功し、クロプシュトック侯は毒と怨念を飲んで自殺した。ここで、ブラウンシュヴァイク邸の爆発事件にはじまる騒乱は落着したはずであったのだが……。

反逆者の資産はすべて国庫に没収されるのが法の定めではあるが、実際に戦場においては掠《りゃく》奪《だつ》のかぎりがつくされ、帝国財務省の掌にどうにか残されるのは不動産や有記名の金融資産ぐらいのものである。財務省の官吏は、しばしば討伐軍の先頭部隊にまじって突進し、宝石箱や高級家具や毛皮に〝帝国財務省〟の名札を貼ってまわったものであるが、とくに六〇年ほど前、ヴィレンシュタイン公爵の叛乱が鎮圧された直後、掠奪と暴行を目的として居館に乱入した将兵は、視界に映るものを見て、あいた口がふさがらなかった。およそ人力でうごかしうるかぎりの物品に名札が貼ってあったのだ。

「これらはすべて帝国政府の公有するところの財産であります。一指だに触れれば、おそれ多くも皇帝陛下の財貨を犯すことになりますぞ」

まだ呼吸をはずませながら、兵士たちにさきんじた財務省の官吏は胸をそらした。

掠奪未遂犯たちは怒り狂ったが、どうすることもできなかった。ただ、この官吏はヴィレンシュタイン公の、三桁にのぼる愛妾たちにまで札を貼ってはいなかったので、将兵たちは彼女らに襲いかかり、羞恥心を忘れた軍隊がどれほど猛悪なものかを証明したのだった。

この職務に忠実な官吏は、当時の財務省次官から表彰状と金一封をうけたが、私的復讐心にかられた討伐軍幹部たちの圧力がはたらき、徴兵年齢をすぎていたにもかかわらず、一兵士として最前線に送られた。だが、彼は軍部の期待にそむいて生きぬき、六年後、妻子のもとに帰った。

今回のクロプシュトック侯領討伐行においても、財務省の官吏が同行したが、このような〝官吏の鑑《かがみ》〟はおらず、将兵たちは非戦闘員にたいする暴行と、財貨の掠奪をほしいままにした。いささか複雑なのは、このような蛮行に、平民出身の兵士たちの大貴族にたいする蓄積された憎悪の発露という一面がみられることである。

ために、一種の欲求不満解消策《ガスぬき》として、掠奪や暴行も黙認される傾向がみられがちであったのだが、今回のクロプシュトック侯領討伐行がいささか趣《おもむき》を異にするのは、討伐される側とする側とがおなじ特権世界の住人であるという事実だった。討伐軍の編成それじたいが、門閥貴族たちに迎合するものであったが、参加した青年貴族のたいはんは、戦闘とおなじく、掠奪や暴行をゲームとみなした。特権と物質的充足の享受が長きにわたってつづくと、現実感覚が希薄化し、刺激をもとめて一方的な加虐を好み、他者の不幸を欲求する心理傾向が強まる。

クロプシュトック侯領に住む人々は、貴賤をとわず、加虐の対象とされた。戦闘のときは蒼白な顔で慄えていた連中が、抵抗したくともできない老人や女性や幼児には、喜々として暴力をふるい、金品を強奪した。

この点にかんしては、ロイエンタールは最初からさじをつかもうとせず、ミッターマイヤーは不肖の弟子たちをつかまえては叱咤《しった》して、恥ずべき蛮行をやめさせようと努力をかさねた。

「おれは卿《けい》らに戦闘のやりかたを教えた。だが、掠奪や暴行や放火のやりかたを教えた憶《おぼ》えはないぞ」

こんな台詞で相手の反省をうながすのは、ミッターマイヤー自身をうんざりさせるのだが、蛮行を目《ま》のあたりにして、素知らぬ顔を決めこむことのできない彼だった。

「いずれ後悔と手をとりあって破滅のダンスを踊ることになるぞ、すこしは心しておけ」

予言するつもりもなく、だが充分な警告の意思をこめてミッターマイヤーは言いはなち、軍服を着た無頼漢どもを追いはらうのだが、彼の視線の射程外で生じる悪事の数を思うと、徒労感にかられる。ロイエンタールは熱のない目で友人をながめていた。

「正論家のミッターマイヤー提督、おつかれさまですな」

「からかわないでくれ」

不機嫌きわまる僚友の心情を理解しつつも、ロイエンタールは皮肉っぽく口もとをゆがめずにいられない。なかばは、自分自身の内部に棲《す》むものにむけて彼は言った。

「大貴族のばか息子どもにとって、この戦いはピクニックにすぎないのさ」

「ぶっそうなピクニックだな。小川のかわりに人血が流れ、歌声でなく悲鳴が聞こえる」

ミッターマイヤーのにがにがしさをうけて、ロイエンタールもやや表情をあらためた。「奴らは要するに特権と巨富をもった野獣だ。知識はあっても教養はない。自尊心はあっても自制心はない。あのような輩が五世紀かけてゴールデンバウム王朝を喰いつぶしたのさ。偉大なるルドルフ大帝が墓から出てきて、功臣たちの不肖の子孫どもをなぜ喰い殺してまわらぬのか、おれは以前から不思議でならない」

「言うことが過激だ、ロイエンタール提督は」

「やることがミッターマイヤー提督ほど過激でないのでな、そのぶん、陰にこもるというわけだ」

ふたりは顔を見あわせ、苦笑をかわしあった。その苦笑が乾ききって、さらに辛辣で深刻な表情に交替をとげるまで、長い時間を必要としなかった。ウォルフガング・ミッターマイヤー少将が部下射殺の罪を問われて、輸送艦の一隻内にもうけられた営倉に放りこまれた——その報をロイエンタールがうけたのは、夕刻にいたる前だった。彼は金銀妖瞳《ヘテロクロミア》を光らせて立ちあがり、その眼光は見る者をひるませた。

「おれはむろん正義の権化《ごんげ》ってわけじゃない。だが、あのときは奴らよりおれの主張のほうが重みをもっていたはずだ」

ミッターマイヤーは悪びれず断言したが、ロイエンタールにとっては聞く必要もないことだった。しぶる警備兵を一喝して、ようやく面会をはたしたが、少将ともあろう身が倉庫の一角に放りこまれた点で、ミッターマイヤーの射殺したのが権門の一員であろうことは、容易に推察がつく。

「卿《けい》に射殺された男は、なにをしでかしたのだ」

友人の質問に、ミッターマイヤーは即答しなかった。

「掠奪か、暴行か、虐殺か？」

かさねて問うと、ミッターマイヤーの眉と唇が不快感をしめすかたちにゆがんだ。彼が見たものは、そのすべてだった。ひとりの士官が、一軒の邸宅の裏庭で、上品な老婦人にのしかかっていた。傍で、彼の友人たちが笑いころげていた。ミッターマイヤーも名を知っていたその大尉は、むろん貴族出身で、〝六〇歳以上の婆《ばばあ》が相手でも男として役にたつかどうか〟を友人たちと賭けていたのである。彼は哄笑しながら老婦人を暴行し、彼女の指にはまった青玉《サファイア》のみごとな指環を戦利品としてとりあげようとした。老婦人は指をくわえ、指環をのみこもうとして咽喉につかえさせた。苦悶する老婦人を見おろして大尉はさらに笑い、老婦人の咽喉を軍用ナイフで斬り裂いて指環をつかみだした。そして、その手首を、駆けつけたミッターマイヤーにねじあげられたのである。

ミッターマイヤーの顔を認めた大尉の顔に縞模様があらわれた。狼狽と不平と冷笑の三原色。反省と後悔と恐縮のそれでないことを、ミッターマイヤーはするどく読みとって、危険水位へと急上昇する怒気を自覚した。大尉は悲鳴をあげた。つかまれた手首に激痛がはしったからである。

「さて、どう弁明する気だ？　この腰のまがった老婦人が、素手で、武器をもった若いたくましい士官に襲いかかり、士官はそれに対抗できず、武器を使って身を守るしかなかったというわけか」

「…………」

「にしても、指環を奪う必要はどこにもないだろう。ちがうか⁉」

ようやく返答があった。それはミッターマイヤーの意表をつくものではあった。

「私には父親がおりましてね」

「誰が戸籍調査をしている？」

「最後まで聞いてください。私の父は、ブラウンシュヴァイク公の従弟《いとこ》なのです。ついでに、姉はリッテンハイム侯の一門に嫁《とつ》いでいます。安っぽい正義をふりかざすまえに、系図を承知しておいたほうがいいでしょうよ」

ウォルフガング・ミッターマイヤーは、比類ないほど勇敢な青年だったが、勇敢さだけで現在をきずいたわけではなかった。公私にわたるさまざまな戦いで、彼は敵の技倆《ぎりょう》や自分の実力を正確に算出し、結末を予測し、効率よく実質的な勝利をかちとって、二〇代で提督の座と相応の名声をえたのである。

このときもそうすべきだったのだろうか。だが、怒りの量はすでに忍耐の堤防をこえかけていた。そこへ破滅の一撃をくわえたのは、大尉自身であった。正論にもよらず、自分自身の詭弁にすらよらず、権門の威光によってみずからの非を正当化しようとしたのである。

ミッターマイヤーは、血と汚辱にまみれた手首をつかんだまま、大尉の身体をひきずりあげた。大尉の友人たちは、当人以上に蒼白になっていた。彼らが五ダースあつまっても、ミッターマイヤーひとりの鋭気に対抗しうるものではなかった。

「帝国軍軍規に明記してある。不法に民を害し、軍の威信をそこなう者は、将官の権限によってこれを極刑に処するをえる――と。その条項にもとづき、卿《けい》を処刑して軍規を正す！」

ミッターマイヤーの表情に、譲歩をこばむ峻厳さを看てとった大尉は、表情を一変させた。彼が兇暴になりうるのは、無力な相手にたいしてだけだった。彼は勇者を尊敬する道は知らなかったが、恐怖することは知っていた。

「待ってくれ、公爵に会わせてくれ」

弱々しく彼は哀願した。哀願に冷笑でむくいた自分の、ごくちかい過去を彼は忘れさっていた。卑怯者の特性として、自分が犯した罪は忘れ、被害者ぶってみせるのである。

「銃を抜け。せめて反撃の機会をくれてやる」

それが返答だった。大尉は狂おしく左右を見わたした。助けてくれる者は誰もいなかった。揺れうごく視線が、血に染まった老婦人の死顔をとらえたとき、大尉の神経の糸が切れた。彼はすさまじい叫びで友人たちの背筋に氷柱を生じさせ、ブラスターをひきぬいた。

ミッターマイヤーに銃口をむけたとき、彼は信じられないものを見た。相手の右手にはすでにブラスターがあって、銃口が彼を正視していたのだ。ありうべきことではなかった。彼のほうが早く銃に手をかけたのに——。

大尉は発砲した。ミッターマイヤーの顔から三〇センチほどそれた光条が、宙をつらぬいたとき、はじめてミッターマイヤーの指に力がこもった。

光条は正確に大尉の両眼のあいだを撃ちぬいた。

従弟の子などという遠い血縁関係の相手に、ブラウンシュヴァイク公オットーは、それほど深い愛情をいだいていたわけではない。だが、一族は一族であり、ブラウンシュヴァイク公の名をだして威嚇《いかく》したにもかかわらずその男が処刑されたという事実は、大貴族としての彼の体面に傷をつけて塩をなすりこむに充分だった。彼は討伐軍総司令官としての職権をもって、〝加害者〟の士官を逮捕させ、みずから糾問《きゅうもん》にかかった。

いまさら怯《ひる》むミッターマイヤーではない。彼は昂然として帝国最大の門閥貴族に正対し、感情的な罵声のかずかずをうけとめ、ひとつひとつ例証をあげて論破した。兵士はもとより、彼らを規制すべき立場にある貴族出身の士官たちが、率先して軍規を破り、非戦闘員を殺害し、女性を暴行し、家屋に火を放ち、財貨を掠奪して、「軍旗と皇帝陛下の名をはずかしめることはなはだしい」と指摘した。

「貴族諸公の言われる、無知な平民とやらならいざ知らず、偉大なご先祖をもち、歴史にかがやく家名を誇り、教養も廉恥《れんち》心も豊かなはずの貴族の子弟が、かくもはずべき醜行にふけるとは、小官も信じがたいところです」

「…………」

「帝国軍の栄誉は、およそ武力をもって国家を守るの一点にあり、掠奪、虐殺、破壊をこととして悪辣な淫楽にふけるにはあらず。それを全軍に徹底せしむるが総司令官の任でありましょう。しかるに、公爵閣下は、彼らの暴虐を黙認されたのみか、軍規にもとづく処罰を否定なさるとは、ご自分から総司令官たるの座をはずかしめるものではありませんか」

ここまで言ってしまえば、相手にもみずからにも退路を絶つことになるとは、ミッターマイヤーも承知している。承知しているが、このとき、彼の気質は打算を駆逐してしまい、彼の舌《ぜっ》端《たん》は痛烈に弾劾《だんがい》の言葉を連射してやまなかった。その一語ごとに、ブラウンシュヴァイク公の顔面から赤血球が減少していった。彼は椅子を蹴って躍りあがり、激情のままにミッターマイヤーの処刑を命じようとしたが、側近のアンスバッハ、シュトライトなどという士官たちになだめられ、将官を処刑する危険をおかすことをさけ、投獄するにとどめたのである。

……ロイエンタールはダークブラウンの頭をふり、ため息をついた。

「犬や猿にむかって正論を説いても無益だ。大貴族ども、とくに若い貴族どもの自我《エゴ》は、度を知らぬ。限度、節度、程度などというものは奴らの辞書にないのだからな」

「言わずにいられなかったのだ」

憮然としてミッターマイヤーは答え、それを聞くと、ロイエンタールとしてもなにも言えなくなる。そこで身の安全をおもんぱかって沈黙するようでは、ウォルフガング・ミッターマイヤーという人間の存在価値はない。

「まあ、いずれにせよ、こぼれたワインは瓶にもどらぬ。これからのことを考えよう」

「すまん……」

「なにを言う。おれは卿《けい》に一度ならず生命を救われた。ここで一度に借りをかえして身軽になりたいのでな」

笑いとばして、ロイエンタールは思案をめぐらせた。

ひとたび軍法会議が開廷されれば、相応の形式がととのえられる。ロイエンタール少将が首席弁護人となり、ミッターマイヤーがブラウンシュヴァイク公にたたきつけたものに匹敵する、否、それ以上の辛辣な糾弾を展開するだろう。貴族のばか息子どもにとっては恥の拡大再生産となるにちがいない。

それを回避し、かつミッターマイヤーへの報復をはたすとすれば、軍法会議が開かれる以前に、事故や敵襲をよそおってミッターマイヤーを殺害する以外にない。いや、いまひとつ手段がある。ロイエンタール自身を害して、もっとも強力な弁護人を抹消することだ。貴族のばか息子どもならやりかねない。彼らが尋常ならざる手段に訴えるなら、こちらも相応の対抗策が必要だった。

万やむをえざるときは、あまり気はすすまないが、自由惑星同盟《フリー・プラネッツ》への亡命を考慮してもよい。だが、それにさきだってミッターマイヤーの脱走と、彼の夫人エヴァンゼリンの安全を確保しなくてはならなかった。妻を残して自分だけ逃亡することを、ミッターマイヤーは承知しないであろうから。妻！　その気になれば女などつかみどりにするも可能な器量をもつ男が、ひとりの女にみずからすすんでとらわれるとは、ロイエンタールにはいささか理解に苦しむところだった。

それにしても大貴族の没義道《もぎどう》などどら息子どもを勝ち残らせて、彼らよりは正しいはずの自分たちが逃亡を余儀なくされるのは、やはり十全の解決策とは言いがたい。軍法会議で無罪を勝ちとり、いずれどら息子どもに辛辣なむくいをくれてやらねば気がすまなかった。

ロイエンタールは友人を救うために、可能なかぎりの手段をもちいるつもりだった。そして可能とは、この場合、一般的道徳の許容する範囲ではなく、彼の頭脳の活動しうる限界をさしていたのである。

正論だけでミッターマイヤーを救うことはできない、と、ロイエンタールは考えた。そもそも正論がとおるような状況なら、ミッターマイヤーが営倉の壁をながめて腕をくむような結果が生じるわけはない。帝国の諸法規は最初から門閥貴族どもを利するようにつくられてはいるが、その枠すら踏みこえる暴虐が容認されるゆえんは、けっきょくのところ権力の存在によるのだ。ブラウンシュヴァイク公以上の権力を有する者がいれば、彼らふたりの正義は実現できるだろう。

ロイエンタールには、以前から興味をもってながめている人物がいた。その人物は、年齢も若く、門地もなく、賞賛より誤解をうける量がはるかに多かった。

しかし、ロイエンタールがみるところ、その才幹と将来性は、歴代の家門を誇る大貴族の子弟たちより、はるかにまさっていた。宮廷人がささやきあうように、ラインハルト・フォン・ミューゼルは、戦場では幸運にめぐまれすぎているようにもみえる。だが、戦場に出ていくことじたい、安全な宮廷や荘園で酒池肉林におぼれる貴族どもより、りっぱではないか。

「ミッターマイヤー、おれにまかせてくれないか。ひとりたよりたい男がいる。いや、おれたちの件にまきこんで味方にしたい男がいるのだ」

「それはまかせてもよいが、いったい誰だ」

「貴族どものいう、金髪の孺子《こぞう》だ」

「ラインハルト・フォン・ミューゼルか?」

「そうだ。噂によれば今年の終わりまでにはラインハルト・フォン・ローエングラム伯爵になる」

「だが一面識もない相手だぞ」

「まだ知己ではないが、これから知己になるさ」

ミッターマイヤーは両眼を細めた。その一言で友人の心理を推察しえたにちがいないが、考えこむように見えたのは、この選択が彼と友人の生涯を決するものと予感したからであろう。

「先祖代々の公爵より、一代でのしあがった伯爵のほうが、はるかに才幹があるだろう。いまの皇帝には男児がいない。ちかい将来の宮廷抗争は目に見えている。いずれ相争う権門のひとつに身命を託さねばならぬとしたら、卿《けい》にしてもおれにしても、より才能と器量にすぐれた人物を盟主として仰ぎたいではないか」

ミッターマイヤーは沈黙していたが、否定的なものではないようだった。

「だから、おれたちとしては、この際、ラインハルト・フォン・ミューゼルという男が、忠誠をつくすに値する存在であるかどうかたしかめなくてはなるまい。彼がおれたちのために力を貸して大貴族どもの無法と戦ってくれる、というのであれば、おれたちも彼に忠誠を誓おう」

「……わかった。卿にまかせる」

ミッターマイヤーは決心を声にした。友人が彼のためにはかってくれることであれば、全権をゆだねる以外にない。

「では、まかせてもらう。いいか、かならず助けてやる。だから短気をおこすな。けっして早まるなよ」

ロイエンタールは友人の血気を思いやった。

「ああ、そうしよう。だが卿こそおれのために無理をしてくれるな」

「無理はせんよ。女と勝利は、呼びもせんのに先方からおれのところへすり寄ってくる」

わざとらしく軽口をたたいて、ロイエンタールは幽囚の友人と別れた。だが、それで離れさったわけではない。彼は、ミッターマイヤーが帝都へ帰還する以前に死ぬようなことがあれば謀殺されたものとみなす、と広言し、超光速通信《FTL》で帝都の軍務省にまでそのむねを報じた。その処置ゆえか、ミッターマイヤーは獄死をまぬがれ、生きて帰ることができた。

……こうして帝都オーディン帰還後の五月二日夜、オスカー・フォン・ロイエンタールは、雨と風と雷鳴のなか、ラインハルト・フォン・ミューゼルの家を訪れたのである。

Ⅲ

深夜の訪問客の話が終わるまでに、キルヒアイスは暖炉の薪を三度ほどつぎたさねばならなかった。嵐は季節を六〇日ほども逆行させ、踊りまわる暖色の炎は、目にも皮膚にもこころよかった。三人の前のテーブルには、空《から》のコーヒーカップが置かれて、その白さが印象的だった。

窓外の嵐はなおやまない。

「……つまり卿は、ミッターマイヤー少将の生命を救うのに、私の力を借りたいというのだな」

「さようです」

「帝国最大の貴族と、ことをかまえろと？」

「さようです、閣下」

「代償は？」

「ミッターマイヤーおよび私の忠誠と協力。くわえて他の下級貴族や平民出身の士官たちの名望。以上でご不満ですか？」

「いや、不満どころか、名だたるロイエンタール、ミッターマイヤー、両少将の忠誠をえられるというなら、これ以上の喜びはない」

ラインハルトの横顔を、窓ごしに雷光の刃先がなであげ、一瞬、美貌の若者は彫刻めいて見えた。

「それにしても、卿《けい》がそれほどまでして僚友を助けたい理由はなんだ？　なにが卿に危険を冒させる？」

「彼は気持ちのいい男です。ああいう男がひとりいなくなると、そのぶん、世の中から生気が失せてしまいます」

「ふむ……」

ラインハルトは、彼の将来をささえるための羽翼となるべき人名のリストを脳裏に記していたのだが、そのなかにオスカー・フォン・ロイエンタールの名もあった。二八歳の若さで武勲をかさねて少将にまで累進した青年の才幹を無視することはできない。ただ、問題となるのはつねに忠誠心であった。キルヒアイス以外の人間を信頼し、内心をうちあけるというのは、小さからぬ事業だった。彼らしくもなくラインハルトはためらい、無益な質問を発した。

「もし私がことわったら？」

「そうは思いません」

「私にとっては、卿らの好意よりブラウンシュヴァイク公の歓心のほうが、よい買い物であるように思えるのだがな」

「本心でおっしゃっているとは思えません」

彼らは期せずして、たがいの瞳をのぞきこんだ。無音のうちになにかが破裂した。

「卿は現在の——ゴールデンバウム王朝についてどう思う？」

傍にいたキルヒアイスは、緊張を外にあらわさぬよう、短いが真剣な努力をはらった。これはこの夜の、もっとも重要な質問であり、もっとも危険な一瞬であった。

ロイエンタールの姿勢がわずかに変わった。彼もそれを理解したようであった。

「五世紀にわたった、ゴールデンバウム王朝という老いさらばえた身体には、膿《うみ》がたまりつづけてきたのです。外科手術が必要です」

ラインハルトは沈黙でそれに答えた。ロイエンタールの表情や言動に見られるするどさには、金髪の若者を心地よくさせるものがあったのだ。

「手術さえ成功すれば患者が死んでもやむをえないでしょう、この際は。どのみち誰でも不死ではいられません――あのルドルフ大帝ですら」

ロイエンタールは口を閉ざした。ラインハルトが片手をあげて彼を制したからである。ロイエンタールは多弁な男ではなかったが、話を中断させられることは好まなかった。しかしこのとき、彼はしぜんにラインハルトの制止をうけいれたのである。

「よくわかった、ロイエンタール少将。私は全力をあげて、卿《けい》とミッターマイヤー少将の期待に応えさせてもらおう」

ラインハルトの返答をえたロイエンタールは、夜が明けないうちに帰っていった。うやうやしい一礼を残して。

「ブラウンシュヴァイク公爵、フレーゲル男爵か。どうしても奴らとおなじ空気は吸えないようだな……」

ラインハルトがあごをなでながらつぶやくと、一言もはさまず同席していたキルヒアイスが、はじめて口を開いた。

「敵がふえることを憂慮なさるのですか、ラインハルトさま」

「そう見えるか」

「いえ」

「たのもしい味方がふえることを楽しんでいらっしゃるように見えます」

ラインハルトは笑った。蒼氷色《アイス・ブルー》の瞳が、窓外を走る雷光を映して、ひときわ壮麗にかがやいた。

「では、どう見える」

「そのとおりだ。おれがいかにふるまおうと、貴族どものあいだでこれ以上、敵はふえぬ。空に舞いあがるために大地を蹴りつけねばならぬとしたら、いまがそのときだろう。キルヒアイス、ミッターマイヤー提督がどこにとらわれているか、すぐ調べてくれ。おそらく軍刑務所のなかでも、ブラウンシュヴァイク公の息のかかった場所だと思うが……」

生気と弾性に富んだラインハルトの声をうけて、キルヒアイスはTV電話《ヴィジホン》にむかった。もはや退屈の刻《とき》は去ったようであった。

こころよい興奮の手に背を押されながら、ラインハルトは室内を歩きまわった。オスカー・フォン・ロイエンタールと、ウォルフガング・ミッターマイヤー。期待しすぎては裏切られるかもしれない。しかし、とにかく彼らは、ラインハルトが期待した最初の人材であり、彼に離陸を決意させた男たちだったのだ。

Ⅳ

帝都に帰還したミッターマイヤーにとって、環境はほとんど変化をみせなかった。輸送船の金属の壁が、軍刑務所のコンクリートの壁に変わっただけのことであった。本来、軍刑務所には、いささか滑稽な名称ながら〝貴人室〟なる部屋があって、貴族や将官は一流ホテル級の住環境を味わうことがかなうはずなのだが、ミッターマイヤーが放りこまれたのは、一般士官用の独房であった。のちに〝疾風《ウォルフ・デア・シュトルム》ウォルフ〟の異名で全宇宙を震撼させることになる、蜂蜜色の髪の青年士官は、その点にかんしては不平を鳴らさなかった。壁のなかに不当に閉じこめられている以上、多少の環境の差など問題にならなかった。食事はそれなりのものが出されたが、ミッターマイヤーはいつも三分の一ほど残し、看守に質問された。

「毒殺されるのを恐れてでもいるのかね」

「おれはそんな柔弱な男じゃない」

「ではなぜ食事を残すのだ？」

「肥ると女房に嫌われる」

とにかくも、電磁石式の手錠をはめられたままのこの囚人は、ごくしぜんに不屈だった。彼は自分の正しさが完全に認められると信じこむほど楽天的ではなかったが、金銀妖瞳《ヘテロクロミア》の友人が彼を救出するため最大限の努力をするであろうことはうたがわなかった。彼自身がそういう男だったからでもある。

だが、〝拷問係〟とだけ呼ばれ、本名を知らない巨体の所有者が、電気鞭をもって彼の前にあらわれたとき、さすがに、心楽しくはなれなかった。この男は、もともと内務省社会秩序維持局の雇員であった。

〝拷問係〟は変質者だった。ただし有能な変質者ではあった。共和主義者や不敬罪をおかした者を拷問し、精神と肉体を痛めつけるのは、彼の職務であり、趣味であり、生きがいであった。内務省社会秩序維持局という陰惨な職場は彼を必要としていたが、そこを追われるような事態がもし到来するとしても、彼は就職になやむ必要はないだろう。彼は麻酔なしで思想犯の歯を抜く技術に長じていたから、歯医者の助手をつとめることができるだろうし、政治犯の腕や脚の肉を失血死しないていどに斬りとる技にたけていたから、肉料理の名人としても通用したであろう。

実際、彼は重宝される人材であり、しばしば他の場所へ招かれてその技倆を披露し、相応の報酬をうけとった。今回、ウォルフガング・ミッターマイヤーという軍刑務所の囚人を、殺さぬていどに痛めつけるよう、さるやんごとない筋から依頼があり、すでに報酬もうけとっていたのである。

彼も平民であったから、その点でミッターマイヤーを憎悪したりはしなかった。だが、平民でありながら二七歳の若さで少将の階級をえ、閣下と呼ばれるような男を痛めつけることができるのは、大いなる喜びだった。彼は芸術家であり、囚人は素材であるにすぎない。望むらくは、よい素材がほしかった。彼は欲求不満だった。先日、彼にあたえられた〝素材〟は、麻酔なしで奥歯を三本ひきぬかれると、苦痛と恐怖で発狂してしまったのだ。

……それらのことを、楽しげに紹介すると、〝拷問係〟はやや不満げな表情になって電気鞭をもちなおした。ミッターマイヤーの顔に恐怖の色がうごかないのが不満だったのだ。彼は太い腕をゆっくりとふりかざし、ふりおろした。ミッターマイヤーは横に飛んだ。俊敏なうごきだったが、巨漢の手首は、想像以上の柔軟さをもっていた。電気鞭は宙で急角度にうごめき、囚人の右肩から右胸にかけて、ななめに撃ちのめした。

激痛が灼熱した電流となって神経をはしり、ミッターマイヤーは瞼の裏側が真紅にかがやくのを感じた。彼は思わず身体を折ってしまったが、誇りと意地の総力をあげて、声をだすのをこらえた。

「ほう、悲鳴をあげられないのは、さすがですな。柔弱な若さまや坊ちゃん方とはものがちがう。だが、それだけに楽しみも多いというものです。門地もなく二〇代で提督と呼ばれるような人が、いつ自尊心を放りすてて助けてくれと喚きたてるか、その一変する瞬間が、それはそれは甘美なものなのですよ。理解していただけますかな」

「よくしゃべる奴だな」

侮蔑をこめてそれだけ吐きすてたとき、すでにミッターマイヤーは呼吸をととのえて、つぎの一撃にそなえていた。グレーの瞳には、敗北感のかけらもなく、苛烈な抵抗の意思が燃えあがっていたが、激情の底には、緻密な戦術的思考の数式が成立していたのである。

ミッターマイヤーの肉体は敏速をきわめたが、脳細胞の活動もそれに劣るものではなかった。拷問係は、相手が慈悲を請わないのに激しながら、ふたたび電気鞭をふりかざした。最初のときもそうだったが、囚人を威嚇する必要から、ふりかざす動作は大きく、緩慢なものだった。彼が太い腕を垂直にかかげ、急変する迅速さで、まさに囚人の顔面に残忍な一撃をうちおろそうとしたとき、それにまさる迅速さで囚人の脚がとんだ。

横ばらいの一撃。回避は予期し対応しえても、反撃には無策であったのだろう。拷問係の巨体はバランスを失い、電気鞭をわが身にまつわりつかせながら横転した。ミッターマイヤーは自分の剛毅さを誇ってもよかった。拷問係のあげた悲鳴は、コンクリートの壁ですら赤面するほど、ぶざまなものだった。彼はわめきながら鞭の抱擁から自由になろうともがいた。

ミッターマイヤーの背後で声がした。

「いやしい平民にふさわしい戦いぶりだな」

嘲笑の主はフレーゲル男爵だった。三人ほどのとりまきが彼にしたがっている。ミッターマイヤーは無言で彼をにらんだ。彼にかわって声をあげたのは、ひいひいうめきながら、ようやく床からはいおきた拷問係である。

「これは若さま方、このような卑しい場所に、足をお運びいただきましょうとは」

奴隷根性と呼ぶべきであろうか、抵抗しえない者、弱い者には限度を知らぬ残忍さで接する拷問係も、権勢を有する人間にたいしては卑屈をきわめた。フレーゲル男爵は追従者を侮蔑の視線でひとなでしたのみで、囚人の前へゆっくりと歩みよった。どうやら彼が、拷問係の一時的な雇い主であったようだ。どこからか、カメラでもとおして、一場の残酷劇を楽しむつもりだったのだろう。

「なかなか礼遇されているではないか、ミッターマイヤー少将閣下」

底意地の悪い皮肉は、苛烈な反撃によってむくわれ、彼は顔色を一変させた。ミッターマイヤーはこう言いはなったのだ。

「豚のくせに人間の言葉をしゃべるなよ。人間のほうが恥ずかしくなるからな」

男爵は口を開閉させた。再反撃の言葉はでてこなかった。彼は拳をかためると、手錠をかけられたままのミッターマイヤーに懲罰の一撃をたたきこもうとした。

ごく幼いころから、彼は部下や家僕をなぐるのになれていた。彼らは年少の主人の前にうなだれて立ち、サディスティックな怒りをたたきつけられるにまかせた。どれほどむだの多いうごきでも、彼らに回避されることはなかった。だが、ミッターマイヤーは、奴隷や家僕の精神と無縁だった。すでに電気鞭の洗礼をうけ、手錠をはめられていたが、バックステップして男爵の拳に空を切らせた。男爵の上半身は宙を泳いだ。

だが、二度めはさけえなかった。男爵の仲間が、ミッターマイヤーの肩をおさえつけたのだ。重い打撃が腹部にくいこみ、ミッターマイヤーは一度に息をはきだしてしまった。くずれかけた体勢に、三発めがおいうちをかけた。下あごから火花が飛散し、口のなかに血の味を感じながらミッターマイヤーはよろめいて床にひざをついた。たけだけしい冷笑。

「どうだ、思い知ったか。礼儀知らずの平民が、いい醜態《ざま》だな」

「誰が思い知るか」

ミッターマイヤーは小さくあえいだ。血のまじった唾を吐きかけなかったのは、距離が遠すぎたからである。

「きさまに真物《ほんもの》の誇りがあるなら、おれの手錠をはずして、五分の条件でやりあってみろ。それともこわいか。こわいのだろう、臆病者め、先祖の勇名が泣くぞ」

ことさら単純な表現に徹した挑発が、有効にはたらいた。誇りよりも虚栄心を刺激されて、男爵は直進するしかなかった。

「よし、平民め、望みをかなえてやる。誰か、奴の手錠をはずしてやれ」

ことさら襟度《きんど》を誇示して、男爵は仲間をかえりみた。

「やめたがいい、五分の条件では、卿《けい》は彼に勝てぬ」

そう言おうとした者もいたであろうが、誰も実行しなかった。男爵は、拷問係の手から解錠装置をひったくると、ミッターマイヤーの手錠の電磁石をオフにした。

「さあ、これでもう文句は言わせんぞ」

「たしかにな、文句は言わんよ。卿《けい》はりっぱだ」

手錠をはずしたミッターマイヤーは、礼儀正しく賞賛した。

つぎの瞬間、フレーゲル男爵の視界で、天地が逆転した。手首をつかまれ、肩ごしに投げとばされたのだと理解したのは、呼吸がとまるほど床にたたきつけられてからである。苦痛の悲鳴は、制止の意思を無視してほとばしった。

周囲の人垣から失笑がおこりかけたが、煮えたぎる憤怒の肉塊が床から起きあがると、一瞬の沈黙をおいて、屈辱をこうむった青年貴族に報復をけしかける声に変わった。だが、いずれにしてもフレーゲル男爵の耳にははいらなかったにちがいない。彼の全神経は憎悪と報復の念に収束されており、狭窄《きようさく》化した視野を一ミリでもはずれると、感覚がおよばなくなってしまう。

どちらかといえば小柄なミッターマイヤーにたいして、フレーゲル男爵は長身で一〇センチは凌駕していたが、均整ではおよばず、肉体コントロールでは問題にならなかった。うなりを生じた男爵の腕は宙をかきいだいたにとどまり、かわしざまに反撃したミッターマイヤーの拳は、短く、するどく、正確に男爵の左こめかみをとらえた。

男爵の視界で、今度は、床と壁が回転した。自分の頭が床にぶつかる音を聴いたが、痛覚を伝える神経がどこかで断線したらしく、苦痛は感じなかった。酸のように彼の脳細胞をおかしたのは、屈辱と憎悪であった。彼の軽蔑する身分卑しき者のように床にはいつくばった男爵は、声というより憎悪そのものを咽喉の奥から吐きだした。

「撃ち殺せ、そいつを。殺してしまえ！」

声に応じてほとばしった三条の閃光を、仲間のブラスターから放たれたものと男爵は思った。だが、うめき声をもらして腕をおさえ、コンクリートの床にへたりこんだのは、彼の友人たちであった。怒りと驚きのヴェールをとおして男爵の視界に映ったのは、あらたに舞台に登場した三人の人物だった。黒と銀の士官服。そして、みごとに色調のことなる三種類の髪。

「きさま、ミューゼル……」

男爵はあえいだ。燃えあがるような赤い髪と、つややかなダークブラウンの髪にはさまれて、男爵でさえ豪奢と認めざるをえない黄金の髪が揺れていた。左右に、ジークフリード・キルヒアイスとオスカー・フォン・ロイエンタールをしたがえて、〝生意気な金髪の孺子《こぞう》〟がたたずんでいた。

ミッターマイヤーはグレーの瞳をみはって、男爵の憎悪の対象を〝観賞〟した。獅子のたてがみのように波うつ金髪、勁烈な蒼氷色《アイス・ブルー》の瞳、美貌のうちに圧倒的ななにかを秘めた若々しい表情を見て、彼は心にうなずき、友人と自分の選択が正しくむくわれたことを知った。

ひややかな笑い声が、ラインハルトの唇からようやく立ちあがったフレーゲル男爵の面上に吹きつけられた。

「それ以上、うごくなとは言わぬ。うごいてみろ。そうすれば、私としても卿《けい》らの肥大した心臓を撃ちぬく口実ができるというものだ」

「孺子《こぞう》……」

「どうした。うごかないのか。卑しい身分の者が撃ってもはずれるかもしれんぞ。ためしてみないか?」

「孺子、孺子……」

フレーゲル男爵はくりかえした。両眼に狂熱の火花が踊りまわっている。全身にはしる慄えは、痙攣というにちかかった。傍にいた若い貴族たちのなかには、竜巻が生じるのをなかば本気で恐れた者もいた。

ラインハルトは氷の彫像さながらに佇立《ちょりつ》している。銃口は解剖学的なまでの正確さで、フレーゲル男爵の心臓に正対していた。金髪の若者は、大貴族の驕児を威圧するいっぽうで、その激発を待ち望んでいた。フレーゲルの攻撃衝動が具象化すると同時に、本気で引金《トリガー》をひくつもりだった。銃口より、それに象徴されるラインハルトの意思の苛烈さが、男爵のうごきを封じこんでいたようだが、それがまさに引き裂かれようとした瞬間――

「そこまでにしていただこう」

おだやかな声が破局の淵をとざした。声の方向にロイエンタールとキルヒアイスの銃口がうごいた。人間として可能なかぎりの迅速さと正確さであった。声の主が敵対的な行動に出れば、その瞬間、彼の心臓は二本のビームを突き刺されていたであろう。だが、壮年の士官は口をうごかしただけであった。

「私は丸腰です。それに、用があるのはフレーゲル男爵だけです。わが主人からの伝言をお伝えしてよろしいですかな」

ラインハルトが一瞬のためらいののちうなずくと、士官は屈辱に慄える男爵に、同情とはことなる色の視線を投げつけた。

「フレーゲル男爵、ブラウンシュヴァイク公よりの伝言をお伝えします。いますこしの自重を望む、とのことです」

「……自重？」

「ご納得いただけますな？」

フレーゲル男爵の顔のなかで、いくつかの表情がめまぐるしく交替した。けっきょく、勝ち残ったのは、満々たる不平をおさえて伯父の命令にしたがうべく、みずからの感情をねじ伏せた表情であった。怒気と敗北感の熔岩を両眼からあふれさせながら、男爵はとりまきの連中をしたがえて、足音も荒々しく立ち去った。ミッターマイヤーが床の隅に唾を吐いた。

士官はあらためてラインハルトに敬礼した。

「どうもお見苦しいところをお目にかけました。この不祥事をご内聞にしていただければ、ミッターマイヤー提督の獄中での安全は、わが主人の名にかけて保証させていただきます」

「卿《けい》の名は？」

「アンスバッハ准将と申しますが、それがなにか？」

「……いや、ひとつだけ尋《き》いておきたい。いまの伝言は、真実、ブラウンシュヴァイク公からのものか」

「おっしゃる意味がよくわかりませんが……」

「卿の才覚で、この場を収拾《おさ》めるために創作したのではないか、と言っているのだ」

アンスバッハという男は、顔の筋肉のひとすじさえ完璧な制御のもとにおいているようであった。

「どのような根拠でおっしゃることかは存じませんが、いずれにしても、無益な流血が回避されたのはさいわいなことです。そうはお思いになりませんか」

「……そう思うべきだろうな」

ラインハルトはつぶやき、ブラスターを腰のホルスターにおさめた。

「ご苦労だった。准将。卿の申し出は承知した。卿が駆けつけたタイミングと、卿を派遣してくださったブラウンシュヴァイク公のご配慮と、双方に感謝する……」

「公にお伝えしておきます。それにしても、どうやってここへおはいりになりました？」

ラインハルトは淡い笑みを唇の端にひらめかせた。

「フレーゲル男爵とおなじだ。ブラウンシュヴァイク公の名をだしたら無条件で通してくれた。

呪文を知っていて使わぬ手はないからな」

「それはお伝えしないほうがよいようですな」

「卿の判断にまかせる」

アンスバッハ准将は表情を消してうなずくと、背をむけて部屋を出ていった。あまり長居をせぬように、との要望を残して。

それとともに残された四人は、たがいに顔を見あわせ、表情をゆるめた。ミッターマイヤーが、

「はじめまして、ミューゼル閣下。危急をお救いいただき、感謝いたします」

「なに、すこし前から来ていたのだがな、卿がフレーゲル男爵をなぐり倒すまで待っていたのだ。私のぶんも、よくやってくれた」

言いながら、ラインハルトはふとうたがった。あのアンスバッハという男も、ミッターマイヤーが男爵にしたたか反撃をくらわせるまで、あえて舞台に登場するのをひかえていたのではないか、と。

「それはそれは、さっそくお役にたてて光栄です。ですが、戦場では、もっとお役にたちますぞ。このいまいましい場所を出てのちは、なんでもご命令ください」

ミッターマイヤーは笑いをおさめると、真摯《しんし》な一礼をほどこした。

「わが友オスカー・フォン・ロイエンタールとともに、あらためて閣下に忠誠を誓います。ど

うか私どもにたいして信頼をお寄せあらんことを」

こうして、ラインハルトは、キルヒアイスにつぐ貴重な盟友を手にいれたのである。〝クロプシュトック事件〟の、彼にかんするかぎり、満足すべき結末がこれであった。

第五章　間奏曲

Ｉ

ウォルフガング・ミッターマイヤー少将の独房およびその周辺で生じた一連の事件は、公然化されずに終わった。公然化してもよいのだぞ、事実をあきらかにして正当な軍法会議にふするか、賢明なる皇帝陛下のご裁可をあおごう――ラインハルトは強気で主張したが、フレーゲル男爵らとしては、相手の強気をつらにくく思いながらも、買い言葉を発するわけにいかなかった。事実が公然化すれば、若い貴族たちの公私にわたる非行が暴露され、彼らに勝算はなかったからである。

幾人かの宮廷の要人があいだに立って、強気いっぽうのラインハルトをなだめにかかり、金髪の若者はしぶしぶ矛《ほこ》をおさめた。ラインハルトの演技力は賞賛されるべきであったろう。なにしろ彼は本来、当事者などではなかったのに、その点を誰にも気づかせなかったのだ。

軍務尚書エーレンベルク元帥は不機嫌を隠しようもなかった。彼自身が門閥貴族の出身であり、価値観も同情心もその出身地に立脚しているのだが、彼には公人としての立場と、それにともなう責任があり、ミッターマイヤーを一方的に糾弾する若い貴族たちの利己的な見解と行動を、全面的に肯定するわけにはいかなかったのである。

一日、彼は一連のトラブルを平穏に処理すべく、三名の関係者を軍務省に招いた。

最初に軍務尚書の執務室にあらわれたのはブラウンシュヴァイク公オットーであった。皇帝フリードリヒ四世の女婿である中年の大貴族は、エーレンベルク元帥におとらず精神の気圧を低くしていた。彼にしてみれば、クロプシュトック侯討伐の武勲によって帝国元帥の称号をうけ、貴族社会のみならず軍部においても最高の栄誉をほしいままにするつもりであったのに、軍務尚書が皇帝にいまだ推薦しないものだから、祝宴の料理もさめてしまおうというものであった。理由は口にださなくともわかっており、頭ごなしに威嚇するわけにもいかず、目下《もっか》は休火山たるを余儀なくされていたのである。

心のこもらぬあいさつをしたあと、先制攻撃をかけたのは公爵のほうであった。わが一族の者を殺害したミッターマイヤーなる者をなぜ処罰せぬのか、と、事態を四捨五入して詰問したが、軍務尚書は相手のペースにのらなかった。

「事情はそう簡単ではないのです。まず、ブラウンシュヴァイク公、若い方々の客気を公のお力で制御していただかねばこまりますな。どうか軍務省が自由惑星同盟《フリー・プラネッツ》などと誇称する叛乱勢力の撲滅に全力をそそぎうるよう、お力を貸していただきたいものですな。後顧の憂いなきように……」

軍務尚書の語調はおりめ正しかったが、けっきょくのところ、青年貴族たちの暴走を手をつかねて傍観していたブラウンシュヴァイク公の無為無策を非難していることはあきらかだったので、皇帝の女婿たる大貴族は頬の肉を不快げにふるわせた。とはいうものの、年齢と経験にともなう分別は、相手の理を認めずにはすまされなかった。

「では、あの者をどう処置される、と、軍務尚書は言われるのか」

「さて……」

わざとらしく、エーレンベルク元帥は旧式の片眼鏡《モノクル》を光らせた。

「本職がほしいままに賞罰をあたえるわけにはいかんのです。本職は、皇帝陛下のご意思と、国法の忠実な下僕にすぎぬのですから。どの角度からみても、ミッターマイヤー少将なる者の行動は、軍規にのっとったもので、非難すべきものではありませんぞ」

「だが、一族の者たちは許しがたく感じているのだ。どう彼らを納得させる?」

「軍法会議は法と理をもって裁くところで、感情によって処断するところではありませんでな、公爵。まして帝国軍規は、もともと皇祖ルドルフ大帝のさだめたもうたもの。臣下がそれを侵すは大いなる不敬であれば、軍法会議は、軍規の神聖を守ったミッターマイヤーにたいして寛容ならざるをえますまい」

「……………」

「いかがです、ここはひとつ軍法会議にこだわらず、なにもなかったということで収めては……」

「なにをばかな！」

公爵は歯をむいたが、やがて軍務尚書の説得をうけいれた。というより、なによりも、眼前にちらつく元帥杖が、彼に妥協を余儀なくさせたのだ。くわえて、軍務尚書は、戦場でミッターマイヤーにたいする報復の機会を、殺された大尉の遺族にあたえることを公爵にさりげなく約束したのである。

つぎの客は、宇宙艦隊司令長官ミュッケンベルガー元帥であったが、彼はむしろ今後における関係者であった。軍務尚書が彼を呼んだ理由は、表面上、この秋に予定される、ラインハルトに言わせれば〝三三〇回めの無益な〟出兵にかんして事前調整をおこなうためであった。ミュッケンベルガーは最初、不機嫌そうではなかったが、軍務尚書のつぎの言葉でたちまち膨《ふく》れあがった。

「金髪の孺子《こぞう》に先頭部隊を指揮させよう。麾下の提督も、あるていどは奴にえらばせる。それで奴もさぞ満足するだろう」

宇宙艦隊司令長官はいらだたしげに、卓上で太い指にステップを踏ませていた。

「そこまであのひよこに好きほうだいさせてよろしいのですか、軍務尚書？　奴は前回の出兵で大将に昇進した。今度もへたをすれば上級大将にもなりかねない。奴の栄達に手を貸す必要がどこにあります」

「司令長官、吾《われ》らは皇帝陛下の臣下だ。諸事、陛下の御心にしたがわねばならぬ。だがな、考えてもみよ、自由惑星同盟《フリー・プラネッツ》などと僭称する叛乱軍の輩は、自分たちにそのような義務があるなどと思ってはおるまい。いかがかな、本職の観察はまちがっておるだろうか」

ミュッケンベルガー元帥は軍務尚書の片眼鏡《モノクル》を興味深げに見返し、半白のみごとな頰ひげを震わせて笑った。得心したのだ。

「なるほどな！　奴らがあのひよこに負けてやらねばならぬ理由はない。孺子のほうこそ、したたか負けて栄達をふいにするかもしれませんな」

軍務尚書の冷たい眼光は、片眼鏡の無機的な光にかき消されて、司令長官の網膜にはとどかなかった。

「あの孺子は大将の高位にあり、ちかくローエングラム伯爵家をつぐ。朝廷の重臣となるわけだ。それにふさわしい器量があるということを、戦場で証明してもらおうではないか」

軍務尚書の毒舌が、司令長官の記憶巣をかるく刺激した。

「……しかし、軍務尚書、先日の第三次ティアマト会戦における奴の戦いぶり、意外に沈着で見るべきものがありましたぞ。負ければたしかによい醜態《ざま》ですが、勝ってしまったらどうしますかな」

軍務尚書は、こもった笑い声をたてた。

「卿《けい》も苦労のたえぬ人だ。万が一にも孺子《こぞう》が善戦すれば、それは奴を使いこなした卿の功績になり、卿の面目がたつではないか」

「なるほど、それはそうですな」

宇宙艦隊司令長官も苦笑した。

あることに気づいて、ミュッケンベルガー元帥があらためて不愉快になったのは、軍務省から宇宙艦隊司令部へとむかう地上車《ランド・カー》の後部座席においてである。金髪の孺子が身のほど知らぬ戦いぶりで戦死するのは、むろん心が傷むにたりぬことだが、姉たるグリューネワルト伯爵夫人は悲しむであろうし、弟をみすみす戦死させたとして、監督者たるミュッケンベルガーの責任を問うてくるかもしれぬ。その訴えに、皇帝が耳を貸さないはずはない。ミュッケンベルガーは神聖不可侵の専制君主から、不興をこうむることとなろう。

元帥は大きく舌を打ち鳴らした。軍務尚書エーレンベルクはなにやら賢《さか》しげな台詞を吐いていたが、あれを逆から見れば、ミュッケンベルガーらにはあくまで皇帝の意思にしたがう義務があるということではないか。

「軍務尚書め、しまつにこまる金髪の孺子を、おれに押しつけただけのことではないのか」

ミュッケンベルガーは半白の頰ひげを震わせた。今度は不快感のためであった。軍務尚書エーレンベルクは、前線を遠く離れた帝都オーディンにあって、机上でもっともらしく戦略案をもてあそんでいればよい。実際に艦隊を指揮する責任、敵にたいして勝利をえる義務、皇帝の意にそって金髪の孺子に武勲をたてさせる課題、これらはことごとく、宇宙艦隊司令長官たるミュッケンベルガーの肩にかかる重荷であった。それをさも荷重を分担するかのごとく舌をうごかしてみせたが、それこそ口先だけのことではないか。

「あのくたばりぞこない……」

年長の軍務尚書をののしる司令長官のうなり声に、陪席《ばいせき》の次席副官が奇妙な視線をむけた。

「は、なにかおっしゃいましたか、閣下」

「なにも言ってはおらん。出しゃばるな」

副官の青白い顔までもが、このときのミュッケンベルガーには不快の種だった。こいつも貴族の出身で、生活や食事にはなんら不自由がないはずなのに、なぜこうも栄養の悪そうな顔をしているのだ。しかも、まだ若いくせに頭髪が彼とおなじ半白なのである。目つきもよくない。義眼だと聞いてはいるが、同情する気にもなれなかった。ひとたび気になると、この次席副官の存在それじたいが耐えがたいものに思えてくる。

宇宙艦隊司令部に到着して、まずミュッケンベルガー元帥がやったことは、この次席副官を更迭して、総帥本部の情報処理課に転属させてしまったことである。着任わずか一カ月で上司の不興――というより、とばっちり――をかった三〇代なかばの大佐は、ごく冷淡に命令を受領すると、未練も残さず、職場をうつっていった。

そうなると、自己の存在を軽視されたような気がして、ミュッケンベルガーはまた不愉快になったが、いつまでも拘泥してはいられなかった。山積する事務が、彼の裁決と処理を待っていたのである。

Ⅱ

ミュッケンベルガー元帥を帰すと、軍務尚書はつづいて〝生意気な金髪の孺子《こぞう》〟を呼びこんだ。この日、三人めの面談である。ラインハルトにしてみれば、軍務尚書が誰を誰よりおもんじているのか、その序列のつけようが見えすいて片腹いたい。一番やっかいなのは自分だぞ、と言ってやりたいところだが、さしあたりは、彼がウォルフガング・ミッターマイヤーの利益を代弁する者である、という架空の地位を守らなくてはならなかった。

「軍務尚書閣下、本日お呼びいただいたのは、ミッターマイヤー少将の法的権利にかんしてお話があるからと推測いたしますが」

「まず、そんなところだ」

軍務尚書はやや憮然たる口調でラインハルトの先制攻撃をうけとめた。

「こうしてはどうだろうな、ミューゼル大将」

軍務尚書は腰の後ろで両手の指をくみ、旧式の片眼鏡《モノクル》から白い光を放った。

「ミッターマイヤー少将にかんしてさまざまなトラブルが生じたが、それはすべてなかったこととする。少将も釈放しよう。彼には、最前線にうつってもらうことにする」

「彼を戦死させるとおっしゃるのですか」

「先走るものではない。彼の武勲によって罪をあがなわせようと言っておるのだ」

片眼鏡の光がいちだんと白い。

「罪とは、彼が軍規の乱れを正したことですか」

「戦闘技術顧問として他を指導、薫陶《くんとう》する身でありながら、自己の感情にはしって、軍の和と協調を乱したことだ」

「……なるほど」

ラインハルトは白皙の皮膚の表面に冷笑が浮上するのを、かろうじて抑制した。和！ 協調！ ついでに秩序！ それが貴族であり高級軍人であるエーレンベルク軍務尚書にとっては不可侵の神器というわけか。この初老の保守主義者にとっては、現状を維持するだけが信仰の対象であるのだろうか。

だが、幼いころの彼も信じていたのだ。平和と幸福が——深淵の上に浮く薄氷にかろうじてのっていた小さな平和とささやかな幸福が永遠につづくだろうと。それが引き裂かれ、破壊されるなどとは考えもしなかった。皇帝が姉を欲し、父が姉を売るなどと想像するのは不可能だった。信仰は、無知と、せまい視野とのうえにこそ成立するものだった。年齢や地位とはなんの関係もない。

……であれば、この老元帥も、彼の幸福と安定と信仰を破壊するラインハルトを憎悪することになるだろう。いずれ、対決する日がくるのだろうか。

「それにしても、戦いがなければ、驍勇《ぎょうゆう》なミッターマイヤー少将でも武勲のたてようがありませんが……」

「戦いはある」

軍務尚書は言い、それにつづく説明で、ラインハルトは秋の出兵計画が立案されたことをはじめて知った。彼は蒼氷色《アイス・ブルー》の両眼を細めて、ほとばしる光の量をおさえた。

「小官は軍務省高等参事官の職にあります、いちおうは」

痛烈な皮肉がかたちのいい唇から流れでた。

「ですが、そのように重要な決定がおこなわれたとは、寡聞にして存じませんでした。参事会に欠席したことは一度もないのですが」

「決定がおこなわれるのは来週の参事会だ。まだこれは最高の軍機で、知る者は片手の指を出ぬ。とくにこうして卿《けい》に知らしめることを、むしろ誇りに思ってほしいものだな」

恩着せがましい言いかたながら、軍務尚書の言に一理あることを、ラインハルトは認めた。この巨大で老衰した帝国は、皇帝と側近の意思が万人の上に君臨する専制国家なのだった。

「それで、ミッターマイヤー少将は、どなたの艦隊に属することになりましょうか」

「ミューゼル大将の、だ」

「私も出征するのですか」

ラインハルトのおどろきの下に、喜びが脈打った。高官どもの意図はどうであれ、無為から解放されて武勲の機会をあたえられるのだ。

「皇帝陛下は卿の将才を高く評価しておられる。それに応えることこそ、廷臣たる卿の責務であろう」

自分は皇帝とはちがうぞ、と、軍務尚書の片眼鏡《モノクル》が語っているが、ラインハルトの拘泥するところではなかった。また戦略的に意義のない戦いか、とも思うが、どのような無名の師《いくさ》であれ、戦いはつねにラインハルトに武勲をもたらす場であり、今回はとくに、ミッターマイヤーやロイエンタールの将才を確認する場ともなりうるであろう。

「どうだ、なにか不満があるかね、ミューゼル大将」

「いえ、ございません。閣下のご配慮に感謝いたします」

ラインハルトのひとつの武勲は、大貴族どもの支配権力をゆるがす一歩につながるのだ。感謝せずにいられるものか。胸中で若者はつぶやき、覇気にあふれる眼光を隠すためにさらに頭を低くした。

ラインハルトが退出すると、閉ざされたドアを片眼鏡《モノクル》ごしに見やりつつ、エーレンベルク元帥は胸中に独語した。これでよし、自分の職権のおよぶ範囲では、事態は平穏に処理された。

あとはミュッケンベルガーの管轄だ。一件の関係者がことごとく戦場から帰ってこなければ、問題はすべて消滅する。帰ってくれば——それはそのときのことだ。

姉が不在と知ってはいたが、ラインハルトはキルヒアイスをともなって姉の居館のちかくへ来てしまった。池のほとりに腰をおろす。考えてみれば、他人の耳を気にせずに語りあえる絶好の場所であるのだった。

「吾々はいつもの通路をとおって進み、自由惑星同盟軍《フリー・プラネッツ》と称する奴らは、似たりよったりの場所で待ちうける」

ラインハルトの手首が風をおこし、石が水面を跳躍して五つの波紋をかさねあわせた。陽光が躍り、水は液体の宝石と化して虹色のきらめきを発する。

「二世紀半、そのくりかえしだ。昨日もイゼルローン、今日もイゼルローン、明日もイゼルローン！」

ふたつめの石が飛んだが、力の配分が狂ったか、今度はふたつの波紋を水のキャンバスに描いたにとどまった。キルヒアイスの投じた石が、その傍を跳ねて、二メートルほどさきの水面に没する。

「ですが、明後日《あさって》はちがいましょう」

「明後日か。それが来るまで待つのは、おれには不向きだな。明後日を、こちらへ引きよせたい」

出征じたいはさまざまな理由で好ましいが、帝国軍の一〇〇年一日ともいうべき守旧的な戦略戦術は、ラインハルトをいらだたせるのだった。猿でも、一〇〇年のうちには経験からなにかを学びとろうというものを。

「それにしても、つぎの戦いで出征するまでに、蛇夫人の件はかたづけておきたいな」

キルヒアイスの赤い髪を白い指先でもてあそびながら、金髪の若者はつぶやいた。蛇夫人とは、ベーネミュンデ侯爵夫人の悪意と執念に辟易したラインハルトが、昨今、彼女を呼ぶ名なのである。

「明後日のフリカッセを食べる前に、今日のチシャのサラダを、ですか」

「いやなたとえをするんだな」

なかば本気で、ラインハルトは優美な眉をしかめた。

姉アンネローゼのつくってくれる料理は、ラインハルトにとって、宮廷で供される贅《ぜい》をつくした山海の珍味にまさったが、唯一、苦手なのがチシャのサラダだった。あるとき、ラインハルトは姉の隙を見て皿の上のチシャを服のポケットにつめこみ、食べ終えたふりをよそおったことがある。キルヒアイスもそれに倣《なら》った。彼はさほどチシャがきらいなわけではなかったが、要するに、知りあって問もない金髪の天使のような親友と、共犯意識を分かちあいたかったのである。

台所からもどってきたアンネローゼは、きれいすぎる皿と、ふたりの少年の表情を見くらべたが、なにも言わず、自分の食事をはじめた。ふたりが気をゆるめかけたとき、不意に彼女は声をだした。

「ジークは白いきれいな歯をしてるのね。でも奥に虫歯なんてないでしょうね」

ラインハルトがとめる間もなく、キルヒアイスは勢いよく口を開いて、前歯におとらず白い奥歯を見せた。したがって、アンネローゼには、ひと目でわかってしまったのだ。歯と歯のせまい隙間にはさまりやすいチシャを、彼らが食べていないということが。

ラインハルトが片手で顔をおさえてなにかつぶやいた。キルヒアイスも事態をさとり、髪の毛におとらず顔を真赤にして口を閉じた。アンネローゼは怒りはしなかった。かるく顔をふると、後頭部で水色のリボンでたばねられた、やわらかな色調の金髪が揺れ、それを背景に少女はたしなめるような笑顔をつくった。悪童どもはたちまち降伏し、ポケットに食べさせたチシャをとりだして、今度はたしかに自分たちの口に押しこんだ。ふたりが悔いあらためたのを確認すると、アンネローゼは笑いながらふたりの服をぬがせた。なにしろポケットのなかがドレッシングでべとついてしまったので、はやく洗濯しなくてはならなかったのだ。

「……今度はポケットはないな」

ラインハルトの声に、赤毛の友はうなずく。

「ええ、ポケットはありません。食べてしまわないと」

いまにして彼らは思うのだ。チシャだろうと毒草だろうと、アンネローゼがつくってくれたものはきちんと食べておくべきだった、と……。

「あの女を蛇夫人と呼ぶのはやめた。チシャ夫人と呼ぶことにしよう」

初夏の陽は、草の上に、水面に、樹々の葉に、そしてふたりの若者の上に、無音のワルツを奏でている。だが、かろやかに踊りまわる音符は、嵐の予兆をはらんでいた。

遠雷のしのびよる、その尖兵《せんぺい》のかすかなひびきがラインハルトには聴こえる。彼は、交響曲のすべてを作曲しようとは思わぬまでも、一楽章の編曲ていどには加担しうるであろう。

Ⅲ

〝起訴猶予〟になったミッターマイヤーは、五月九日、釈放された。一夜を妻のもとですごすと、翌日、ミッターマイヤーはロイエンタールとつれだってリンベルク・シュトラーゼを訪問し、ラインハルトおよびキルヒアイスと再会を祝した。

……わずか二年後に、彼ら四人は合計一〇万隻以上の艦隊を指揮して、門閥貴族軍と覇業の成否をあらそうことになる。だが、さしあたり、フーバー夫人にとって彼らは、〝二階のお客さん〟でしかない。

「二階にコーヒーをもっていくからね、赤毛さん」

「すみません、フーバー夫人《フラウ・フーバー》」

「金髪さんと赤毛さんには、お友だちが急に増えたようだね、いいことですよ」

「ええ、いいことだと思います」

さりげない返答にふくまれた意味の深さは、むろんフーバー夫人には想像もつかないことだった。

二階の居間にはコーヒーの香りがたゆたった。椅子が四脚あったことに、キルヒアイスは安堵した。まったく、帝国軍大将としては、あきれるほど質素な生活をラインハルトは送っている。せいぜい大尉か少佐の生活水準であろう。

この日、ラインハルトは茶飲み話をするために、ふたりの青年提督の訪問をうけたのではなかった。ようやくえた盟友との紐帯《ちゅうたい》を強めることが、その目的であった。最初に、秋におこなわれる予定の出兵計画について語り、「それは楽しみ」との反応をえると、話題を転じた。彼の姉、グリューネワルト伯爵夫人ことアンネローゼが、ベーネミュンデ侯爵夫人シュザンナに憎悪され、なにやら策謀の対象となっていることを告げ、ラインハルトらが過去に殺されかかった事実も、はじめて他者にあきらかにしたのである。

「なるほど。〝幻の皇后陛下〟が……」

異口同音に、ミッターマイヤーとロイエンタールはつぶやいた。ベーネミュンデ侯爵夫人の名と、彼女が皇后として冊立されそこねた一応の経緯は、彼らも知っている。だが、ラインハルトらの生命まで一再ならずねらわれたという事実は、はじめて知るところだった。ミッターマイヤーは慄然としたように肩をすくめた。同性間の嫉妬のすさまじさを思い知ったと言いたげであったが、口にしたのは、

「それにしても、よく吾々にうちあけてくださいました。ご信頼、ありがたく思います」

という言葉であった。四年間にわたって、ラインハルトとキルヒアイスが知るだけであった秘密をうちあけられたことに、率直な感動をしめしたのである。ラインハルトの意図はまず達せられたと言うべきであった。

ロイエンタールも、友人の言に同調してうなずいたが、ふと小首をかしげた。記憶巣を透視する表情は、五秒ほどでくずれた。

「グレーザーという宮廷医をご存じですか」

「その者がどうかしたのか？」

「私がある女から聞いた話では、この医師がときどきベーネミュンデ侯爵夫人の館を訪れるというのです。気にもとめずにいたのですが、ふと思い出しましたので。なにかお役にたちますか？」

「おそらくな……」

金髪の若者は、赤毛の友人をかえりみた。キルヒアイスは席を立ってデスクからメモをとっ

てきた。とくに重要なことはコンピューターに登録せず、暗号でメモしてあるのだ。この暗号は幼年学校時代にふたりがかりで考案したもので、アルファベットを逆順に記してある。AはZとなり、BはYとなるのだ。

メモを見ながら、キルヒアイスが報告する。彼は無為の日々を無為に消費していなかったのだ。

「この一カ月間に、グレーザー医師は五回もベーネミュンデ侯爵夫人の館を訪問しています。それもすべて夜間ひそかに」

ラインハルトは指先でコーヒーカップをはじき、澄んだ音色を一瞬、鑑賞するようだった。

「宮廷医が、すでに皇帝の寵を失った女のもとへひそかにおもむく、か。卿《けい》はどのような理由をそこに見いだす？」

問いかけられたロイエンタールは、コーヒーカップを受皿に置き、ひざの上で指をくんだ。

「夫人から医師へ流れるのは金銭。これはうたがいようもありません。逆方向へ流れるのは、情報と技術、これもたしかですが、問題はその内容でしょう」

ベーネミュンデ侯爵夫人とグレーザー医師とが情をつうじている、という可能性をロイエンタールは排除していた。大貴族の女というものが、身分が低い（と信じている）男をいかに軽視するものであるか、彼は熟知していた。彼の母親も、歴然たる貴族の娘であったから。

「そうだ。それを私も知りたい。いずれにしても、堤防に穴があくとすれば、医師のほうからだろう。彼を窮地に追いこみ、夫人との関係を裂く方法があればよいのだがな」

「であれば、ひとつ策があります」

「どのような?」

「正々堂々たるものではありません。狡智《こうち》、詭計《きけい》に類するものですが、それでもよろしいですか?」

かまわない、と、ラインハルトは答えた。竜を撃つときと蛇をとらえるときでは、ことなる戦いかたがあるはずだった。

「では申しあげます。宮廷や貴族社会において最強の武器のひとつは、中傷、流言、醜聞のたぐいです」

無言のうなずきで、ラインハルトは賛同の意を表した。

「そして貴族たちは、不名誉な噂ほど喜び、また信じたがるものです。こう申しあげればおわかりでしょう」

得心したようにラインハルトはなかばキルヒアイスのほうを見やって、いま一度うなずいた。

「なるほど、わかった。ベーネミュンデ侯爵夫人がひそかに医師を招くのは、他人に知られてはこまる病気にかかったからだ、と、流言をまくわけだな」

「まず、そのようなところです」

「どんな病気だ」

「正確には病気ではありません。本来、きちんとした夫婦や恋人なら、むしろおめでたいことでしょう。形式的にも良心のうえでも正当な男女の結びつきの結果であるなら……」

ラインハルトは笑った――ロイエンタールの献策の意図を理解したからであり、自分のにぶさを自嘲する思いになったからでもある。彼とロイエンタールとのあいだには九歳の年齢差があり、ある分野にかんしてはその懸隔は九年ていどのものではなかった。

「そうか、妊娠した、ということにするのだな。チシャ――いや、ベーネミュンデ侯爵夫人にはさぞ不本意だろう。きっとなんらかのリアクションがあるにちがいないな」

「女というものは、愛してもいない男の子を宿すことができるのです。そして男はというと、自分の妻が産んだ子は自分の子だと信じることで幸福になれるのです」

ロイエンタールの声は冷たく、毒すらふくんでいるように思えた。キルヒアイスは一瞬、表情をかたくし、ラインハルトは眉をひそめた。彼らの心の神殿に住む女性のことを想起せずにいられなかったのだ。

「それが卿《けい》の哲学か」

「いえ、たんなる偏見にすぎません。私はそう信じていますが、他人にそれを押しつけても意味のないことです」

ロイエンタールの表情は、数秒前とことなり、無機的なまでに静かだったが、それが複数の波動の相殺《そうさい》しあった結果であって、内心はけっしてそうではないことを、ラインハルトは看取した。なかばは、ミッターマイヤーの視線の微妙な動向を観察することで、そう結論したのである。あさからぬ事情が存在することを、ラインハルトはさとったが、そこまで踏みこむのは、いまの段階では非礼でもあり無益でもあった。

Ⅳ

グレーザー医師の住居へ、ベーネミュンデ侯爵夫人からのＴＶ電話《ヴィジホン》がはいったのは、五月一四日の朝である。その日、彼は非番で、皇帝のもとに伺候《しこう》する必要がなかったのだが、悠然と朝寝を楽しむことはできなかった。医師はかたちだけはうやうやしい朝のあいさつを、画面にむかってほどこしたが、侯爵夫人はそれを無視して、とがった声で切りつけた。

「そなた、知っておろうな？　ここ数日、宮廷の周辺で、わたしの名誉を傷つける下賤な噂が流れていることを」

「存じておりますが……」

「では、なぜ、なんとか策《て》をうたぬ」

客観的に考えれば、現在、グレーザー医師は侯爵夫人にとってもっとも有益な味方であるはずだった。皇帝の寵愛を独占していた当時とはちがうのだ。にもかかわらず、最大というより唯一の味方を下僕同様にあつかう配慮の不足が度しがたい、と、医師は思う。医師に献身的な忠誠の義務があると信じこんでうたがいもしないのだ。そのような態度は、背信者を育成する最適の土壌であるのに。

「とにかく、あのような噂が流れたのでは、私としてもお館へ出向くわけにはいきかねます。成功のためには自重がなによりも肝要」

「そなた、つまるところ恐ろしくなったのではないのか」

「そのようなことはございません」

「口ではどうとでも言える。まさか、そなた、あの女に思い知らせる一件から手をひきたさに、自分で噂を流布してまわっているのではあるまいな?」

「めっそうもない！　そのようにお信じいただけぬとは、心外のきわみでございますな」

憤然としてみせたが、内心で医師は舌打ちしている。なるほど、そういう策《て》もあったのだ、と、自分の無策さが自嘲されるのだった。彼は打算能力のすべてをあげて、時間かせぎの返答を考えた。侯爵夫人の意図する、グリューネワルト伯爵夫人への、それこそ下賤な攻撃に、医師は協力する意欲をもはやもちあわせていない。

「侯爵夫人、私が愚考いたしまするに、たとえお望みのような男の精が手にはいりましたところで、いかにしてグリューネワルト伯爵夫人に……その、さよう、受精させるか、これはきわめて困難と申さざるをえません」

「そなたは宮廷医ではないか」

「お言葉ながら、伯爵夫人の傍には侍女もおりますし、診察にしても誤診をさけるため複数の医師がしたがうことが多いのです。ご自分のご経験からもおわかりいただけると存じますが……」

「…………」

「そこで、さらに愚考いたしまするに、グリューネワルト伯爵夫人を完全に破滅させるのは、彼女を失墜させたのちでよろしいのではないか、と」

「どういうことじゃ」

医師は呼吸をととのえ、説明をはじめた。ほとんど口からでまかせの説明である。彼の意図は、侯爵夫人に協力する意思のないことを隠す、その一点にあった。そして、古来、なにかを隠す最上の方法は、沈黙ではなく、饒舌《じょうぜつ》にあるのだ。美辞麗句をつらね、相手を真相とことなる方向へ誤導する技術が、もっとも必要なものだった。そしてけっきょく、医師は成功した。ベーネミュンデ侯爵夫人は、医師につごうよく、彼の意図するところを誤解してくれたのである。

「わかった。どんなかたちであろうとひとたび宮廷から追放すれば、その後、あの女をどう処置しようと、それこそこちらの思うままというのじゃな、まず追放が先決と」

「さようでございます」

うやうやしく低頭した医師の頭上を、ベーネミュンデ侯爵夫人の笑い声が通過していった。無形の毒針を空中にまきちらしながら。

「つくづく、そなたは悪党じゃの。段階をつけてあの女を不幸においこみ、いたぶろうとは。わたしなど、とても考えおよばぬ」

不本意きわまる言われようだったが、あえて抗弁せず、医師はさらに礼儀正しく頭をさげた。彼の視界には、侯爵夫人の絹のドレスの裾と、そこからわずかにのぞいた靴先の宝石飾りが画面に映っていたが、すぐに消えさって、灰色の平板がとってかわった。医師は頭をあげ、別れのあいさつすらしない侯爵夫人の無礼を、口のなかでののしった。

そろそろこのあたりが潮時か、と、グレーザー医師は判断している。侯爵夫人から吸いあげた金銭の額にはいまだ不満が残るが、満足するまで深入りして身の破滅を招いては採算がとれぬ。頭をさげるということを知らない貴婦人と交渉するのにも疲れた。もともと、ひとたび失った寵愛を回復しようとする侯爵夫人の妄執に、成功の余地はすくなかったのだ。

くわえて、侯爵夫人はただいきどおっているだけだが、〝ベーネミュンデ侯爵夫人が妊娠した〟などという噂が流布することじたい、夫人の敵と、それに同調する者の存在を意味しているではないか。敵を倒すことにのみ熱中して、反撃の可能性を考えていないのだから恐れいる。彼女が破滅するのは自由だが、こちらがまきこまれるのはごめんだ。

医師はデスクをあけ、前夜とどけられた奇妙な手紙をとりだして、不安と不快の表情で読みかえした。ワードプロセッサーで記された文面はごく短かった。ただ一行。

「汝の罪はすべてわが掌の上にあり」

V

グレーザー医師を惑乱させた手紙の主は、白い手で豪奢な黄金の髪をかきわけ、赤毛の友を見やった。

「悪徳医師め、どんな表情をしたことやら」

ラインハルトは笑った。敵に先制攻撃をしかけた陰謀者というより、ゲームを楽しむ少年の笑顔であった。だが、瞬時に白皙の顔をするどくひきしめたのは、アクションにたいするリアクションを考えたからである。それは当然、正体不明の手紙の主より、最初からの憎悪の対象であるアンネローゼにたいしておこなわれるであろう。防御策の強化が必要だった。

「それにしても、こんな低次元の攻防で敵と張りあっていることを、姉上に知られたくないな」

と、ラインハルトは思っているのだった。それはキルヒアイスにも共通の心情であって、広大な宇宙空間で敵軍と智勇を競うことはともかく、宮廷の大理石柱のあいだに陰謀の糸をめぐらし、正論を聞く能力をもたぬ貴族どもの耳に流言の風を吹きこんで、敵を罠におとしこむような戦いを、誇る気にはなれないのである。これは正当防衛である、と思ってはいるのだが、彼らの美意識からすれば、この戦いは堂々たる白昼のものではなく、人目をはばかりつつ夜陰でおこなわれる不名誉なものだった。

くわえて、彼らがベーネミュンデ侯爵夫人を制するには、彼女を激発させ、アンネローゼに危害をくわえる陰謀の現行犯というかたちで誰にも異論をいだかせず処断するのが最善であった。まったく不本意なことではあるが、アンネローゼを危険にさらす局面の出現も考えられるのである。ベーネミュンデ侯爵夫人の激発を制御し、最高のタイミングでそれをおこなわせなくてはならなかった。

とはいえ、言うほどやさしいことではない。ベーネミュンデ侯爵夫人にしてみれば、ラインハルトらが帝都オーディンを離れて戦場にあるときこそ、アンネローゼを害する最高の好機と思えるであろう。ラインハルトらにとっては、それでは後顧の憂いがありすぎる。今度の出征では、ミッターマイヤーらの一件もからんで、彼らとしては大貴族どもを瞠目《どうもく》させる武勲をたてねばならないのだ。

現在《いま》にはじまったことではないが、ラインハルトの敵は、イゼルローン要塞の前方に展開する自由惑星同盟《フリー・プラネッツ》の大艦隊だけではない。ふりかえれば、彼を〝生意気な金髪の孺子《こぞう》〟と罵倒する貴族どもの嫉視と憎悪が、無尽蔵の鉱脈を誇っている。秋からどうやら夏へとくりあげられるらしい今回の出兵で、ラインハルトは先頭部隊の指揮権をあたえられる予定だが、いささか疑心をもって見れば、敵中に孤立したとき故意に見殺しにされる可能性すらあるのだった。そんな事態になれば、ラインハルトでも全能力の稼働を必要とする。ぜひ出征前に〝蛇夫人〟をかたづけたいところだった。

出征といえば、それを意気揚々と報告したとき、アンネローゼの優しい顔には喜びの色がなかった。

「私が武勲をたてて栄達するのを、姉上は喜んでくださらないのですか?」

ラインハルトは言ったが、それは疑問ではなく、反論でもなく、子供が拗《す》ねてみせるのに等しかった。姉にたいするとき、ラインハルトの感性はごくしぜんに時を溯行し、皇帝だの貴族だのを歯牙にかける必要のなかったあの日々に帰ってしまうのだ。

「そんなことがあるはずないでしょう。ただね、ラインハルト、あまり武勲をたてることをあせる必要はないと思うのよ」

「あせってはいませんよ、姉上。でも機会がある以上、それを最大限に生かすのは当然でしょう」

「ラインハルト、あなたはまだ二〇歳にもなっていないのよ。それで大将閣下でしょう。充分すぎるわ。無理をしないでほしいの」

「いずれ二〇歳になります。三〇歳にも、四〇歳にも。そうなれば、爵位も官位も不相応のものにはならないでしょう」

ラインハルトが微妙に論点をずらしたのは、故意の業《わざ》だった。ベーネミュンデ侯爵夫人にたいする水面下の戦いを、姉に察知されたような気がしたのだ。「無理をしないで」とは、単純ならざる台詞だった。

「そのあとはどうするの？」

姉の声があまりに静かで穏やかだったので、その意味するところのするどさが、ラインハルトほど明敏な若者にも、とっさには感得できなかった。傍にいたキルヒアイスが、コーヒーカップを手にしたまま、遠慮深く、だが注意深く、美貌の姉弟を見くらべた。彼が口をさしはさむ立場ではなかったので、なにも言わなかったが、意見をもとめられても、この場合は困惑するしかなかったであろう。どちらとも一体の心をもっていたい彼であったから。

「そしてそのあとはどうするの？　さらに高くを望むの？」

再度のアンネローゼの問いに、はっきり「然り《ヤー》」と答えることができれば、ラインハルトの心は翼をえるだろう。だが、現在の彼は姉に本心を吐露することはできなかった。皇帝を玉座からけおとし、ゴールデンバウム王朝を劫火《ごうか》のなかに滅ぼすのだ、とは言えなかった。

「まだ山の裾野から中腹に達したばかりです。登るつもりでじつは降りているかもしれないし、転落するかもしれません。あまり将来《さき》のことを考えてもしかたありませんよ」

「そうね……ジーク、お願いするわ。このわんぱくぼうずが道からはずれないよう見はっててくださいね。放っておくとどこへ翔んでいくかわからない子だから」

「はい、アンネローゼさま」

「ひどいな、姉上」

誰が最初かわからない。三人はほとんど同時に笑った。このとき、キルヒアイスの目に、時は研摩された宝石のようにかがやいて見えた。

じつのところ、アンネローゼにあらためて依頼されるまでもない。ラインハルトが高い空と遠い地平を見はるかすとすれば、キルヒアイスは彼の足もとの大地を注意深く観察し、その安全を確認し、歩みを速めるために協力しなくてはならなかった。このとき、キルヒアイスは考えてもいなかった。ラインハルトが歩みをとめたのち、自分はどうするのか、ということを。ともに歩みをとめ、おなじ場所にたたずむのか。

それとも……。

第六章　女優退場

I

五月一六日午後、ベーネミュンデ侯爵夫人シュザンナの館の門を、一台の高級地上車《ランド・カー》がくぐった。大理石づくりの玄関に降りたったのは、七四歳の老巧な宮廷政治家、国務尚書の座にあるリヒテンラーデ侯クラウスであった。

リヒテンラーデ侯は、同行の補佐官ワイツと運転手を車内に残して、ひとり館にはいった。彼はサロンに招じ入れられ、女主人の歓迎をうけた。権門の訪問は、彼女の歓びとするところだった。かつて彼女が最高権力者の寵愛を独占していたころは、各省の尚書とか、元帥とか、公爵とか、本名のほかに長い肩書をぶらさげた人々の靴で、絨毯《じゅうたん》の表面が埋めつくされたものである。

侯爵夫人の歓迎にたいし、老国務尚書は儀礼的なひややかさで応じた。それは訪問の目的にふさわしいものであった。彼は、〝皇帝の御意〟を侯爵夫人に伝えに来たのである。この館をひきはらい、市外の、下賜された荘園で幸福な余生を送るように、というのがその内容であった。夫人は凍りつき、無言の数十瞬ののちに、震える声を押しだした。

「たしかに、いまのお言葉は陛下のおっしゃったことなのですか？　それも、例の根も葉もない噂をお信じになって……」

「噂とはなんのことやらわかりませんが、陛下の御意には相違ありません。うたがっておられるのですかな、侯爵夫人、もしそうなら……」

「いえ、いえ……！」

ベーネミュンデ侯爵夫人は、はげしく頭《かぶり》をふった。熱病患者めいた光が、碧《あお》い両眼に浮きあがった。

「陛下の御心がそのようなものであるとすれば、なぜ妾《わたし》がそれに逆らいましょう。一日の例外もなく陛下に忠実であった妾です。ですが、どうして陛下はご自分でそのむねを妾にお話しくださらぬのか。妾はそれが無念でなりません。陛下もあまりにご無情でいらっしゃる。幸福な余生などとおっしゃっても、妾の幸福は陛下とともにしかないものを……」

リヒテンラーデ侯は、心のなかで老いた肩をすくめた。いかに老練で狡猾な宮廷政治家であっても、あとうことならちかづかずにすませたい話題がある。皇帝と、彼をとりまく寵妃たちとのあいだに錯綜する愛憎の糸にからめとられるのは、ごめんこうむりたいところであった。

「ベーネミュンデ侯爵夫人、お気持ちはわかりますが、陛下は国事のすべてを統轄なさる御身であれば、多忙にして、ここまで玉体をお運びになるのはかなわぬのです」

「陛下はそれほどご多忙だと？」

「さよう」

「ああ、さほどにご多忙でいらっしゃいますのか⁉　酒宴で？　狐狩りで？　賭博で？　いえ、なによりも、あの女のもとへお通いになるので、ご多忙なのでしょう。国事などと、ごまかされずともようございます」

リヒテンラーデ侯はにがにがしく白い眉をひそめた。侯爵夫人が、理論でなく偏見によって真実を指摘したからであった。彼は、いささかならず血迷ってみえる貴婦人に、弱みを見せるわけにはいかなかった。

「落ちつきなさい、ベーネミュンデ侯爵夫人、先刻からうかがっておれば、あなたのおっしゃりようには、しばしば不敬罪に該当するものがありますぞ」

情理いずれでも夫人の激情を制することができぬと判明しているので、リヒテンラーデ侯としては、皇帝の権威に依存せざるをえなかった。

「私が陛下のお気持ちを忖度《そんたく》するのは大それたことながら、あなたのおっしゃる〝あの女〟、すなわちグリューネワルト伯爵夫人の口から、あなたにたいしての誹謗が出るのを、私は聞いたことがない。思うに、そのあたりが陛下のお気に召したのではありませんかな」

手きびしい訓戒をあたえたつもりではあったのだが、言い終えた瞬間に、リヒテンラーデ侯は誤りをさとった。老宮廷政治家の眼前で、貴婦人の顔が急速な変貌をとげつつあったのである。

人間の皮膚、鼻目の造形など、感情の熔岩をおおう薄紙の一枚でしかないことを、老国務尚書は長い人生経験で熟知していたはずであった。だが、今度ほど強烈であざやかな変貌は、彼の記憶になかった。かつて夢見るように開かれていたであろう瞳は、人間のあらゆる負の感情を熔かしこんで灼熱させる熔鉱炉と化していた。

「あの女……」

侯爵夫人の口から放たれたのは、声のかたちをした猛毒の瘴気だった。

「あの女が猫をかぶって……陛下のお心を盗んで、そしてわたしに優越感を誇示しようとしている！　ああ、あの女、あの女のしたり顔を引き裂いて、喰い破ってやりたい……！」

国務尚書は立ちあがった。恐れをなしたのだが、その事実をみずから隠す気もおこらなかった。彼は年齢よりはるかに若々しい動作で、安楽椅子の背後にまわった。高く厚い背もたれを楯にして、国務尚書は、廷臣としての義務感というより彼個人の名誉を救うため、最後の弁舌を弄《ろう》した。

「よろしいですかな、侯爵夫人。時の流れを逆転させることは痴人の夢想を出ぬ。過去の想い出と現在の安楽な生活をだいじになさるがよい。皇帝陛下は寛容な御方でいらっしゃるが、それにつけこんで、皇室の権威と宮廷の秩序をないがしろになさるようであれば、不肖ながら国務尚書の地位にあるこの身も、傍観しておるわけにはまいりませんでな。心なさることだ」

言う者と聞く者とは、認識を共有しえなかった。国務尚書にとって、これは宮廷の寛容を表明するものであったが、ベーネミュンデ侯爵夫人にとっては悪意にみちた威嚇、恫喝《どうかつ》でしかなかった。かつて、いまだ中堅の宮廷官僚でしかないこの老人は、皇帝の寵愛を独占する美姫に、うやうやしく低頭するだけで、侯爵夫人のほうから声をかけぬかぎり、会話すらできない身だったではないか。それが、宮廷と官界を泳ぎまわって閲歴のうろこをはやし、帝国政府首席閣僚となりおおせて、いま皇帝の代理と称し、道徳家面で彼女にお説教をたれようというのだ。

「出てお行き！　出てお行きったら！」

慄える指がドアをさした。

「侯爵夫人、では、陛下の御意はお伝えしましたぞ。諸事つつしまれるように」

最後の一言をそう投げつけると、リヒテンラーデ侯は倉皇《そうこう》としてサロンをなかば走りだした。玄関から地上車《ランド・カー》に乗りこみ、それがすべりだしたところでようやくためこんでいた息を吐きだす。

「どうやら雌虎《めすとら》の尾を踏んでおしまいになったようですな、閣下」

国務尚書の政務秘書官をつとめるワイツという男がかるく笑った。無礼さをとがめてもよいところだが、三代前にようやく帝国騎士《ライヒスリッター》の称号をえた寒門出身のこの男を、リヒテンラーデ侯はなぜか気にいっており、老いた顔を苦笑でゆがめて応じた。

「この年齢《とし》になって、このようなかたちで女に悩まされるとは思わなかった。どうさとそうと納得するものでもなかろう。侯爵夫人の妬心をなだめる、なにかよい思案はないものかな」

「ございます」

あっさり肯定されて、老いた宮廷政治家は半信半疑の目を腹心の部下にむけた。さりげなく、具体的な提案がワイツの口からすべり出た。

「ベーネミュンデ侯爵夫人を結婚させてさしあげればよろしいでしょう」

「結婚じゃと……?」

老獪《ろうかい》な宮廷政治家にそのようなことがあるとすれば、リヒテンラーデ侯爵は、一瞬だがたしかに、あっけにとられた。

「さようでございます。結婚して家庭をもてば、陛下やグリューネワルト伯爵夫人への嫉妬もおさまるのではありませんか」

「だが、陛下の寵愛を独占していたという事実の記憶が、あの権高《けんだか》な婦人にとっては、他に代えがたい宝なのだ。他の男はどれほど高い身分でも、けっきょくは臣下にすぎぬ。結婚など承知するとは思えんな」

「最初から縁談をすすめる必要はございません。夫人をその気にさせればよろしいので、男をあてがってあげれば結婚する気もおきましょう」

「とは言ってもな、あの気位の高い女が……」

「なに、最初は合意のうえでなくともよろしゅうございましょう。なってしまえば、あとは形式がついてまいります」

女性の精神と肉体にたいする男性の偏見を隠そうともせず、ワイツは明快に言ってのけた。リヒテンラーデ侯爵は、するどいというよりけわしい眼光を自分のひざに落として考えこんだ。

意外な名案であるように思えた。だが、けっきょくのところこの案は具体化されることなく生命を終えてしまう。地上車《ランド・カー》の座席に腰をおろした彼らは知らなかった――彼らが立ち去ったあと、館のサロンで女性の肉体のかたちをした暴風が荒れ狂ったことを。そして、オルゴール、クッション、鳥の羽毛、割れた皿やカップ、ひっくり返されたテーブルなどが散乱するなかで、床に伏した女主人が絨毯に爪を立てながらうめいていたことを。

「殺してやる……殺してやる……殺してやる……」

ドアの外では、侍女たちがおびえた顔を見あわせていた。

Ⅱ

翌一七日の夜、雷鳴と風こそなかったが、帝都オーディンの中心市街は大量の雨に洗われていた。この夜、国立劇場でピアノ演奏コンクールがおこなわれ、ヴェストパーレ男爵夫人の愛人のひとりが出場することとなって、アンネローゼ、シャフハウゼン子爵夫人、ラインハルト、キルヒアイスもそれに招かれた。男爵夫人の愛人は二位に入賞し、男爵夫人は心から、四人の招待客はおそらく礼儀上、喜んだものである。とくにふたりの若者の場合、ピアノ演奏じたいにはなんの意味もなかった。劇場付属のレストランで会食したあと、彼らは二台の地上車《ランド・カー》に分乗して帰宅の途についた。ラインハルトとキルヒアイスは一台めの地上車《ランド・カー》に乗り、二台めの大型車には、アンネローゼが彼女のふたりの友人、シャフハウゼン子爵夫人とヴェストパーレ男爵夫人とともに乗っていた。彼女らはつとめて陽気にふるまい、アンネローゼの気分をひきたてようと連係して、冗談をとばしあった。もっとも、シャフハウゼン子爵夫人のほうは、友人の機智と弁舌にしばしばついていきかねて、考えこんだり、ずれたタイミングで笑い声をたてたりしたが。

二台の車は、新無憂宮《ノイエ・サンスーシー》の北の通用門にむかっていた。ラインハルトらにとっては、すくなくとも宮殿にはいるまではアンネローゼの身辺についていなくては不安でならなかった。

「いやな雨だこと」

シャフハウゼン子爵夫人がハンカチで顔をあおぎながら言うと、ヴェストパーレ男爵夫人がうけた。

「滝のなかを走っているような気がするわ」

アンネローゼは、小さな微笑で応じたきり、運転席のガラスごしににじむ、ラインハルトらの車の後尾灯を黙然と見やっていた。闇と雨の圧力に抗して、ささやかに存在を主張するオレンジ色の燈が、姉にたいするラインハルトと、彼女ら姉弟にたいするキルヒアイスと、ふたつの想いを象徴しているように見えた。

静から動への転換は、急激をきわめた。視界が不意に白くかがやき、五官と肉体を、強烈な震動が襲ったのだ。

闇と雨と、二重の厚いカーテンは、閃光と轟音によって引き裂かれ、右後部のドアを吹きとばされた地上車は、数回転して宮殿の塀にぶつかった。激突でなくてすんだのは、皮肉にも、水の抵抗が緩衝役をはたしたからである。それでも運転席は大破し、運転手は一度悲鳴を放ったきりうごかなくなった。

「なにごとなの？　なにごとなの？」

シャフハウゼン子爵夫人は、もっともな問いを人間と雨にむかって投げかけたが、どちらも彼女に答えてくれなかった。胆力に富んだヴェストパーレ男爵夫人ですら、呆然として、掌のなかでハンカチをたたんだりひろげたりしていた。貴婦人たちは、たちまち破損したドアから侵入する雨に打たれて全身を濡らした。水を蹴る足音がして、豪奢な黄金の髪がアンネローゼの視界をよぎった。

「ラインハルト！」

「さがっていてください、姉上！　車から出ないで！」

叫びざま、ラインハルトは、自分のマントを姉の頭にかぶせ、姿勢を低くさせた。彼の手にも傍のキルヒアイスの手にもブラスターがあって、雨をはじいている。

警戒していたからこそ、この危急に対応しえたのではあるが、ここまで〝敵〟が直截《ちょくせつ》的な手段に訴えるとは、ラインハルトの想像をややこえていた。なにかがベーネミュンデ侯爵夫人を追いつめ、理性と打算の枠を吹きとばしたのだ。でなければ、せめて事故をよそおったにちがいない。

ラインハルトは全能ではない。前日、国務尚書リヒテンラーデ侯爵の舌から撃ちこまれた無形の毒矢が、ベーネミュンデ侯爵夫人の理性に致命傷をあたえたことなど、知りえようはずもなかった。いずれにしても、このヒステリックな襲撃は、侯爵夫人自身の墓穴をうがつことになるだろう。

だが、それもこの窮地を脱してからのことだった。敵が幾人で、どこにいるかすら、彼らにはわからない。

「相手はウラン238弾の対戦車ライフルを使ったようです」

赤い髪に豪雨の水滴をはじかせつつ、キルヒアイスが言う。直撃すれば、地上車《ランド・カー》ごとアンネローゼは過去の存在となっていたであろう。地上車《ランド・カー》のうごきが雨で狂わなければ、刺客たちは凱歌をあげることができたはずだった。

雨はさらに勢いをまし、ラインハルトとキルヒアイスを水流の檻に閉じこめた。彼らはアンネローゼたちの地上車からすこし離れ、背中あわせに立っていた。濡れた金髪と赤毛が、もつれあうのではないかと思われるほどだ。やがてラインハルトが前方に進んで雨と闇をすかして見ようとしたとき、雨中をなにかの気配が泳いだ。

「ラインハルトさま！」

キルヒアイスの叫びと同時に、ラインハルトは身をひるがえした。雨と、戦闘用ナイフの光が彼の肩をかすめた。大量の飛沫がとび、ラインハルトが重心のバランスを狂わせてよろめくところへ第二撃がとびかかる。しかし、キルヒアイスの手刀がその手首を打ち、ナイフをたたきおとしていた。

よろめく敵の側頭部に、すばやく立ちなおったラインハルトがブラスターの銃身をたたきこんだ。短い苦痛の悲鳴と水しぶきをあげて、相手は横転する。

つぎの相手が戦闘ナイフを横なぎにひらめかせた。キルヒアイスは余裕をもってかわすつもりだったが、倒れた敵の身体と、水とがフットワークをさまたげ、軍服の布地が胸もとで悲鳴をあげる。ラインハルトの腕が伸びて、至近距離から敵の側頭部にビームを撃ちこんだ。

双方とも、一言も発しない。すさまじいばかりの雨音に、ときおり不規則な呼吸音がまじるばかりである。ラインハルトとキルヒアイスの鋭敏な皮膚感覚は、なお複数の敵の存在を感知していたが、雨と、濡れてまつわりつく服が、その感覚の十全な活動をはばんでいた。

突然、光芒が視界を水平にないだ。雨音を圧して、人々の叫びがひびいた。瞬間の緊張は、ラインハルトの名を呼ぶ明瞭な声でとけた。味方が駆けつけたのだ。狼狽の気配がはしり、不規則に水をはねあげる音がたつ。不利をさとった敵が逃げ散りはじめたのだ。べつの水音がラインハルトたちにちかづいてきた。

「ご無事でしたか、ミューゼル大将」

その声は、すでにラインハルトの記憶巣に定着している。金銀妖瞳《ヘテロクロミア》の青年士官、オスカー・フォン・ロイエンタールのものだった。彼の左右に、部下の兵士らしい半ダースほどの人影が見えた。

「絶妙のタイミングだったな」

ラインハルトの声は苦笑まじりだった。彼がウォルフガング・ミッターマイヤーを救ったときもそうだったが、間一髪の事態がどうも多すぎるようだ。かなうことなら、いますこし楽な戦いをしたいものである。

「閣下が姉君の安全を気づかっておいでだったように、私たちは閣下の安全に注意をはらっておりました。それだけのことです」

ロイエンタールの判断力と行動力をたのもしく思いつつ、ラインハルトがうなずくところへ、雨をつき破って、またひとりの味方が姿を見せた。

ウォルフガング・ミッターマイヤーであった。片手に男の襟首をつかんでひきずっている。男の胸には大きな傷があったが、血は雨に流されたのであろう、ほとんど目に映らない。

「白状しました。ベーネミュンデ侯爵夫人に金銭《かね》をもらい、出世を約束されてグリューネワルト伯爵夫人を襲った、と」

ミッターマイヤーの報告に、怒りと嫌悪の叫びをあげたのは、子爵夫人と男爵夫人で、当のアンネローゼはほとんど表情を変えず、ささやくように弟にただした。

「ラインハルト、ベーネミュンデ侯爵夫人を告発するつもりなの？」

「姉上、あの女が生きているかぎり、今後も姉上は生命の危機にさらされます。それに姉上の身に不安があっては、私もキルヒアイスも、戦いに専念できません」

「でも、ラインハルト……」

弟は蒼氷色《アイス・ブルー》の瞳で姉を見つめた。雨と夜の厚い膜をすかして、弟の目には熾烈な決意のかがやきが宿っている。

「こちらからしかけた闘いではありません。責任はあの女にあります。ちがいますか、姉上？」

アンネローゼは沈黙した。ラインハルトの怒りは正当で貴重なものだった。それを非とすることのできようはずがない。ただ、他方には、それまで独占していたものを奪われた者の怒りと哀しみがあり、たとえ妄念に堕ちたものであっても、やはりそれは当人にとって正当で貴重なものであるはずだった。ラインハルトが、少年の日の選択を唯一のものとして、他をかえりみず直進する姿は、しばしばアンネローゼに危惧の思いをいだかせる。ときには立ちどまって考え、他人の心や生きかたを、たとえ敵対する相手のものであっても思いやってみてほしい、と願わずにいられない。

他人を傷つけ、流血を望むものは、憎悪と悪徳のみでなく、あるいはそれら以上に、愛情と正義がそうであることを、ラインハルトは理解しているだろうか。

雨は依然として衰えをみせず、炎と血はたちまち敗退を余儀なくされた。無彩色の厚いカーテンを、地上車《ランド・カー》の咆哮《ほうこう》が切り裂き、連絡をうけた皇宮警察と憲兵隊の車が、水平の滝を泳ぐようにに姿をあらわして、ラインハルトたちの周囲に車体の城壁をきずいた。

Ⅲ

証人と証言と証拠。いずれも複数。

国務尚書リヒテンラーデ侯クラウスを決断させるには充分であった。もはやベーネミュンデ侯爵夫人の存在それじたいが、宮廷の秩序を乱すものと判断せざるをえない。一時は、補佐官ワイツの提案する〝平和的な〟解決法に興味をいだいたが、もはや選択の余地はない。まず彼は、証言にもとづき、補佐官ワイツをグレーザー医師のもとに派遣した。

医師はすべてを告白した。皇帝の寵愛を失い、殺人未遂の罪をもおかしたベーネミュンデ夫人に殉じるべき理由を、彼は知らなかった。

そしてひとたび旗幟《きし》を鮮明にすると、彼はみずからの立場を守るために、きわめて積極的に、ベーネミュンデ侯爵夫人の罪業を立証にかかった。いくつかのテープがワイツの前に差しださ れ、侯爵夫人自身の声が、グリューネワルト伯爵夫人とその弟たるミューゼル大将にたいする殺意を吐露してみせたのであった。

ワイツの報告をうけたリヒテンラーデ侯爵は、宮中に伺候して皇帝フリードリヒ四世に事情を説明した。国務尚書が延々と、かつての寵妃の犯罪について語るあいだ、皇帝は二房の葡萄をたいらげ、銀の皿に種と皮をうずたかくつみあげた。

「シュザンナがそれほど思いつめておったとはな」

そう独語したのみで、熱のない瞳を遠くの壁に放っている。数秒の沈黙で声帯を休ませると、リヒテンラーデ侯爵は結論がわりに意見を述べた。

「おそれながら、陛下、貧しき平民の女とて、恋人の愛を失うことを恐れるものでございます。まして一天万乗の皇帝のご寵愛とあらば、宝石の山よりも貴重に思えるのは当然のこと、失って逆上するのも無理はございません」

ゆえに至尊の身たる者、安易に寵愛の対象を変えてはさしさわりがあろう――と、暗に批判したのだが、国務尚書の意図は皇帝の精神の核からはずれた虚空を射ぬいただけで、遊蕩と怠惰を両肩にのせた皇帝は、年齢以上に老けた顔に感情のかけらも浮かべなかった。

「苦しまずにすむようにしてやるがよい」

それは死刑の宣告であった。国務尚書は一礼した。予想していたというより、それ以外にありえぬ返答である。この期におよんでベーネミュンデ侯爵夫人を免罪しては、皇室の権威、宮廷の秩序がともにたもちがたいものとなろう。グリューネワルト夫人以外に、二名の貴婦人がまきこまれかかったのだ。

「どうせ予もあとから行くのだ。まだ充分に美しい姿で待っているがよい、シュザンナ……」

半分以上は口のなかで消えてしまったので、その言葉は国務尚書の耳にとどかなかった。


凶報は、きらびやかな偽りのよそおいで、ベーネミュンデ侯爵夫人のもとをおとずれた。宮内省と典礼省の職員がつれだって彼女の館の玄関に立ったのである。彼らはサロンに通されず、ホールで女主人に面談せねばならなかった。

「昨夜、不慮の事故により、グリューネワルト伯爵夫人が逝去されました」

それを聞いたとき、太陽が厚い天井を透過して一点を照らしだしたようだった。夫人の顔に熱い血がみち、瞳に光があふれ、声は律動をともなった。

「……それはそれは、お気の毒なこと、いまだ若く美しい身でありながら、はかないことじゃ。薄命というしかないな」

「陛下には、いたくお歎きであらせられますが、しきりにベーネミュンデ侯爵夫人を呼べ、あれでなくてはわが心の痛みがわからぬ、との仰せ。恐縮ではございますが、陛下のご寝所まで私どもとご同道いただきたく存じますれば、おしたくいただきますよう……」

夫人は歓喜の肖像と化した。

「おお、陛下はさようにおおせられたか。亡くなったグリューネワルト夫人もお気の毒ながら、陛下のご傷心も察するにあまりある。この身は陛下の忠実なる僕《しもべ》、名ざしでお呼びくださるに、なんのためらいがあろう。すこしだけ待ってたもれ」

侍女を呼びつつ階段を駆けあがる侯爵夫人の後ろ姿を見送って、ふたりの官吏は共通の、ある表情をした。化粧をととのえて夫人がホールに姿をあらわすまで二〇分を要した。夫人にとっては至福の二〇分であったろう。その至福が霧消するまでは五分を要しただけである。官吏たちにはさまれて地上車《ランド・カー》に乗りこんだ侯爵夫人は、やがて、窓外の風景の変化から、異状に気づいた。

「これは道がちがうではないか。新無憂宮《ノイエ・サンスーシー》の、皇帝のご寝所はこちらではない。どこへつれていくつもりか」

かんだかい抗議の声は、ひややかな官吏の返答にむくわれた。

「お静かに、侯爵夫人。この車はこれより典礼尚書アイゼンフート伯爵の邸宅へまいります。そこであなたに、グリューネワルト伯爵夫人殺害未遂の件にかんして、弁明の機会があたえられるでしょう」

夫人の脳裏に雷鳴がとどろき、視界に黒い光がはじけた。彼女の肢体は、絹の服地の下で慄えだした。恐怖でなく心外さのためであった。

「すると、すると、あの女は死んでおらぬのか……？」

「まったく無傷です」

故意の残酷さをこめた返答が、ベーネミュンデ侯爵夫人の心臓に絶望の一弾を撃ちこんだ。彼女は胸をおさえ、みじかい呼吸ののちに、同乗者たちを慄然とさせるようなうめき声を発した。彼らは、身体を前折りにした侯爵夫人に手を伸ばしてひきおこそうとした。夫人はあらがわなかった。瞳には黒い光がみちたままだった。


アイゼンフート伯爵ヨハン・ディートリッヒは八〇歳をすぎた老人で、この名誉職を手にいれるために三〇年の運動期間と五〇〇〇万帝国マルクの工作費をついやしたという評判である。閣議では端然と坐したまま熟睡する特技を披露するだけの老貴族は、この日、老い朽ちた全身の細胞を緊張の電気で活性化させ、過剰なまでの眼球運動で、内心の興奮を表現していた。

彼にとっては生涯最大の事業である。かつての皇帝の寵妃に死を宣告し、慣例にしたがって毒入りのワインをすすめ、その絶息を確認しなくてはならない。観客にも不足はなかった。皇帝の女婿たるブラウンシュヴァイク公爵、グリューネワルト伯爵夫人の弟ラインハルト・フォン・ミューゼル大将、宮内省高等参事官ボーデン侯爵、皇宮警察本部長シャーヘン伯爵、大審院判事ブルックドルフ法学博士、宮廷医オレンブルク医学博士、国務尚書政務秘書官ワイツ、皇帝の侍従次長カルテナー子爵、そして屈強な皇宮警察官六名、典礼省の職員が四名。合計一八名が、老伯爵の重厚な演技、虚栄と偽善にみちた宮廷裁判の一場を期待しているはずだった。

だが、他の人間はともかく、ラインハルトはこのような舞台を観賞する積極的な意思をもってはいなかった。ベーネミュンデ侯爵夫人にたいする復讐心は質量ともに豊かであったし、彼女の死を望んでいたが、必要なのは事実の存在であって、事実を見ることではなかった。一片の報告書と複数の証言さえあればよいのだ。せめて感性を共有しうる観客がほかにいればともかく、キルヒアイスは参列を許されず、立会人代表のブラウンシュヴァイク公をはじめとして、彼と会話をかわそうとする者すらいなかった。ラインハルトは最初から徒労感の虜囚《りよしゆう》としてそこにいた。

「陛下は何処におわすのか?」

鋭角的な声、恐怖と悲哀ではなく怒りと糾弾の意思をあらわす女の声が、ラインハルトの鼓膜をたたいた。彼をふくむ一九対の視線がドアに集中した。主演女優の登場である。

重い樫のドアが開くと、沈んだ色調と小さな窓のため薄暗かったサロンに、外部の光がなだれこんできた。ドアが閉ざされても、光のひとかたまりはサロンの広い床の中央に、生ける柱となって立っている。光だけでなく、熱をも発散してサロン全体を圧倒するそれは、成熟した女性のかたちをしていた。

「ベーネミュンデ侯爵夫人」

館の主人が安楽椅子から呼びかけると、怒りのエネルギーにかがやきながら、かつての皇帝の寵妃は老人のほうにむきなおった。

「典礼尚書！　アイゼンフート伯爵！　これはなにごとです？　いやしくも侯爵号をもつ身にたいし、あまりに非礼ななさりようではありませぬか⁉」

「ベーネミュンデ侯爵夫人、その答えはあなたの記憶のうちにあるはずですぞ」

おもおもしく典礼尚書は応じたが、侯爵夫人の怒気にたいしてひるむ色を見せぬのは、勇気のためではなく、感性が鈍磨しているにすぎないように、ラインハルトには思える。

「あなたは、陛下の寵愛あつい グリューネワルト伯爵夫人を無法にも殺害しようとなさった。証人もあれば証言もある」

「でたらめじゃ！」

「みぐるしい弁解はおよしなさい。おそれ多くも皇祖ルドルフ大帝陛下の、国法をさだめられしときより、罪には罰をもってむくいることが人界を律する摂理というもの。その摂理にしたがい、あなたの閲歴と身分にふさわしく身を処されるがよかろう」

台詞は荘重だったが、老齢の典礼尚書は、唾をとばしたり、せきこんだり、またメモをのぞきこんで台詞を確認したりしたので、劇的に高まりかけた雰囲気は、そのつど急低下を余儀なくされた。それでも典礼尚書は、もっとも重要な部分の台詞を、どうにか正確に言うことができた。

「フリードリヒ皇帝陛下よりの勅命である。ベーネミュンデ侯爵夫人に死をたまわる。格別のご慈愛により、自裁をお許しくだされた。さらに侯爵夫人たる礼遇をもって、その葬礼をなすであろう」

皇宮警察本部長シャーヘン伯爵が、造物主の気まぐれで生命をあたえられた石像さながらの鈍重なうごきで、侯爵夫人の前に進みでた。片手にワイングラスがにぎられ、真紅の波が縁のちかくに揺れている。それに視線をはしらせたベーネミュンデ夫人の両眼に、はじめて追いつめられた恐怖の成分が浮きあがった。彼女は片手をあげて毒杯をはらう動作をした。

「なぜじゃ、なぜ妾《わたし》だけが罰せられねばならぬのじゃ。妾の赤ん坊を殺した犯人は、そこにそれ平気な顔で立っているではないか。それなのに、なぜ妾だけが死なねばならぬ」

苛烈な糾弾の叫びが、死を前にした女の口から奔《はし》りだした。緊張の、帯電した網が、室内の人々の頭上にうちかぶさった。ただひとり、生涯最大の責務をはたした老人が、心臓と肺の負担にあえぎながら、その精神は充実した満足感にみたされ、網の目をぬけて、宙を浮遊していた。放心状態の典礼尚書に、もはや一瞥もあたえず、ベーネミュンデ侯爵夫人は、さらに高く激しい叫びを放った。

「わたしの赤ん坊を、いえ、陛下の御子を殺させた男を、わたしよりさきに処罰するべきではないのか。それが正義というものではないのか」

病的に白い細い指が、室内の一点をさししめした。人々の視線が期せずして集中するさきに、ブラウンシュヴァイク公爵の、血の気を失った顔があった。帝国最大の門閥貴族は、二割の怒りと八割の虚勢をこめてうなった。

「なにを血迷ったことを言うか、この狂女めが……」

「人殺し！」

無形の鞭が公爵の口を打ち、彼は罪人のように立ちすくんだ。精神エネルギーの津波が、侯爵夫人から公爵へむけてたたきつけられ、砕ける飛沫が周囲の人々まで打ちすえた。

「あの男をつかまえて。わたしの赤ん坊を殺した、あの残酷な、あの恥知らずな人殺しを。陛下に忠誠をよそおいながら、身のほど知らずの野心のために罪のない赤ん坊を殺したけだものを、つかまえて！　つかまえなさい」

「皆、なにを沈黙しておるのだ。あの狂女に、これ以上、誹謗をつづけさせる気か。とりおさえて罪に服させせよ！」

公爵の怒号は、声量こそベーネミュンデ夫人の二倍以上だったが、人々の肺腑に突き刺さることはなく、むなしく宙に吸いこまれてしまった。このような事態にそなえて待機していたはずの皇宮警察官たちも、上司の直接指示がないまま《ま》無為に立ちつくしている。

ラインハルトですら、この醜悪な宮廷劇を目のあたりにして、辛辣な批評眼をはたらかせえず、群像の一部に化しきって声をのんで凝視していた。重罪の宣告をうけ、自殺を強制されようという女が、断崖の縁から狂熱的に反撃する情景《さま》は、人々の想像をこえていた。泣きわめいて助命を乞う姿こそ思い浮かべても、死刑囚が酷烈な検察官に変身して立会人を糾弾するなどとは考えおよばなかった。そして、検察官はさらに変身して処刑者となった。侯爵夫人は身をひるがえしてサロンの隅のデスクにかけより、大きなインク瓶をとりあげると、渾身の力をこめ、ブラウンシュヴァイク公の顔をめがけて投げつけたのだ。

重いインクの瓶は、風をうみながら宙を飛んだ。顔を直撃していれば、眼球はつぶれ、頭骨には亀裂が生じたであろう。だが両者の距離それじたいが防壁となった。ブラウンシュヴァイク公は、子供がつくった機械人形にも似た、優美ならざる動作でかろうじてインク瓶をかわし、傍にたたずむカルテナー子爵に倒れかかった。カルテナー子爵もぶざまによろめいて、さらに隣のボーデン侯爵の身体にすがりついた。インクの瓶が壁に衝突し、青黒い滝をつくって床に転がる。飛沫が散り、やんごとない身分の男たちの顔に小さな花を咲かせた。

最初からこの宮廷劇には笑劇《ファルス》の要素が濃かったが、ここにいたって頂点に達したようだった。

「あの女……！」

その声は、ラインハルトには一瞬、観客に舞台へ上るよううながす、絶対的権力をもった演出家のもののように聴こえた。いまや侯爵夫人の両眼はラインハルトを直視していた。

「あの女……あの女の弟……！」

それはつまり罪状を宣告する声だった。〝あの女の弟《アンネローゼ》〟という理由で、ラインハルトは侯爵夫人の憎悪をこうむらねばならなかったのだ。

人々の恐怖は迷信的なものの域に達していたので、ラインハルトが侯爵夫人の敵意の対象になっても、冷笑したり喜んだりする余裕はなかった。彼らのなかには、皇帝の寵愛を失ったベーネミュンデ夫人にたいする過去の仕打ちを思い出して、つぎは自分が不名誉な被告席にひきすえられるのではないか、と、危惧した者もいたかもしれない。

誰にもさえぎられず、ラインハルトの前に歩みよった侯爵夫人は、狂熱的な眼光を若者の面上にすえたまま珊瑚《さんご》色の唇をひらくと、勢いよく唾を吐きかけた。

ラインハルトがよけなかったので、唾は大理石で造形されたような秀麗な頰にあたって、短い透明な流れをつくった。人々の息をのむ気配が伝わった。

その唾がかすかながら芳香を発した。後宮にあって皇帝の寵愛をうける女性のたしなみとして、ベーネミュンデ侯爵夫人は香り玉を口中にふくんでいたのだ。それと知ったとき、彼女にたいする憎悪と憤怒に、ことなる成分がまぎれこむのをラインハルトは意識した。

彼女を憎悪する理由が、ラインハルトには充分すぎるほどあった。彼女はラインハルトの姉を醜悪な手段でおとしいれようと謀《はか》り、ラインハルト自身とキルヒアイスの生命をも狙ったのだ。それも一再のことではない。しかし、彼女の醜悪な行為によってきたるゆえんを、わずかながらラインハルトは視認したように思った。憐愍《れんびん》というかたちをとる以前に、それははかなく消滅してしまいはしたが。

皇宮警察本部長はこのとき不意に自己の責務を思い出した。もともと彼はブラウンシュヴァイク公やミューゼル提督らとことなり、この宮廷劇における主要な配役を割りふられていたのだ。

「気がおすみですか、侯爵夫人。では、そろそろ閉幕といきたいものですな」

自分では冷徹だと信じる口調で言いはなつと、彼は部下たちに合図した。皇宮警察官たちもようやく自分たちの存在意義を思い出し、床を踏み鳴らすように侯爵夫人の周囲に筋肉と制服の壁をつくった。壁のなかで、シャーヘン伯爵は毒酒のグラスを夫人の唇に押しあてた。両腕とあごを押さえこまれた婦人は、意思に反して、赤くすきとおった死神《デス》の涙を食道の奥にうけいれたのである。

解放されて床にはった侯爵夫人は、細い指を口のなかに突っこみ、毒酒を吐きだそうとこころみた。皇宮警察官たちが手首をとらえ、赤く染まった指を歯のあいだからひきだした。そのとき床から彼らをにらみあげた夫人の眼光のすさまじさに、内心でたじろがなかった者はいないであろう。だが、強烈な眼光は瞳を充満させると焦点を失い、急速に光度を減じていった。かつて皇帝を魅惑したであろう美しい瞳が無彩色のガラス玉と化した。

宮廷医オレンブルク博士が、義務感の仮面で顔をよろって歩みより、奇妙にねじれた姿で床に倒れ伏す、皇帝のかつての寵妃の傍に片ひざをついた。手首の脈、鼻孔、心臓の鼓動、瞳孔の順に検査し、それを二度くりかえしたのち、立ちあがって一同を見わたした。

「侯爵夫人はただいま逝去された……」

複数の安堵の吐息が、気流となって室内を遊泳した。理想的に進行したとは言えないまでも、とにかくも劇は終了した。主演女優は退場し、観客は席を立つことを許されたのである。

外へ出たラインハルトは、胸中の敵手たるブラウンシュヴァイク公とおなじ動作をした。両腕をかるくひろげ、肺の奥まで深く外気を吸いこんだのである。


自分は侯爵夫人の〝自裁〟に立ちあわなかった国務尚書リヒテンラーデ侯爵は、国務省で報告を聞くと、露骨な安堵の色をたたえて、補佐官ワイツに言った。

「まずこれでひとつ、宮廷のトラブルの原因がとりのぞかれたわけだ」

「ひとつをとりのぞけば、べつのひとつが生まれるものです」

ワイツの警句は、独創的なものでも喜ばしいものでもなかったが、リヒテンラーデ侯には奇妙な感銘をあたえたようであった。宮廷政治の古強者《ふるつわもの》たる老国務尚書は、なによりも自分の地位の確保と宮廷の安泰をこそ望んだのであるが、それを侵害する存在は、減少はしても絶滅するものでないことを知っていたのだ。まだ当分、老人は、花園の隅に顔をだす雑草の芽をつむことに精励せねばならぬようであった。

Ⅳ

五月一九日、ラインハルトは宮中に参内した。彼がベーネミュンデ夫人の件でひきずりまわされているあいだに、軍部はそれなりに活動して、〝無益な出兵〟の準備をととのえつつあったのだ。ラインハルトは、軍務省高等参事官、宇宙艦隊最高幕僚会議常任委員の現職をそのままに、出征軍総司令官たるミュッケンベルガー元帥の麾下として、出動を命じられたのである。

宮中に参内したのは、皇帝フリードリヒ四世にあいさつするためであったが、この日も皇帝は朝から酒くさい息を吐いていた。しかしラインハルトは非難する気になれなかった。彼の頭の芯《しん》にも、アルコールによるうずきが残っていたのだ。昨日、ベーネミュンデ夫人の死を見とどけて帰宅すると、ラインハルトはブランデーをあおってキルヒアイスをおどろかせたのである。ワインなら自分の酒量をわきまえているが、昨日だけはワインに手を伸ばす気になれなかったのだ。

侍従が皇帝の傍に立ってなにやらささやく光景を見るラインハルトの視界に、アルコールの薄いもやがまだかかっている。

「武勲を期待しておるぞ、ラインハルト・フォン・ミューゼル」

個性の強烈さも滋味の深さもない声が、数千年にわたって慣習化された文章を宙に読みあげた。

「ありがたき御諚《ごじょう》、臣の全力をつくします」

「このうえのはなやかな武勲があれば、とかく口うるさい宮廷の老臣どもも、そなたがローエングラム伯爵家をつぐのに不満を申したりはするまい。爵位とか地位とかは功績の結果というのが、彼らの主張でな」

皇帝は笑った。律動を欠く笑い声が、ラインハルトの頭の芯をちくちく刺す。

「伯爵家など、誰がつぎ、誰が絶やしても、たいしたことではないのだがな。たいしたことだと思いこんでいる輩の多いことよ」

金髪の若者は、思わず皇帝の顔に注意深い視線を投げた。英明とも偉大とも評されたことのない、いわば五世紀におよぶゴールデンバウム王朝の老廃物として、専制政治の暗渠《あんきょ》から排出されたかのような第三六代の皇帝。権力と富の浪費家。そういう男が考えもなく言っているだけのことなのか。

風の存在を、不意にラインハルトは感じた。虚無の深淵から吹きあげてくる気流には、若者を戦慄させる微粒子がのっているようだった。ラインハルトの酔いの残滓は、嘘のように身心両面から追いだされていた。

「どうかな、予はこうも思うのだ。そなたをいっそ侯爵にしてやろうかと」

この日の皇帝は、黄金の髪をした若者を、たてつづけにおどろかせるのだった。

「侯爵……でございますか」

「ベーネミュンデ侯爵家は、そなたも知るような事情で絶えてしまった。どうだ、よければそなたが名跡をついで、何十代めかよく知らぬがベーネミュンデ侯になるか」

ラインハルトは返答に窮した。皇帝の発言は意表をつきすぎており、しかもたんなる気まぐれと断定するには、不透明な要素が多すぎた。信じえない光景が、ラインハルトの精神の地平に展開している。彼は圧倒されていた——皇帝の意図するところが奈辺《なへん》にあるか、洞察に困難をおぼえたのは最初の経験であった。宮廷内での評判や、彼自身の偏見と憎悪などで律しえない輪郭を、このときの皇帝はもっているように思えた。

「ありがたき仰せながら、臣にとっては伯爵号でさえ身にあまる地位でございます。侯爵など、いわば雲の上の身分、臣の手のとどくところではございません」

「そうか、そう思うか。侯爵どころか伯爵でさえ身にあまるか」

「御意でございます、陛下」

「雲の上の身分に思えるか」

「…………」

「皇帝は侯爵よりえらいのだ、ということに世の中ではなっているが、卿《けい》もそう思うか」

「……はい」

豪奢な黄金色の頭をさげたまま、ラインハルトは必要最小限の答えかたをした。皇帝に試されているのではないか、という疑念と、それを否定する声とが、彼の胸中で螺旋形にもつれあい、摩擦しあって火花を発している。

ふたたび皇帝は哄笑《こうしょう》した。

「そうか、そう思うか。では、さしあたり精励して伯爵をめざすがよい。ラインハルト・フォン・ローエングラムよ、そしてそののちはまたべつのものをめざすのだな」

玉座から立ちあがって、フリードリヒ四世はぶざまによろめき、左右から侍従にささえられた。それを視界の一端にとらえ、玉座から緩慢に階《きざはし》を伝いおりてきたアルコールのもやを嗅覚にとらえながら、ラインハルトは自分が汗をかいているのではないかとうたがった。

「ラインハルト・フォン・ローエングラム……」

胸中に、はじめて呼ばれた名をつぶやきながら、ラインハルトは謁見室から庭園へ出た。

庭園は朝霧の抱擁下に沈んでいた。ミルク色の霧が音もなく波だってラインハルトの頬を打ち、なめらかな皮膚をわずかに湿らせた。ラインハルトはかるく頭をふって、酔いをおいだした。酒ではなく、人に酔ったのだ。錯覚であろうとは思うが、今日の皇帝はたんなる初老の蕩《とう》児《じ》という以外のなにかをもっていたように思える。

それにしても、自分はどこへ行くのだろう、と、ラインハルトはふと思った。恐怖や不安ではなく、予言めいたものでもなく、感傷のささやかな吐息に触れただけのことではあったが、そう思ったことは事実であった。

「キルヒアイス！」

彼は呼んだ。応答があって、謁見の間の外でひかえていた長身の友が、まず赤い髪から姿をあらわした。ラインハルトは充実した前むきの安堵感にみたされながら、友とならんだ。

「キルヒアイス、出陣だ」

それは、敗北や戦死の可能性を完全に無視する、常勝なる者の声だった。

……こうして、帝国暦四八六年七月、ラインハルト・フォン・ミューゼルはこの年二度めの征旅に参加する。それは彼の愛する旗艦ブリュンヒルトの初陣でもあるのだ。そこであげられる武勲は、ローエングラム伯爵家をつぐ身に、華麗な名声のひとふさを添えるであろう……。

「誰にも異議はとなえさせぬ」

ラインハルトは胸中に独語する。彼の不遜《ふそん》をとがめる因襲の囚人どもは、伯爵の家門をえることが彼の最終目的であると思いこんでいるであろう。だが、それはラインハルトにとってたんなる通過点でしかないのだった。

第七章　敵、味方、敵、敵、敵……

I

無限の夜をつらぬく長い長い回廊の中央に、イゼルローン要塞は巨大な球型の身体を浮かべている。

一九歳のラインハルト・フォン・ミューゼルをその一員とする銀河帝国軍遠征部隊が、帝国暦四八六年初頭につづいて、この年二度めの足跡をここにしるしたのは、八月二二日のことであった。総司令官ミュッケンベルガー元帥は、要塞に常駐する二名の司令官の出迎えをうけた。要塞司令官シュトックハウゼン大将と、要塞駐留艦隊司令官ゼークト大将である。

瘦身のシュトックハウゼンと筋骨たくましいゼークトは、必要以上に肩をはり、早い歩調で、元帥の前にあらわれた。敬礼が同時におこなわれたのはともかく、あいさつの言葉まで同時に発せられたのは、ミュッケンベルガー元帥から見ても、醜態にちかかった。元帥自身、かつてここの要塞司令官職をつとめており、両司令官職のあいだにすくなからぬ心理的暗闘が存在することを熟知している。それをいかにたしなめ、たがいに協力させるか、元帥の器局が問われるところであった。

ラインハルトはあたえられた私室にはいると、彎曲《わんきょく》した透過壁の彼方に星々の海を見やった。照明を故意におさえ、星のシャワーをあびて、彼は透過壁の前にたたずんだ。

あれらの星々の光が、遠い過去に放たれたものであることは、小学生の知識だが、それを反芻する行為はラインハルトにとって、不快ではない。自分の視界に、ことなる時間の光芒が並存するという意識は、彼の心に音楽的な波動をもたらし、星々のおどるダンスとかなでる円舞曲を実感させる。なかでひとつの赤い星が彼の心にとまったのは、それが要塞から四九〇光年の距離にあり、ゴールデンバウム王朝の誕生とほぼおなじ時代の光を送ってくることを最近知ったからであった。ラインハルトの心はごくしぜんに時を溯行する。

……建国以来、銀河帝国において、〝全宇宙の支配者、全人類の統治者〟という称号をうけたゴールデンバウム一族の名はつぎのとおりである。

一　ルドルフ（大帝）
二　ジギスムント一世
三　リヒャルト一世
四　オトフリート一世

五　カスパー
六　ユリウス
七　ジギスムント二世（痴愚帝）
八　オトフリート二世
九　アウグスト一世
一〇　エーリッヒ一世
一一　リヒャルト二世
一二　オットー・ハインツ一世
一三　リヒャルト三世
一四　アウグスト二世（流血帝）
一五　エーリッヒ二世（止血帝）
一六　フリードリヒ一世
一七　レオンハルト一世
一八　フリードリヒ二世
一九　レオンハルト二世
二〇　フリードリヒ三世（敗軍帝）
二一　マクシミリアン・ヨーゼフ一世

二二　グスタフ（百日帝）
二三　マクシミリアン・ヨーゼフ二世（晴眼帝）
二四　コルネリアス一世
二五　マンフレート一世
二六　ヘルムート
二七　マンフレート二世（亡命帝）
二八　ウィルヘルム一世
二九　ウィルヘルム二世
三〇　コルネリアス二世
三一　オトフリート三世
三二　エルウィン・ヨーゼフ
三三　オトフリート四世（強精帝）
三四　オットー・ハインツ二世
三五　オトフリート五世
三六　フリードリヒ四世
ルードヴィヒという名の皇太子は四人もいたが、なぜか父帝にさきだって病死したり、暗殺されたりして、ひとりも帝冠をいただくことができなかった。カールという名の皇太子も三人までいながら、すべて即位しえず、このふたつの名は皇室の忌避するところとなっている。カールという名の不祥は、第六代ユリウス帝の死にはじまる。

……曾祖父ユリウス帝のあとをついで帝国暦一四四年に即位したジギスムント二世は、一六年の治世のあいだに、国家と社会を権門の喰物にしてしまった。これまでに無能な皇帝がいないわけではなかったが、ジギスムントの場合は、悪意をもって国家に害をおよぼしたようにみえる。彼は本来の帝位継承者たる従弟のカール大公が、権利を放棄して精神病院の厚い壁のなかに閉じこもったために、ブローネ侯爵から二階位を超越して、本来は望みえなかった至尊の冠をいただいたのである。

先帝ユリウスは老齢で政治にたいする意欲もなかったが、息子のフランツ・オットー皇太子が非公式の摂政として国政を統轄し、まず堅実な施政をおこなっていた。なにしろ老皇帝は、よほど重大な儀式や祭典でもなければ、後宮にこもって、うら若い美女の生命力を老体に吸いとるのに専念していた。

したがって、政治実践家としてのジギスムントは、祖父たるフランツ・オットー皇太子の後継者であるべきはずだったのが、この孫の不肖なことは目をおおうばかりであった。彼はまず、祖父の忠実で有能な補佐役であった三人の大臣——国務尚書ハーン伯爵、財務尚書ベーリング帝国騎士《ライヒスリッター》、軍務尚書ケッテラー元帥を解任し、それぞれの後任にみずからの腹心をすえた。国務尚書ヴァルテンベルク侯爵、財務尚書ルーベン男爵、軍務尚書ナウガルト子爵。三人とも公爵にのぼり、ナウガルトはさらに元帥号をさずけられたが、彼はこれまでにのべ五〇〇人の兵士を指揮した経験しかなかった。

老皇帝ユリウスは統治者としての能力も自覚もない凡庸な男だったが、その浪費も贅沢も、息子たるフランツ・オットー皇太子の許容する枠内におさまっており、枠の外では皇太子が財政再建に尽力していたため、ジギスムント二世が即位したとき、帝国の国庫は安定していた。それを一代で破産に瀕せしめたのがジギスムント二世であった。

たんに残虐というだけなら、帝国暦二四七年にリヒャルト三世から帝冠をうけついだ〝流血帝〟アウグスト二世のほうがはるかに悪名の高さを誇るであろう。しかし、アウグスト二世の治世において、不当な利益をえた者が貴族にも平民にもなかったのにたいし、ジギスムント二世の治世では、利益をえた一部の者と、損害をこうむった多数の者とが、二分極化した。つまり、彼の治世の特徴は、いちじるしい不公正にあったのである。ジギスムントは知能が低いわけではなかったが、彼の精神の振子はあきらかにバランスを欠いていた。それが〝ジギスムント〟一世と二世との、微妙で決定的な相違点であった。

ジギスムント二世は、富の餓鬼道に堕ちていた。国庫の富を、国家の、あるいは社会のためにもちいるのに、彼は耐えられなかった。富は、彼ひとりの独占物であるべきだった。一万歩をゆずっても、彼の視界にはいる範囲の人物たちとのみ共有すべきものだった。開祖ルドルフ大帝は、即位前に、〝物質と金銭で精神を汚染された〟市民をはげしく非難し、奉仕と献身を賛美したものだったが……。

信じられぬことながら、彼は、自分が浪費する金銭を手に入れるため、国家の徴税権を、富裕な大貴族や大商人に売りわたしたのである。さらに、民事訴訟の敗者にとどまらず、刑事犯にたいしてまで、罪を金銭によってあがなうことを許した。三人の腹心は、皇帝の愚行に協力し、みずからの私腹も肥やした。皇帝は、美女を後宮に入れるときは巨大な持参金を要求し、彼女らを臣下にたまわるときは莫大な結納金をもとめた。プールの底にエメラルドをしきつめ、真珠を酢にとかして飲み、生きているうちにプラチナとダイヤモンドの巨大な柩《ひつぎ》をつくり、死後の世界で彼の後宮をつくるため、純金の美女像六〇〇体を鋳造させた。あげくに無実の豪商三〇〇人を一族ごと処刑して全財産を没収したとき、彼の皇太子オトフリートが立って、史上最悪の黄金狂と堕した父親を、最高権力の座から追い落とした。

歴史上最大の禁治産者たる父を、一荘園に軟禁したのを手はじめに、オトフリート二世は、突進する闘牛の勢いで政治改革にのりだした。彼はとくに独創的な施策をおこなったわけではない。父が治世一五年のあいだにやってのけたことをすべて廃止し、曾祖父たるフランツ・オットーの摂政当時に、時計の針を逆転させたのである。しかもその復古政策によって、大部分の不正は一掃された。このために、ゴールデンバウム王朝から離反しかけた平民たちの心は、ふたたび帝権に回帰し、見えざる危機は見えざるままに遠ざかったのである。

ただ、不当な既得権にしがみつく者はかならず存在するので、それをただすためにオトフリート二世は、あるていどの流血を余儀なくされた。国政を乱脈のきわみにおとしいれた三人の大臣は処刑され、膨大な財産は没収された。彼らの下で甘い蜜におぼれた二万人の文武の廷臣と四万人の富裕な商人は、豪邸から寒風吹く路上にたたきだされた。皇帝は六年にわたって国政に精励し、おそらくは過労のために早逝した。

改革は、次代のアウグスト一世にうけつがれた。彼は〝後宮の凡君、国政の名君〟と称され、統治者としては節度と洞察力をしめして王朝を安泰せしめたが、私生活では別人のようにだらしなかった。長い美しい髪の女性を好んだのは、趣味というものではあったが、ベッドに一〇〇〇人の女性の髪をしきつめ、その上をころげまわって陶然とするというのは、やはり尋常ではなかった。

何十人かの寵妃が、彼の後宮の歴史を飾り、多くの悲喜劇を生みおとした。床までとどく美しい栗色の髪がかつらであると露見して、寒中にプールにつきおとされ、凍死した女性がいる。競争相手に髪に火をつけられて焼死した女性もいる。皇帝の愛を集めたまま病死した女性の髪を皇帝が泣きながら食べ、胃壁に髪がささって医師たちが蒼白になったこともあるのだ。

それでもアウグスト一世が水準以上の君主とされるのは、愚行をあくまでも後宮内にとどめ、国政の場にあっては、専制の範囲内ではあるが、いちおう公正で堅実な統治者として一貫したからである。

やがて〝流血帝〟ことアウグスト二世の残虐さが、血の天蓋となって全帝国をおおう。その天蓋は〝止血帝〟エーリッヒ二世によって打ち破られ、皇統の破壊と崩落は停止して、再建がはじまるのである。

……ゴールデンバウム王朝が、その本質的な欠陥のかずかずにもかかわらず、三六代五〇〇年ちかくにわたってつづいた理由のひとつは、何者の計算にもよらず生みだされる絶妙の配列にあっただろう。暗君もいれば暴君もいたが、不思議にそれが二代とはつづかず、専制の毒は次代の名君によって解毒される。むろん水底には、ゴールデンバウム家支配の本質的な欠陥――血統による権力独占、社会構造じたいの不公正――が沈澱し集積しているのだが、水面は汚濁がきわまればつぎには澄みわたり、貴族も官僚も平民も、どうにか窒息をまぬがれてきたのだ。

ひとつの曲折点は、自由惑星同盟《フリー・プラネッツ》という〝外敵〟の出現であった。幾世代にもわたって専制主義しか知らずに生まれ育った人々の前に、民主共和政治という〝危険な〟病原菌があらわれたのだ。

第二〇代のフリードリヒ三世が〝敗軍帝〟と不名誉な名で呼ばれるのは、彼の在位中、帝国暦三三一年にダゴン星域で自由惑星同盟に惨敗し、総司令官ヘルベルト大公が逃げもどるという醜態を演じたからである。彼の死後、一時、異母兄のマクシミリアン・ヨーゼフが帝位をつぎ、さらにフリードリヒ三世の長男グスタフが即位したが、〝百日帝〟の異名どおり短期で没した。彼はもともと病弱ではあったが、この急死は弟ヘルベルトの配下に毒殺されたのである。

死の直前、彼はもうひとりの弟、伯父と同名のマクシミリアン・ヨーゼフに帝位をゆずり、病みおとろえた手でみずから弟の頭上に宝冠をのせた。

そのマクシミリアン・ヨーゼフ二世が、ことさら〝晴眼帝〟と呼ばれるのは、やはり毒を飲まされて半盲となりながら、侍女あがりの皇后ジークリンデと司法尚書ミュンツァーの補佐によって、まず賢明といってよい政治をおこない、フリードリヒ三世の晩年から数年にわたってつづいた陰謀と汚職と冤罪のかずかずをほぼ一掃したからである。このため〝清掃帝〟ないし〝再建帝〟とも称されるのだが、とくに悪名高い〝劣悪遺伝子排除法〟を有名無実化し、いまだ不充分ながら民生に力をつくしたのは、彼自身の不幸な境遇から、他者の不幸への共感を刺激されたからでもあろうか。

あとをついだコルネリアス一世は、先帝のまた従弟であり養子であって、内政面では義父の施策をそのままうけつぎ、ミュンツァーらの重臣もひきつづいてもちいて、充実した治績をあげた。ただ対外的には先帝よりはるかに積極的で、フリードリヒ三世時代の敗北の屈辱をはらし、全人類社会の完全統一をはかって、自由惑星同盟《フリー・プラネッツ》との最終的な決戦を企図したのだった。ひとつには、賢帝として崇拝される義父の名声をしのぐために、他の方法がなかったせいであったろう。

戦略の不徹底が前回の遠征の敗因である——したがって戦略レベルにおける準備を万全にととのえておけば勝利は必然となる。コルネリアスはそう結論した。それでも彼は良識ある君主としての襟度をしめそうと考え、三度にわたって自由惑星同盟に使者を派遣し、臣属を要求した。

罪をいずれに帰すべきだろう。対等の外交をではなく臣属を要求した第二四代皇帝にであろうか。一〇年以上も昔の戦勝に酔いつづけて、三度にわたる皇帝の使者に冷笑をたたきつけ、その衿恃《きょうじ》に致命傷をあたえた同盟の為政者たちにであろうか。

いずれにしても、コルネリアス一世は、〝ダゴンの報復戦〟を決意し、大軍の派遣を下命した。それも皇帝自身が総指揮官となる〝親征〟のかたちをとって、である。帝国暦三五九年五月、二八歳の若い皇帝は、ダゴン出征当時にまさる大軍をひきいて帝都オーディンを進発した。この親征軍は、兵員や艦艇の数よりも、従軍した元帥の人数でも知られる。その数五八名。コルネリアスに奇癖があるとすれば、稀少なるべき元帥号を濫発することであったろう。先代のマクシミリアン・ヨーゼフ晴眼帝が、あれほど信頼し尊敬した司法尚書ミュンツァーにすら、元帥号をあたえず、上級大将にとどめたことに比較すると、節度の不足は批判されるべきだった。〝皇帝のひきいるは、元帥一個小隊〟などとからかわれるのも、やむをえぬところであろう。遠征にさきだって、司法尚書ミュンツァーは中止をすすめたがいれられず、職を辞して宮廷からしりぞいた。若い皇帝は、先帝以来の名臣に元帥号をあたえようとしたが、ミュンツァーはそれを固辞し、老いた肩に無形の名誉をのせて政界から退場したのである。

歴史上最初の皇帝親征が、どのような結果に終わったかは、史書の伝えるとおりである。皇帝のととのえた準備は、前回の勝利に傲《おご》っていた同盟軍の迎撃を二度にわたって撃砕した。同盟軍は帝国軍の元帥を二〇名も戦死させたがなんらの効果もなかった。もし帝都において宮廷クーデターが発生しなければ、コルネリアスは文字どおり全人類の君主になりえたかもしれない。怒りと無念さに歯がみしつつ、軍を返したコルネリアスは、同盟軍の追撃によってさらに一五人の元帥を失った。クーデターは鎮圧したが、再親征する財政的、軍事的な余裕は失われていた。彼の死後、その執念は歴代の皇帝のうけつぐところとなった。

そのような英雄、名君、凡君、暗君、暴君らの織りあげた、一八万日、四三二万時間におよぶ時間と空間の網のうえに、いまフリードリヒ四世がたたずんでいる。コルネリアス一世のいだいた統一の執念を、おそらくかたちだけはうけつぎながら。

Ⅱ

ゴールデンバウム王朝の打倒。〝金髪の孺子《こぞう》〟ことラインハルトが望むものはそれだった。歴史をかえりみれば、ルドルフ大帝の子孫たちが玉座を永久に追われる機会は幾度となくあったのに、なぜか彼らは滅亡の谷のふちまでくると、あやういところでひきかえしていったのである。彼らの強運もさることながら、五世紀にわたって支配と搾取に甘んじてきた民衆もなさけない、と、ラインハルトは思うのだ。

ラインハルトは不逞な野心家であるかもしれなかったが、その実現のためには生命や労力をおしまなかった。また、野心を達成する動機は、物質レベルの欲望を満足させるためでもなかった。

「あのルドルフにできたことが、おれにとって不可能であるはずがない」

というつぶやきは、それだけをとりあげれば不逞のきわみではあるのだが、前提には、強奪者にたいする正当な怒りがあった。ゴールデンバウム王朝の皇帝が法律上、制度上の絶対者であり、その非行をただすには力をもってする以外、方法がないとすれば、ラインハルトにとってほかに選択肢は存在しなかった。暴君アウグスト二世を武力によって打倒したエーリッヒ二世も、賞賛をうけているではないか。おなじことを自分がなして、なぜ悪いのか。ゴールデンバウム家の血をうけつぐ者がやれば義挙で、そうでない者がやれば悪逆きわまる造反なのか。そんなふうに本気で考える者は、人間づらをしたゴールデンバウム家の飼犬だろう。

それにしても、ラインハルトはいまだ出征軍の全部隊の指揮権すら掌握しているわけではない。第三次ティアマト会戦に比較すれば彼の戦力は格段に増加し、艦艇一万二二〇〇、将兵一三四万七〇〇〇を算するが、あくまでも出征軍の一部として、総司令官ミュッケンベルガー元帥の掌の上で行動しなくてはならないのだ。戦力はすくなくてもよいから、自由な行動を許してほしいものだ、と、ラインハルトは思う。

大将以上の階級の者が参集して、最高作戦会議なるものが幾度も開かれたが、ラインハルトにとっては時間の浪費でしかない。酒が出て女性がいれば、帝都オーディンにおける貴族の園遊会とことなるところがなかった。種のない果実を畑に埋めるような徒労の連続だった。

おまけに、会議の場所はそのつどことなった。列をつくって広い要塞内を移動するたび、ラインハルトは見世物にされる気分を味わった。一度など、要塞内に停泊しているミュッケンベルガーの旗艦にまで足をはこばねばならなかった。

ミュッケンベルガー元帥の旗艦はヴィルヘルミナというが、これは四〇年になんなんとする戦歴を誇る元帥の母親の名であるという。それと知ったとき、ラインハルトは思わず、〝威風堂々たる〟元帥の顔を見なおし、彼が初老の域に達してなお母親に傾斜しているのか、と、冷笑したものだ。

もっとも、おなじような冷笑をラインハルトにむけて、〝姉のスカートのかげに隠れている〟などと酷評する者がいれば、金髪の若者はけっして容赦しなかったにちがいない。ラインハルトは聖者ではなく、他人にむける軽蔑のなかには、しばしば誤解や偏見にもとづくものがあった。とはいっても、相対的に評価するかぎり、彼に憎まれる者はそれ以上に彼を理由なく憎んでいた。彼らのあいだに意識や感性の結合など存在しなかった。

これで勝てるとしたら——と、ラインハルトは冷たい怒りと熱い不快感のなかで考えるのだった。自由惑星同盟軍《フリー・プラネッツ》と称する叛乱勢力の連中は、帝国軍以上に無能で頽廃《たいはい》しているにちがい

しめたのであろうか。一世紀半にわたる慢性的な戦争状態は、帝国と同盟と、いずれの精神をより多く腐蝕せない。

Ⅲ

無能や頽廃という批判は、同盟軍にとっては不本意であったろう。よけいなお世話だ、お前たちが攻めてこなかったら自分たちが戦う必要もないのだ、と言いたいところであるにちがいない。

にしても、同盟の今日における人口と、それをささえる農工生産力は、帝国からの多量の亡命者によって量的に拡大したのである。皮肉なことに、歴代の提督たち、さらには元首たる最高評議会議長のなかにも、帝国からの亡命者の子孫たちがいる。いまラインハルトらと戦おうとする同盟軍総司令官ロボス元帥にしてからが、母親は帝国からの亡命者なのである。

総司令官ロボス元帥は、自分の立場にいささかも喜びを見いだしていなかった。第三次ティアマト会戦において、彼は前線のはるか後方から戦況をコントロールすることに失敗し、第一一艦隊司令官ホーランド中将を戦死させてしまったのである。ロボスが軍部内に派閥をもっているとすれば、ホーランドはその有力な一員であったから、ロボスの喪失感はいちじるしかった。

さらに、会戦後に生じたある事件も、ロボスの精神衛生にいささかの害をおよぼした。

これは〝グランド・カナル事件〟と呼ばれるが、帝国軍の再侵攻にそなえて辺境星区に緊急配置された同盟軍が生活物資とエネルギーの欠乏をきたしたのが発端であった。輸送船配備のミスから、近辺星区の民間船が一〇〇隻ほど雇われて、物資をはこぶことになった。当然、一〇隻ほどの巡航艦や駆逐艦が船団を護衛することになったのだが、ここでロボスはよけいな訓令を発してしまうのである。

「貴重な軍用艦艇を、みすみす敵軍の餌食にせぬよう、くれぐれも無理な行動をつつしむべし」

護衛をやめろ、と命令したわけではなかったが、義務感をそいだことは事実で、ほとんどの艦は危険宙域の手前でひきかえしてしまった。

「だから軍人という奴は度しがたいのだ。軍隊とは民間人を守るために存在するのではないか。それをみずからの安全を理由として、護衛をやめるとは本末転倒というものだ」

民間船団の怒りは当然であったが、同盟軍のたいはんは聴覚の周波数を軍からの指示にあわせ、護衛陣から離脱していった。ただ一隻、〝グランド・カナル〟という名の巡航艦が、律義に当初の義務を守って船団の傍によりそっていたが、三日め、獲物をもとめて徘徊《はいかい》していた帝国巡航艦二隻と遭遇してしまった。

装備の拮抗する巡航艦どうしである。一対二では勝敗の帰結は最初から知れていた。だが、巡航艦グランド・カナルは、みずからを犠牲にして、二隻の敵から〝戦闘ではなく虐殺〟されつつ必死で時間をかせぎ、ほとんどの民間船を逃走させるのに成功した。逃げおくれて一隻が破壊され、一隻が捕獲されたものの、他の半数は目的地に到着し、半数は安全宙域まで逃げのびることができたのである。

グランド・カナルが救ったものは、民間人の生命だけにとどまらず、同盟軍の名誉もであった。艦長フェーガン少佐をはじめ、全戦死者に〝自由戦士勲章〟が贈られた。

ヤン・ウェンリーという若い准将は、勲章の授与式典にさきだって某立体《ソリビジョン》TV局のインタビューをうけたが、ロボス元帥を弁護しようとはせず、こう答えた。

「グランド・カナルには、一〇〇個の勲章より、たった一隻の僚艦《みかた》が必要だったと思いますよ」

この発言はついに電波にものらず活字にもならなかった。誰も喜ばない発言をする者は、そのようにむくわれるのである。ヤン・ウェンリーという青年の、同盟軍における奇妙な位置は、その後もさして変化しなかった。功績においては英雄《ヒーロー》であり、思考においては異端者であり、言行においては疎外される者であった。どちらかといえば、矛盾の責任は、組織ではなく個人に帰されるべきであろう。彼は容貌からいえば、線の細い、なかなか芽のでない青年学者を思わせ、いっこうに軍人らしくみえなかった。精神面からいえば、おそらく自分自身をふくめて、軍人という職業に敬意をもたなかった。軍人らしい美徳とされる属性——愛国心、服従心、規律、勤勉などとは、およそ無縁であった。

問題は、意思と才幹との不統一にあったであろう。ヤン・ウェンリーはこの年二八歳であったが、この年齢で准将という高い階級をえることがかなったのは、一再ならず、軍人として最大級の偉功をたて、上層部もそれを認めざるをえなかったからである。

七年前の、すでに栄光ある伝説の地位をしめる〝エル・ファシル脱出行〟において、この一見たよりなげな黒髪の青年は、多数の民間人を帝国軍の攻撃から救い、一躍、同盟軍の生んだ歴代の英雄の列にくわえられたのである。これがはじまりであった。

それまで、彼にたいする評価といえば、〝戦史に精通〟というのが最大限の肯定的なもので、平凡かつ無益な存在とみられていた。一年間だけ籍をおいた統合作戦本部の記録統計室でも、よい評判は獲得できなかった。長い時間、職場にはいるのだが、仕事と関係ない古い記録を読んでばかりで、〝記録はともかく統計に弱い〟という定評だったのである。〝長い時間、職場にはいるが、そのわりに仕事がはかどらない〟ともいわれ、なかば懲罰的に最前線へ放りだされたとたんに、誰ひとり異議の申したてようのない功績をたててしまったのである。そして間接的ながらロボス元帥に属して、いま戦場に来ているのだった。

けっきょく、この一連の会戦において、ヤン・ウェンリー准将は最初から最後まで指揮権をあたえられることはなく、忠告は無視され、提案はしりぞけられ、司令部のどこにすわっていても邪魔者あつかいされ、当然ながらなんら功績をたてることなく帰っていくことになったのである。逆に言えば、それによって、敗戦の責任をとらされることをまぬがれ、ちかい将来の飛躍を阻害されずにすんだともいえよう。いずれが彼自身の本意であったかは、べつとして……。

Ⅳ

イゼルローン要塞の周囲に、帝国と同盟、両陣営の戦力が集中しつつある。電波と妨害電波がとびかい、偵察艇が流星のごとく駆けめぐり、人々の呼吸と歩調が速くなる。そのうごきにやや画一性があり、まるで巨大な磁石と砂鉄のようにも思えるのだった。

一世紀半の昔、皇帝フリードリヒ三世の異母弟たるバルトバッフェル侯ステファンは、無益な出兵をいましめ、回廊に防御拠点をきずいて〝叛乱勢力〟の攻勢をふせぎとめるよう主張したのだ。あくまで〝防御〟のための拠点、というのがバルトバッフェル侯の意見だった。だが、バルトバッフェル侯が宮廷にいれられず、不遇な生を終わったのとことなる意味で、彼の主張も変質を余儀なくされた。あるいは軍事力という魔物の本質にたいして、バルトバッフェル侯は楽天的でありすぎたのであろうか。イゼルローン要塞は、防御というよりむしろ出撃の拠点となった。精神的にはコルネリアス一世の挫折せる執念を糧《かて》として、この要塞は生まれ、歴代の帝国軍高官によってはぐくまれたのだ。

イゼルローンは、数値の巨大さもさることながら、その存在意義と、敵味方にたいする精神的影響力の巨大さはさらに大きかった。帝国軍のミュッケンベルガー元帥も、到着前に副官にもらしたものである。

「あれがひとたび敵の手にわたれば、奪還するのは容易ではないぞ。ゼークトにしてもシュトックハウゼンにしても、自己の立場によく思いをいたして協力しあってほしいものだが……」

「ですが、同盟などと称する叛乱軍の無能者《のうなし》どもが、あれを攻略できようはずもございません。もう何十年も攻めて攻めて、徒労と流血をかさねているだけではございませんか」

ミュッケンベルガー元帥はうなずいたものである。まったく、イゼルローン要塞が同盟軍の手中に帰するなど、ありうべきことではなかった。そうなれば、一世紀にわたってつづいてきた帝国と同盟との軍事的均衡がいっきょに崩壊するであろう。攻撃の拠点を、同盟が入手すれば、イゼルローン回廊の同盟領方向でおこなわれた無数の戦闘は、以後は帝国領方向において量産されることになるにちがいなかった。あってよいことではなく、あるはずもないことだった。

時間と空間をみはるかす人間の視線には、あきらかに個人別の射程があるであろう。そして、疑問というものをもたない人間の射程は短い。門閥貴族に生まれ、高位をきわめたミュッケンベルガーは、過去にたいして疑問をもたない人間であり、しぜん、未来を見る射程は長いものではなかった。

ウォルフガング・ミッターマイヤーとオスカー・フォン・ロイエンタールの両少将は、ラインハルト艦隊に割りあてられた一群の士官室のひとつにいた。その部屋は、正確には第三九会議室といい、ささやかながら戦術シミュレーションの設備がととのっていて、活発な脳細胞を所有するふたりの青年士官に、充実した時間をすごす場をあたえていた。士官クラブ《ガンルーム》で門閥貴族出身の士官たちと鼻つきあわせるのも不愉快であり、ロイエンタールなどに言わせれば女もいない以上、まじめにしているしかない。

「突出したはいいが、見殺しにされたのではたまらんからな」

シミュレーション・マシンを操作しながら、ミッターマイヤーがいう。ラインハルトの思考が伝染したわけでもないのだが、自分たちが味方のなかに孤立するという考えは、彼らの戦術立案においても、前提となっていた。

「後方から、前方に展開する邪魔な味方ごと、敵を撃つという方法もある。いくらでも弁解のしようはある」

「前方の敵に押されて後退しようとしても、味方がそれを邪魔して、けっきょく、味方の壁の前で敵に撃ちくずされるという可能性も捨てられんな」

ロイエンタールとミッターマイヤーは、苦笑の一線をこえた表情を見かわした。彼らは自分たちの現在の忠誠心と、未来の可能性とを託すべき相手として、ラインハルトをえらんだ。その選択の正しさを、彼らは信じているのだが、正しさをつらぬくには、すくなからぬ苦労をしいられそうであった。

「しかしまあ、敵の多い方だ。敵味方というが、敵、味方、敵、敵、敵というところだろうな」

ミッターマイヤーが評したとき、ドアがあいて、ひとりの士官が姿を見せた。追いすがる衛兵を突きのけて傲然《ごうぜん》と名乗る。

「ミッターマイヤー提督に一言伝えたいことがある。コルプト子爵だ。聞いたことがあるだろうが……」

「知らんな。あとにしてくれ、いまいそがしい」

ウォルフガング・ミッターマイヤーは冷淡にあしらった。オスカー・フォン・ロイエンタールは、金銀妖瞳《ヘテロクロミア》をあげて、招かれざる客人の姿を視線でひとなでした。記憶巣を刺激する要素がそこにあった。ミッターマイヤーのとらわれていた軍刑務所で、フレーゲル男爵の傍に、この士官の顔があったような気がする。彼の反応にミッターマイヤーも感応し、グレーの瞳を闖《ちん》入者《にゅうしゃ》の顔に射こんだ。彼が見いだしたのは、クロプシュトック事件において彼が射殺した暴行殺人犯の大尉の顔であった。

「似ているな、兄弟か」

「わかったらしいな。そう、兄だ」

「なるほど、それで弟の復讐をはたすため、決闘でも申しこみにきたか」

「そうではない、忠告しにきたのだ」

ミッターマイヤーとロイエンタールの不審そうな眼光をうけて、士官の表情が余裕めいたものをよそおった。

「戦闘中、背後に気をつけることだ。後方にいるのがすべて味方だと思うなよ」

戦闘中に隙をみつけて撃つぞ、と宣告しているのである。ロイエンタールとミッターマイヤーは失笑をこらえた。彼らの戦術シミュレーションにとって、これはなかなか魅力ある要素の出現というべきだった。

「めんどうなことを言う奴だ。いかに理屈をつけようと私怨による意趣がえしだろう。それならそれでかまわんさ、おれも卿《けい》のような奴は嫌いだ。この場でいっさいを清算してもよいのだがな」

ミッターマイヤーはさりげなく一歩を踏みだしたが、それによってうけた圧迫感は、巨大に増幅されたものであったのだろう、士官は露骨なひるみの色をみせた。上半身がぐらりとかたむきかけたが、冷汗を流しつつ踏みとどまったのは、貴族としての衿持か。

「不公平な勝負をやる気はない」

「不公平？」

無視しえない一語が、ミッターマイヤーの二歩めを制した。

「そうだ。射撃の技倆《うで》は、卿《けい》のほうがすぐれている。それはあきらかなことなのに、銃での決闘を主張するのは不公平ではないか」

早口に言いたてる相手を、ミッターマイヤーは唖然として見返した。するどいまでにひややかな笑い声で、室内の空気を波だてたのは、金銀妖瞳《ヘテロクロミア》の友人のほうである。

「ものは言いようだが、聞くほうにも限界がある。よくうごく口をとじて、さっさと出ていけ。三秒たってもその場にいたら、ミッターマイヤーのかわりにおれが、卿の口に鍵をかけることになるぞ」

彼の恫喝は、物理的な効果をあらわした。

コルプト子爵は上半身をそらせるようにしたが、胸をはったのではない。気おされたのだった。

「二対一とは卑怯ではないか、私は堂々と……」

「ひとつ《アイン》」

ロイエンタールの、低いがするどい声は、士官の耳と口を同時に打った。子爵は不可視の巨人に突きとばされたかのごとく、一歩とびすさった。「ふたつ《ツヴァイ》」の声は、子爵の耳ではなく背中をたたいた。ドアが閉じると、ミッターマイヤーは舌打ちの音をたて、ロイエンタールはわざとらしく首をふりながら、軍靴のかかとで床を蹴りつけた。

「奴が憎んでいるのは、おれだけだ。卿まで敵をつくる必要はなかろうに」

友人の声に、金銀妖瞳の提督はあごを片手でなでた。

「その台詞は三カ月ばかり遅かったな」


ロイエンタールやミッターマイヤーのことをラインハルトが考えていたのは、このささやかな会見を知っていたからでは、むろんない。メックリンガーもふくめて、彼がキルヒアイス以外にようやく獲得した味方を、永続的に確保することを考えていたのだ。

彼らは完全にラインハルトの麾下となったわけではない。今次の戦闘にかぎり、一時的に彼の指揮をうける身となったにすぎないのである。やはり帝国元帥の称号をうけ、元帥府の開設を認められて、はじめて彼らを麾下に隷《れい》せしめることがかなうであろう。いまは〝元帥量産帝〟ことコルネリアス一世の時代ではない。一本の元帥杖は、相応の武勲と流血を要求するのである。

「今回もふくめて、あと二度は大きな会戦が必要か……」

ブラウンシュヴァイク公が元帥号をえた道程の容易さにくらべると、ひとつの階をのぼるつどに茨《いばら》の門をくぐりぬけねばならぬ身が、いささかめんどうに思えるのだが、キルヒアイスは優しく彼の血気をたしなめた。

「ブラウンシュヴァイク公でさえ、一九や二〇歳《はたち》で元帥号をうけたわけではありませんから、なにもあせることはありません。どうせラインハルトさま以外に勝てぬ戦いが、かならずあります」

キルヒアイスはいつも正しい。ラインハルトは、ただ栄達の必要があるから戦うのではなく、それにくわえて、彼自身、大敵を撃ち滅ぼし、茨の門扉をみずからの足で蹴破ることに、精神の最奥部から全身を貫通して蒼氷色《アイス・ブルー》の瞳に結晶する灼熱した昂揚感をおぼえるのだ。譲りうけることになんの喜びがあろう。みずからの知力と気概とをもって、不当な占有者から奪いとることにこそ、充実をおぼえるべきであった。三六代四八六年の長きにわたって人類を支配し、民衆に奉仕させ、富と権力をほしいままに独占してきた、濁った血をもつ一族を打倒し、それに寄生して特権をむさぼってきた飼犬どもを滅ぼすことに、ラインハルトがためらいをおぼえる理由はまったくなかった。私憤から発したことではある。だが、彼にとってこれほど正当な怒りはないのだった。

五度めの作戦会議が形式だけで終わったあと、ルドルフ大帝の肖像画にむかって深々と頭をさげたミュッケンベルガーは、理由のない不安が胸中に蠢動《しゅんどう》するのをおぼえた。

「大神オーディンよ、心あらば、わが正義の軍をして凱歌をあげさせたまえ」

ミュッケンベルガー元帥は声にだして祈った。ほかの大部分の提督も、期せずしてそれに和したことであろう。ただ、不遜な、あるいは不遜でいなければならない人間は例外であった。

元帥の背中を見すえるラインハルトの瞳に、蒼氷色の冷笑がきらめいている。

「神に祈らねば勝てないというくらいなら、最初から戦いなどするな」

金髪の若者はそう思う。たよるべきは自己の才幹と、それを十全に生かすべくととのえられた戦略的条件。ただそれだけではないか。

自分たちが神に祈るなら、敵も祈るだろう。神とやらが唯一絶対の存在であるなら、どれほど祈っても、どっちかいっぽうの願いはしりぞけられるだろう。神が複数の存在であるなら、より力の強い神が勝つであろうこと、人間とことならない。神に祈るなど愚かしいかぎりではないか、と、ラインハルトは思うのだ。もし神なるものが実在して、正義を愛するのであるなら、なぜルドルフ大帝が何百億人もの人間を殺すのをとめなかったのか。なぜフリードリヒ四世がアンネローゼを強奪するのをふせがなかったのか。それが正義だったからとでも言うのか。ラインハルトには納得できないのだ。

……九月四日、最初の砲火が両軍のあいだにかわされる。惑星レグニツァ。それは四年前、ラインハルトとキルヒアイスが最初の戦いを経験した惑星カプチェランカの外周にある、ガス状の天体である。

第八章　惑星レグニツァ

I

　ガス状惑星レグニツァは、母恒星から七億二〇〇〇万キロないし七億六〇〇〇万キロの楕円形軌道上を、一〇万四〇〇〇時間強の周期で公転している。赤道半径七万三三〇〇キロ、質量は二〇〇〇兆×一兆トン、平均密度は一立方センチにつき一・二九グラム。中心には重金属と岩石からなる直径六四〇〇キロの固核があり、その上に極度に圧縮された氷と水の層があって、さらに上層をヘリウムと水素の流動体がしめる。ごく初級の天体学の教科書にモデルとして記述されそうな、典型的な恒星系外縁部ガス惑星である。

「雲層の成分は固体アンモニア、温度はマイナス一四〇・六度C、気流の速度は一時間につき二〇〇〇キロをこします」

　キルヒアイスの報告にうなずきながら、ラインハルトは、メイン・スクリーンいっぱいにひろがる茶色と白とオレンジの縞模様を見やった。それも、厚い密雲の流れと、電光のはためきにたちまちかき消され、あとは、秩序や諧調を嘲笑する原初の混沌が、母恒星にすら愛されない暗鬱な惑星をおおい、見る者の心に寒風を吹きこむのである。

ラインハルトは彼の愛する――というよりほとんど恋する――旗艦ブリュンヒルトに搭乗し、麾下の艦隊をひきいて、惑星レグニツァの衛星軌道上にいる。九月四日である。

ここには、彼の行動や指揮権を掣肘する上官や同僚はいない。いるのは、副官キルヒアイス中佐、艦隊参謀メックリンガー准将、左翼集団指揮官ミッターマイヤー少将、右翼集団指揮官ロイエンタール少将など、みなラインハルトを忠誠の対象とする者たちである。

彼の行動を掣肘するものは、ここでは自然環境であった。シュールリアリズムの画家の悪夢が具体化した光景がそこにある。それは三次元の現象としてラインハルトをとりかこみ、艦隊の統一指揮に必要な情報の伝達をはばみ、整然たる艦隊運動を妨害し、索敵を困難にしていた。同盟軍もおなじ状況下にあるであろうことが、唯一の、さしてありがたくもないなぐさめであった。

イゼルローン要塞の要塞司令官室において、六回めの最高作戦会議が開かれたのは、九月一日である。

出席者は、ミュッケンベルガー元帥を議長とする中将以上の提督たち――というより貴族たちであった。自分だけが、出席者のなかで爵位をもたぬ者であることを知ったとき、危険の香りをともなった不快感が、ラインハルトの白皙の皮膚を無遠慮になでまわした。

好ましからぬ予感は的中し、その場で、ラインハルト・フォン・ミューゼル大将と、過日、中将に昇進したフレーゲル男爵とのあいだで、意見の衝突が生じ、たちまち沸騰したのだ。

「いったいなにが原因なのです？」

あとになってキルヒアイスからそう問われたが、ラインハルトは答えられなかった。応酬の一投ごとに語が激し、感情がたかぶっていったことはたしかだ。何度めかに、フレーゲルがつぎのように冷笑したことは記憶にある。

「年末にはローエングラム伯爵を名のられる御身、吾《われ》らごとき卑位卑官の輩は、うかつに口をきいてもいただけぬであろうからな」

卿《けい》らはいったい何歳《いくつ》だ、と問いかけたい気分が、ラインハルトの胸中にせりあがってくる。嫉視は人間を幼児退行させ、ユーモアになりえぬ毒気をユーモアと誤認させる要素をもっているようであった。もっとも、フレーゲルにしてみれば、意図的にラインハルトをおとしめる欲望が、まず存在したのであろうが。

「卑位卑官などとおっしゃるが、卿は男爵号をお持ちの身。みずからを平民と同一視なさるにはおよぶまい」

さらにそう発言する者がいて、なんら悪意はないにせよ、ラインハルトの怒りとフレーゲルの不満を強烈に刺激した。

「むろん吾々には、代々、ゴールデンバウム王朝の藩屏《はんぺい》たる誇りがある。平民やなりあがりなどと比較されるもおぞましい」

「民衆に寄生する王侯貴族の誇りか」

ラインハルトの端麗な唇から放たれたのは、痛烈な弾劾の語であったはずだが、相手にはさして負の感銘をおぼえさせえなかった。価値観の基準がことなるのだ。フレーゲル男爵などにとって、民衆とは彼ら大貴族に奉仕するために存在するのであるから、民衆を喰物にしているなどと非難されても、皮膚感覚にひびかない。男爵が反発したのは、〝寄生〟という用語じたいにたいしてであった。彼が冷静であったなら、その用語は共和主義者のそれに類するものと決めつけて、ラインハルトを窮地におとしこむこともかなったであろうが、彼はもともとぼしい理性を、激情の奔騰《ほんとう》でいずこかへ吹きとばしてしまっていた。

「だまれ！　孺子《こぞう》！」

怒号とともに、フレーゲル男爵は椅子を蹴って立ちあがった。ラインハルトもそれに応じて立ちあがったが、その動作は相手にくらべてはるかに優美で、椅子がみずから後ろにひいて、主人のうごきを助けたようにすらみえた。

そこでミュッケンベルガー元帥が両者のあいだに割ってはいったのである。

前方に展開する敵軍といかに戦うかというより、帝国軍内部の利害を調整し、彼自身の現在と将来を守るほうが、ミュッケンベルガー元帥にとっては、より重要であった。これは賞賛に値することではなかったが、会戦の無意味さをかんがみれば、それほど非難すべきことともいえないであろう。非難さるべきは、彼が出兵の無意味さを皇帝に説かなかったことであるかもしれない。だが、彼が出兵の指揮をとらなければ、他者がとっただけのことであろう。惰性。それはフリードリヒ四世の治世をおおう色彩のひとつである。

いずれにせよ、ミュッケンベルガーとしては不協和音の種を一時的にでも陣営の外に放りだしてしまわねばならなかった。ごく短期的な視界のうちにも、相応の自己正当化は作用する。これがラインハルト・フォン・ミューゼルのためにもなる、と考えた彼は、威厳にみちた態度で、フレーゲル男爵の激昂を制し、ラインハルトに命じたのである。

「ミューゼル提督に命じる。惑星レグニツァの周辺宙域に、同盟と僭称《せんしょう》する叛徒どもの部隊が徘徊しているとの報がある。ただちに艦隊をひきいて当該宙域におもむき、情報の虚実を確認し、実なるときは卿《けい》の裁量によってそれを排除せよ」

「つつしんで命令をお受けします」

ラインハルトは即答した。彼はフレーゲル男爵よりはやく冷静さを回復していたから、自分の発した用語が相手の使いようで危険な武器となるであろうことを、すでに自覚していた。ミュッケンベルガーの命令が、ことなかれ主義から発したものであることは明白だったが、動機はどうであれ、ラインハルトとしては利用する価値をそこに見いだしたのである。

フレーゲル男爵も怒気を封じられた。命令をうけて戦場へおもむく者をさらに罵倒しては、彼自身の器局がいちじるしく矮小《わいしょう》に見えるであろうし、ミュッケンベルガー元帥も総司令官としての面目を傷つけられて不快になるであろうから……。

そしていま、ラインハルトは〝虚空の貴婦人〟戦艦ブリュンヒルトとともに、いたけだかな雷雲の乱舞するなかを進んでいる。所在のさだかならぬ敵をもとめて。


戦略家として、戦う状況を設定しえないことはむろん不本意であったが、あたえられた状況において戦術家としての技倆を披露するのも、楽しみでなくはない。ラインハルトはそう考え、キルヒアイスも同感ではあった。いまの艦隊の左右両翼を指揮するミッターマイヤーとロイエンタールにしてもそうであろう。

しかし、いまだに敵の姿を見いだせない状況にあっては、昂揚した戦意もフットワークを重くするというものであった。密雲と嵐の外へひとまず出るべきだろうか、とも思えてくるのだが、万が一にも同盟軍が雲の外に布陣していては、一方的に狙撃をこうむり、致命傷をうけることもありうる。

「どう思う。キルヒアイス？」

ラインハルトの声には、困惑を表現する率直なひびきがあった。それは金髪の若者が、彼にたいして心を開放していることをしめすものであったから、それじたいはキルヒアイスにとってうれしいことではあったが、彼にも名案があるわけではなかった。相手が人間の意思と計算であれば、いかようにも対処のしようはあるが、自然や時間を敵にまわしたのでは、戦況をほしいままにはできない。

「お前でも返答に窮することがあるのだな、わが賢明なる友よ」

「からかわないでください、お人の悪い」

キルヒアイスが言うと、ラインハルトは白い指を伸ばして、親友の、くせのある赤毛をまきとり、かるく引っぱった。

「ふたりで思案顔をならべていても、埒《らち》があかんな。すこし気分を変えよう」

ラインハルトは従卒に命じて、指揮官席まで二人ぶんのコーヒーをはこばせた。不公平感をそそるわけにはいかないので、艦橋勤務の全員にコーヒー飲用を許可したのは、キルヒアイスの配慮であった。肥満を心配する必要のまったくないラインハルトは、コーヒーにクリームを大量に放りこみながら歎いた。

「やれやれ、せっかく自由行動がとれると思えばこのありさまだ。うまくいかないものだな」

ラインハルトの気分をほぐすため、キルヒアイスはことさら説教口調をつくった。

「フレーゲル男爵のような小さな敵を相手に、本気になったりなされるから、この苦労です。すこしはおこりになりましたか?」

「うん、こりた。これから気をつける」

ラインハルトがてれくさそうに笑ったとき、オペレーターの声が緊張をはらんで彼らの聴覚を刺激した。正体不明の飛行物体群が、先行する無人偵察機によって発見されたのである。距離は至近。過酷な自然環境が、あらゆる計器や索敵システムを発狂寸前の状態におとしこんでおり、オペレーターを責めるわけにはいかなかった。第一級臨戦体制の発動が、なしうる最良の反応であった。

敵の大艦隊が、ガス状惑星の〝雲平線《クラウド・ホライズン》〟の彼方から悠然とせりあがってくる姿を視界正面に認めたとき、帝国軍の兵士たちは、戦慄の氷刃が脊椎《せきつい》をかけあがるのを自覚した。

〝レグニツァ上空遭遇戦〟と呼ばれる、雲と嵐のなかの戦いは、まことに無計画に開始されたのだった。

Ⅱ

ラインハルトの前方に姿をあらわした同盟軍艦隊は、パエッタ中将の指揮する第二艦隊であった。

パエッタは同盟軍でも歴戦の勇将だが、我意に固執し、幕僚にたいしては意見より服従をもとめるタイプだった。すくなくとも、パエッタの次席幕僚をつとめるヤン・ウェンリー准将はそう観察している。

戦いのはじまる前、ヤンは士官クラブ《ガンルーム》で、ロベール・ラップ少佐にコーヒーをすすめられた。いまは階級がことなるが、ヤンと士官学校では同期で、数すくない友人のひとりである。ほかに人がいないときは同格で会話する仲だ。

「紅茶はないのかい、ロベール」

「コーヒーだけだ、残念ながら」

ロベール・ラップが笑うと、ヤン・ウェンリーは表情だけで肩をすくめてみせて、友人の好意を謝絶した。

「コーヒーなんて野蛮人の飲物だ。色からして泥水色をしている。それにひきかえ、紅茶は琥《こ》珀《はく》を陽光にすかした色だ――ま、うまく淹《い》れたときにはだけどね」

「そう毛ぎらいせずとよかろうに」

「ロベール、それはちがう」

ヤン・ウェンリーは思うのだ。人生は無限ではないし、いつ意に反して中断させられるかもしれない。嫌いなものを無理に飲食する余裕などあろうはずがないのだ。

「人類が酒とお茶だけ飲んでいたとき、文明は健全だった。コーヒーとかコーラとか、泥水色のものを飲みはじめて、頽廃と堕落がはじまったんだ」

「そうか、いずれ論文にしてくれ、吟味熟読したい」

と、ロベール・ラップはまともにとりあわない。ヤン・ウェンリーとは士官学校以来、一〇年をこす交際である。あしらいかたは心得ていた。彼はコーヒーの紙コップを片手に、いまいっぽうの手を艦内ラジオのスイッチに伸ばした。

「トリューニヒト国防委員長が、超光速通信《FTL》で吾々出征部隊を激励してくださるそうだ。聞くか？」

いやなこった、と、ヤン・ウェンリーは表情と身ぶりで答えた。じつは出征直前、トリューニヒトが壮行式のため艦隊司令部をおとずれたとき、〝エル・ファシル脱出行〟の英雄たる彼は、パエッタ司令官とならんで、国防委員長閣下から〝お声をたまわる〟栄光に浴していたのである。

自由惑星同盟《フリー・プラネッツ》の存在意義は、民主共和政治の理念を生かす点にあるのであって、帝国と武力をもって抗争することにあるのではあるまい。代々の為政者の過半が、民主主義擁護の騎士たることを誇示するために、無益な出兵をくりかえし、死者と遺族を大量生産することを、ヤン・ウェンリーはにがにがしく思っている。もっとも、彼には、ダゴン会戦以前の、戦わずして生涯を終えた軍人たちをうらやんでいるという、けしからぬ一面もあるのだが。

国防委員長ヨブ・トリューニヒトは、四〇歳をこしたばかりで、政治家としては青年期にある。長身の姿勢がよく、服装や動作は洗練され、弁舌さわやかで、行動力に富み、なによりも線の太い美貌と、国立中央自治大学を首席卒業した閲歴に有権者の人気があった。だが、ヤンはこの男が嫌いだった。弁舌さわやかなのはけっこうだが、有権者が弁舌の内容を吟味しようとしないのが不思議でならない。

トリューニヒトが問いかける。

「きみにとって必勝の戦略とはどういうものかね。のちの参考のために、ぜひうかがっておきたいが」

「敵にたいしてすくなくとも六倍の兵力をそろえ、補給と装備を完全におこない、司令官の意思をあやまたず伝達することです」

トリューニヒトは失望の笑顔をつくった。エル・ファシルの英雄に期待していたのは、奇想天外な詭計《トリック》であったのだろう。それと知ってはいたが、ヤンにリップ・サービスする義理はなかった。

「勝敗などというものは、戦場の外で決まるものです。戦術はしょせん戦略の完成を技術的に補佐するものでしかありません」

「なかなかに達見だが、するときみたち軍人の戦場における能力は問題にならないのかね」

戦略的条件が万全に整備されていたならあほうでも勝てる――そう極論しようとして、ヤンはさすがに表現をえらんだ。

「戦略的条件が互角であれば、むろん軍人の能力は重要です。ですが多少の能力差は、まず数量によっておぎないがついてしまいます」

「戦いは数でするものではない、とは考えないのかね」

「そんな考えは、数をそろえることができなかった者の自己正当化にすぎません」

帝国軍のラインハルトと動機はことなるが、上司の評価を意に介しないという点においては、ヤン・ウェンリーという人物には、ラインハルトに共通する〝可愛げのなさ〟があった。不機嫌さの雲を眉間にたたえるパエッタを横目に、ヤンはさらに主張してみせた。

「少数が多数に勝つというのは異常なことです。それが目立つのは、正常人のなかにあって狂人が目立つのとおなじ理由からです」

表現の過激さを承知してはいるが、そのていどのことは言っておきたいのだ。最初から奇蹟を要素にいれて戦争をはじめられたりしたら、たまったものではない。

司令官パエッタ中将に追いはらわれると、ヤン・ウェンリー准将はかたちだけは敬礼をほどこし、さっさとその場を去った。パエッタ中将は上位者たるトリューニヒト国防委員長と個人的にもよしみを結びたいようだが、ヤンとしてはそんな関係は心から辞退したい。

自由惑星同盟軍《フリー・プラネッツ》の作戦運営の欠点として、しばしば同格の艦隊司令官どうしが対立し、主導権をめぐってあらそうという点があげられる。また高級指揮官の人事が政治家とのコネクションによって左右され、軍事活動それじたいが政治家の人気とりを目的としておこなわれることもめずらしくない。誇るべき治績をもたない最高評議会議長の任期が満了にちかづくと、イゼルローン回廊方面への出兵が決定されることが多く、軍事行動が政治的投機の手段として濫用される傾向があるのだった。むろん、これに、帝国からの侵攻にたいする防御という要素もくわわる。かくして、年平均二回強の戦闘が、イゼルローン回廊の歴史に赤いインクの文字を記すことになるのだった……。

トリューニヒトの耳ざわりな声が聴こえぬ場所を探し歩くうち、ヤンは背後から声をかけられた。ふりむくと、ヤンの士官学校の後輩ダスティ・アッテンボロー少佐が、両手にコーヒーの紙コップをもってたたずんでいる。

「いかがです、先輩、そう毛ぎらいなさらずに、ブランデーがたっぷりはいってますよ」

片目を閉じて言うと、いっぽうのコップを、ヤンにむけてさしだす。

「ブランデーとコーヒーは合わないんだがな」

不平をならべながらも紙コップをうけとったヤンは、中身を見てかるく表情を変え、鼻にちかづけてコーヒーと無縁の芳香を楽しんだ。

「なるほど、ブランデーがはいってるな、紙コップに」

満足そうに、ヤンは純粋なブランデーをすすった。豊潤なアルコールの宝石を舌の上でころがし、咽喉の内壁を滑降させる。うまい紅茶のつぎに、彼はうまい酒が好きだった。

「トリューニヒトみたいな巧言令色《こうげんれいしょく》の輩の演説なんぞ、素面《しらふ》で聞けるものじゃありませんよ」

ヤンの思いをアッテンボローは言語化してみせた。

「本気でそう思ってるなら、自分で戦場へ出てくればいいんです。愛国心にもえる国防委員長閣下は、兵役当時も後方勤務を志願して、同盟首都《ハイネセン》を一歩も離れなかったそうですよ」

「ありうることだ。戦場から離れるほど、人間は好戦的になる。さっさと退役して、あんな奴に敬礼しなくてすむようになりたいな」

「先輩の十八番《おはこ》がまたはじまりましたな。いやなことがあると、すぐ退役するとおっしゃる」

「べつにいやなことがなくても、退役したがっているさ」

「かげひなたなく、ですか」

　アッテンボローはにやりと笑った。彼はこの先輩の志望するところを、士官学校時代から知っていた。歴史書の山に埋もれて死にたがっている先輩だった。軍服を着ていてさえ軍人らしく見えない先輩が、エル・ファシル脱出行によって若き英雄となったとき、アッテンボローはむしろ同情したくなったほどである。先輩の人生の軌跡が、思わぬ方向に急カーブを描いたことは明白だった。

「そうさ、いつ辞めたっていいんだ。そうしたら、軍隊なんぞの枠にとらわれず、公平に歴史の証人になることだってできる。敵としてではなく、銀河帝国が滅亡する光景を叙述することだってできるかもしれない」

「帝国が滅亡？　まさか」

　礼儀上にとどまる反応だが、アルコールのはいったヤンは聞きながさなかった。

「まさかなものか。吾々は銀河帝国が人為的につくられたことを知っている。だとしたら、人為的に滅びることを当然、予測してしかるべきさ」

アッテンボローはうなずいたが、表情には実感がこもらなかった。過去に実在した事実さえ、彼の世代には遠すぎるのに、実在化したことのない未来など、なおさらだった。やたら歴史哲学者をきどりさえしなければ、いい先輩なのに、と、つい考えてしまう。

「政治体制が永遠のものだなんて、そんなあほうなことを信じていたから、五〇〇年前に銀河連邦の市民たちは、ひとりの野心家にみすみす自分たちの主権をゆだねてしまうことになったんだ。ルドルフ大帝のつくりあげたものだって、永遠であるはずがないさ」

そこまででやめたのは、さすがにヤンにもはばかられたからだった。自由惑星同盟《フリー・プラネッツ》にしても永遠であるはずがない、などという台詞は。

「それは予言ですか、先輩」

「いや……」

ヤンは空《から》の紙コップを掌の上で踊らせた。

「なんとなく賢そうなことを言っているようにみえるだろう」

彼はコップをとりおとしそうになった。ヒステリックなまでにするどい警報が、彼の鼓膜を乱打したのだ。敵艦隊接近の声がひびきわたり、アッテンボローは主砲の制御センターへ、ヤンは艦橋へと走りだした。胃におさまったブランデーが、安住の地をえられず、熱い抗議の声で全身の細胞を灼く。

こうして、巨大なガス状惑星の雲間は、両軍が遭遇によって力量と運を競いあう場となったのである。舞台装置の妙をめでる余裕は、当事者たちにはもとめうべくもなかったが。

Ⅲ

窓外は、縦横にはしる放電現象におおわれ、白、青、紫の閃光が将兵の顔を瞬間的に化粧した。ヤン・ウェンリーにとってはさいわいであった。明度をおさえられた艦内照明は、外からの暴力的な光芒の流入に圧倒され、アルコールで染まった顔の赤さは判別しようもなかったのである。

帝国・同盟両軍の砲火の応酬は激烈だったが、最初のうち、その多くはむなしく宙を切り裂いた。高重力と低温と嵐の酷烈な環境下で、弾道計算すら容易ではない。急速な射角修正の努力も、一瞬の環境変化で無に帰してしまい、オペレーターたちに悲鳴と怒声をあげさせる。

人工の雷が、固体アンモニアの冷雲をつらぬいて走り、暗色の空の各処に光の花を咲かせる。目標に達しえなかったミサイルや磁力砲弾は、巨大なガス惑星の重力に引かれて落ちてゆき、その途中で圧力に抗しかねて折れくだけるのだった。

灼熱した艦体と極低温の雲の粒子がぶつかりあい、ひときわ白い煙を生じるが、それも一瞬にみたぬ極小のあいだに、秒速数百メートルの気流によって吹きはらわれてしまう。うずまく有彩色と無彩色の雲は、巨竜の吐く息を思わせ、それがとぎれると、はるか下方にヘリウムと水素の茫漠たる海が姿をのぞかせる。

やがて同盟軍は、かならずしも整然とはいえぬまでも、充分に効果的な砲火を帝国軍にあびせかけはじめた。ことに四度めのミサイル斉射は秩序的なもので、その軌跡が帝国軍へ伸びていくさまに同盟の一部では歓呼の声があがった。

そのとき、誰ひとり予測しえぬことが生じた。惑星表面に生じた爆発が、電磁波を投げつけてきたのである。

強力な電磁波の乱流がミサイルの航法システムを狂わせ、その軌跡は不規則な弧をえがいて同盟軍の位置する宙点へと逆行してきたのだ。

同盟軍はむろん仰天し、親不孝な不良息子どもの造反から逃れようとしたが、ミサイルは反転しかけた艦体の側面から衝突、爆発した。めくるめく放電のなかで、あらたな閃光が炸裂し、一隻の戦艦と三隻の巡航艦が、エネルギーの鎖にそってたてつづけに爆発四散してしまった。

「なんたる醜態《ざま》だ！」

パエッタ中将は、反論しようのない率直さでなげき、幕僚たちは憮然たる顔を見あわせた。もともと最悪の自然環境が彼らを囲繞《いにょう》していたのではあるが、このような目にあうと、造物主の悪意が存在するのを信じたくなってしまうのである。

さらに同盟軍の戦艦セントルシアは、絵に描いて彩色をほどこしたような凶運にみまわれた。セントルシアは僚艦ユリシーズとならんで、帝国軍の右側面にまわりこみ、密集した敵艦隊に核融合ミサイルを撃ちこもうと発射孔をあけはなった瞬間、そこに落雷の直撃をこうむったのである。誘爆が生じ、セントルシアは光と熱の塊と化した。一瞬後、苛烈な嵐がすべてを暗黒のなかに吹き飛ばしてしまう。

僚艦のユリシーズは無傷であった。おなじ瞬間、おなじ場所でミサイル発射孔を開きながら、雷はセントルシアだけに落ちたのである。

将兵たちが、艦艇という無機物にすら〝運〟という解明不能の存在を感知せずにいられないのは、このような事象を目《ま》のあたりにしたときである。もともと公平などという要素は、自然を構成するうちにないのだ、と、思いたくもなるのだった。

その思いを補強するような事態が、つづけて生じた。帝国軍の旗艦ブリュンヒルトが、同盟軍の射程内に姿をあらわしたのである。不規則で苛烈な嵐のなかにあっては、操艦も搭乗者の意のままにならない。

二発のウラン238ミサイルが、二隻の同盟軍巡航艦から同時に放たれた。

このとき、ブリュンヒルトの周囲は、一瞬、空虚だった。護衛の各艦とも、超低温の嵐に翻弄されて、まもるべき対象から遠ざかっていた。二本の火線が純白の艦体にむかい、爆発が生じるのを知覚して、目をとじた帝国軍の艦長もいたにちがいない。

だが、ブリュンヒルトは無傷であった。珠玉の肌には擦過傷ひとつついてはいない。搭乗員たちは安堵よりも自己の五官をうたがう思いであった。

二発のミサイルは、ブリュンヒルトの艦首に達するより早く、軌道を交差させ、そこで衝突して相討ち状態に爆発してしまったのである。爆発光は波だつオーロラとなってブリュンヒルトをたたいたが、実害はなかった。

ラインハルトが声をはずませた。

「キルヒアイス、見たか。なんと運の強い貴婦人だ。おれたちもあやかりたいものだな」

「おっしゃるとおりです……」

満腔の同意をこめてキルヒアイスは答えた。ブリュンヒルトはたんに優美な白鳥というにとどまらず、異数の運を有しているようである。

味方の幸運は、敵の不運であった。歴史を変えそこねた同盟軍巡航艦一隻は、〝虚空の貴婦人〟からしたたかな平手打《スパンク》の報復をうけた。ブリュンヒルトの主砲が純白の光の棒をはきだし、あわてて反転しかかる敵艦を射程にとらえた。暗褐色に塗りつぶされたキャンバスに、白い絵具がたたきつけられたようにみえた。

歓声がブリュンヒルトの艦橋にみちたが、一瞬で静寂がとってかわった。艦外を吹きすさぶ嵐が突然、方向を変えたのである。圧倒的に量感を有する大気の乱流が、〝純白の貴婦人〟とその騎士たちを押しまくりはじめた。たちまち帝国軍の艦列は乱れたった。

いっぽう、同盟軍の旗艦では、自然という味方をえたパエッタ中将が、幕僚のひとりに皮肉な声を投げていた。

「ヤン准将、きみの意見はまたもや古典的兵法の三七番めかね?」

そのいやみよりも、それに追従《ついしょう》して生じた同僚の笑い声のほうが、ヤン准将にとっては不愉快だった。だが、口にだしては、謹直さをよそおって答えただけである。

「はあ、司令官のおっしゃるとおりです。状況はそれほどよくありませんから」

パエッタは声をたてて笑った。ヤンを冷笑したというより、みずからの心理的余裕を誇示するものであったらしいが、一拍おいて生じた追従笑いが彼の精神の剛直な一面を刺激したようである。急速に笑いをいかつい顔面筋肉のなかに封じこめると、白い眼光で、不見識な幕僚たちをにらみわたした。幕僚たちの笑い声からは一時にエネルギーが失われた。

いっぽう、ヤンとしては、さして豊かではない上司への忠誠心を、反射的に刺激された。無益かとも思うが、いちおう意見を述べてみることにする。

「司令官閣下、私が思いますに……」

彼の好意は宙で雲散霧消してしまった。パエッタは誤解しようのない露骨な態度で〝エル・ファシルの英雄〟を無視し、スクリーンを見やったのである。

ヤンは少年時代、父親とかわした会話を想いおこした。一二年前に事故死した彼の父親は〝忠告〟というものに一家言を有していた。

「いいか、わが息子よ、偉人なら一度の忠告で反省する。凡人なら二度くりかえして諫《いさ》められれば、まずあらためる。できの悪い奴でも三度も言われれば考えなおす。それでも態度を変えないような奴は、見放してよろしい」

「四度めの忠告はしなくていいの？」

「四度めになればな、追放されるか投獄されるか、あるいは殺されるからだ。暗君という奴は、そういうものだ。だから四度めの忠告は、自分自身に害をおよぼすだけでなく、相手によけいな罪業をかさねさせることになり、誰のためにもならない」

「……ふうん」

「父さんは、能なし社長を三度諫めて、その後、独立した。そしてこのとおり、社会の信用と息子の尊敬に値するりっぱな人物になった。能なし社長は破産してその後どうなったやら」

……ヤンは、操作卓《コンソール》のかげに顔をかくして、くすくす笑った。彼の意識形成に、父親がすくなからざる影響をあたえたことは、否定しようがない。ヤンは祖父に会ったことはないが、ああいう父親の父親であるからには、平凡な人生観の所有者ではなかったのだろう。

パエッタ中将が、ヤンの進言を無視する気になったのも、もっともであった。同盟軍にとって、戦況はけっして不利ではなかった。それどころか、戦艦セントルシアの例にみるような不運に、一再ならず見舞われながら、嵐と雲の渦まくなか、帝国軍に後退をしいつつあったのである。もはや、戦況は完勝の寸前にあるように思われた。

ブリュンヒルトのスクリーンを、球状の放電体が白くひらめきつつ横ぎっていく。だが、それ以上に、ラインハルト自身が一個の放電体と化していた。

「退くな！　ここで一歩を退けば、崩壊に直結する。あと三〇分だけ踏みこたえろ。起死回生の策《て》はすでに考えてある。タイミングだけが問題なのだ。三〇分の忍耐で勝利が手にはいるのだぞ」

ただひとりを除いて、その大言を信じる幕僚はいなかった。

両翼をかためるロイエンタールとミッターマイヤーも、ともすればくずれがちな陣形をささえるのに必死だった。彼らであればこそ、この破壊的な自然の咆哮と、劣勢の戦況のなかで、軍の崩壊をふせぐことができたのである。彼らは戦い、指揮しつつ待っていた。彼らのえらんだ若い上位者が、彼らの信頼と尊敬に値する才華をしめすであろう一瞬が到来するのを。それが到来しなければ、彼らは、選択の失敗をみずからの生命によってつぐなうことになるであろう。

パエッタ中将は、彼の経験と理論学習のおよぶ範囲においては、充分に熟練した戦術家であった。遭遇戦という形式は、彼にとってむしろ望むところであったかもしれない。

ラインハルトは、嵐と戦闘の惨禍を映しだすスクリーンに蒼氷色《アイス・ブルー》の瞳をすえたまま、身じろぎもしない。なす術《すべ》をなくして呆然としているように、たいはんの幕僚の目には見えた。だが、ただひとり彼を信じて沈着さをたもつ幕僚に、やがて彼は視線をむけた。

「キルヒアイス、惑星表面、ＢＯ４座標に核融合ミサイルを集中斉射させろ。旗艦がおこなえば、ほかはそれにならう」

それが、ラインハルトの命令だった。

Ⅳ

戦況は一変した。

同盟軍の直下に位置する惑星レグニツァの表面で、すさまじい爆発が生じたのである。集中して撃ちこまれた核融合ミサイルの大群は、ヘリウムと水素からなる惑星表面の大気層を破壊し、粉砕し、数十億立方キロメートルにおよぶ巨大なガスの塊を、下方から同盟軍艦隊にむけてたたきつけた。同盟軍の陣形は一瞬にして崩壊した。戦術的計算も、努力も、人為によってつくりだされた自然の砲撃の前には無力だった。しかも、混乱する艦艇群にむけて、帝国軍は無言の歓声をあげ、エネルギー・ビームとミサイルと磁力砲弾の集中豪雨をあびせかけ、無数の爆発光によって嵐に色をそえた。

パエッタ中将は、怒号して退避を命じた。とはいえ、通信回路が無力化している以上、帝国軍がそうであるように、司令官の指示は旗艦の率先行動によってしめすしかない。彼は歴戦の雄たる自己の名誉をいたみつつも、上昇して嵐の雲界から脱出することを命じた。下方では惑星表面の爆発が同盟軍をつきあげ、前方からは帝国軍が、この苛烈な氷嵐のなか、信じがたいほど整然たる陣形を左右に伸ばして、動揺する同盟軍にたいし、半包囲の形勢で肉迫してくる。退路は上方と後方にしかなく、しかも帝国軍両翼の迅速かつ柔軟なうごきからみて、後退は敵の急進攻勢を呼びこむであろうことが明白であった。パエッタは戦術レベルの判断力において劣悪ではなかった。敵の力量を認め、敗勢との認識をうけいれざるをえなかった。

このあいだ、同盟軍においては、ふたりの若いパイロット、オリビエ・ポプラン中尉とイワン・コーネフ中尉の巧緻な連係プレイによって、帝国軍巡航艦一隻を完全破壊したが、この戦果は味方の士気を高めはしたものの、戦線全域にわたっての劣勢はおおいがたかった。パエッタは執着をすてることで、どうにか潰滅を回避し、戦域を離脱したのである。

帝国軍も急追して逆襲をこうむる危険をさけ、ひとまずイゼルローン要塞方向にしりぞいた。ラインハルトにしてみれば、局地的な遭遇戦などでむきになって勝っても意味がないのである。ラインハルトとパエッタの、逆転しえない差違がそこにあった。

「まいったなあ……」

ヤン・ウェンリーの独語は、感歎の想いにみちていた。彼とおなじ戦法を考案し、実行してのけた指揮官が帝国軍にいたのだ。ガス状惑星の表面爆発それじたいを兵器として活用し、下方から敵に損害をあたえるとは。こんな変わったことを考える者がほかにもいるとは、正直なところ想像しなかった。彼はパエッタに、その作戦を進言しそこねたのだが、おそらく司令官にいれられることはなかったであろう。

「まあ、しかし、つまるところは小細工にすぎないさ」

彼が負けおしみをつぶやきつつ、操作卓《コンソール》にむかっているあいだに、勝利をおさめた帝国軍の陣営では、ささやかだが奇妙な事件が生じていた。

アルトマルクという名の戦艦が、固体アンモニアの雹《ひょう》の海を泳ぐように、僚艦の背後にちかづいていた。その僚艦はラインハルト艦隊の左翼小集団の指揮をとる立場にあり、ウォルフガング・ミッターマイヤーという提督が搭乗していた。艦長はその艦に狙的をさだめ、号令とともに主砲を撃ち放った。

小さいが鮮烈なオレンジ色の火球が、戦艦の側部に生じた。距離が遠く、一撃破壊はならなかったが命中ははたしたのである。アルトマルクの搭乗員たちは、味方を撃った恐怖と、狂ったリズムの艦長の笑い声にたいする恐怖とで二重にすくみあがった。

だが、一瞬の歓喜は、すさまじい報復の砲火によってむくわれた。戦艦は、みずからをねらった相手の所在を知ると、砲口をむけ、エネルギー・ビームとウラン238の高速弾をあびせかけてきたのである。

細心さと冷静さをもってみれば、それらの砲火が、苛烈ではあっても充分な計算のもとに狙点をはずしたものであることがわかったであろう。ミッターマイヤーは一瞬にもみたぬ時間ですべての事情をさとると、辛辣な応報を、卑劣な復讐者にくれてやることにしたのである。アルトマルクが砲火を回避してうごく方角まで、彼は計算したのだ。アルトマルクは嵐のなかにゆるやかな弧を描いて宙を移動した。その行手にべつの敵がいた。

復讐者の艦は、みずから望んで後退する同盟軍の砲列の前へ飛びだしてしまったのである。同盟軍にとって、砲撃をためらう理由は一ミリグラムも存在しなかった。おなじ内容をもつ複数の命令が通信回路をはしり、それに一〇倍する数のエネルギー・ビームが戦艦アルトマルクの艦体を上下左右から串刺しにし、輪状に切りきざんだ。

光と炎と、そしておそらくは弟の復讐をはたしえなかった無念さが煮えたぎる熔鉱炉のなかで、アルトマルクの艦長の精神と肉体は四散し、永劫の氷嵐の一部と化しさった。

こうして、ウォルフガング・ミッターマイヤーは、クロプシュトック事件以来、執拗《しつよう》に彼をつけねらっていた大尉の一族から、みずからを救ったのだった。

最初に帝国軍司令部のもとにもたらされた報告は、戦況の不利をつげるものだった。

ミュッケンベルガー元帥の決意は、彼の心の大広間で、いずれの扉をあけるべきか計算と逡巡《しゅんじゅん》をかさねていた。あの〝生意気な金髪の孺子《こぞう》〟が敵の攻撃で死んでしまうことに、心の傷《いた》みをおぼえるわけではないが、その結果、彼の責任を皇帝から問われるようなことはさけねばならない。といって、彼の救援によってラインハルトが一命を拾うようなことになれば、フレーゲル男爵はまだしも、彼の背後に立つブラウンシュヴァイク公らの門閥貴族群の敵意にさらされるであろう。ミュッケンベルガーにとって、この二者択一は不本意と不快感にみちたものであった。

「ミューゼル提督が無事帰還いたしました」

その続報が、ミュッケンベルガー元帥の気苦労を救った。〝金髪の孺子《こぞう》〟が自力で生還しえたとすれば、フレーゲルがいかに不快感にかられようと、責任は孺子を殺しそこねた同盟軍に帰することになる。明日には明日の頭痛の種が生じるであろうが、さしあたり今宵の安眠は約束されそうであった。

ミュッケンベルガーに消極的な喜びをもたらしただけで、〝雲中の戦い〟は消化不良のままに終わった。ただ、この戦いによって、帝国・同盟の両軍とも、敵主力の位置を推測する材料をあるていど入手し、つぎの本格的な艦隊決戦にそなえることになったのである。

第九章　わが征《ゆ》くは星の大海

I

惑星レグニツァ雲層での戦闘は、主力を投じてのものでなかったこともあり、両軍の欲求不満を昂進させる結果を生じただけであった。あのすさまじい自然環境が不利にはたらかなければ自分たちが勝っていた――という思いが両軍をとらえ、再戦と完全勝利への意欲をかきたてた。無益な出兵が、無益な戦闘によって、無益な精神エネルギーを呼びおこす一例であっただろう。

雷雲のなかの戦いから一週間をへた九月一一日、帝国軍と同盟軍は、しばしば見られる敵味方の暗黙の諒解のうちに、ティアマト星域に布陣をはたした。第四次ティアマト会戦が目前に迫っている。

同日一九時二〇分、もはや幾度めの作戦会議かラインハルトは算《かぞ》える気もしなかったが、その場において、いくつかの重要な人事がおこなわれた。金髪の若者にとって、重要なのはつぎのひとつしかなかったが。

「左翼部隊司令官、ラインハルト・フォン・ミューゼル大将」

大将というラインハルトの階級を考えると、人事そのものは、とくに驚愕すべきものではなかった。しかし、第三次ティアマト会戦においては後衛にまわされ、軍主力が混乱におちいるまで戦機をあたえられなかったラインハルトとしては、すくなくとも前方に敵がいる、という位置をあたえられたのがうれしい。レグニッツァ上空の戦いののち、敵軍を潰滅しえなかったことで例のごとく複数の人間からいやみを言われたこともあって、期待するのはやめようかと思っていたところでもあった。

「なぜあんな奴に重要な左翼部隊の指揮をゆだねるのです。左翼の崩壊が全軍敗滅の原因になるかもしれませんぞ」

雲がひろがれば雨が降る——条件反射のように不平を鳴らしたのはフレーゲル男爵だが、ミュッケンベルガー元帥が余裕ありげな笑いとともに意図を説明すると、納得してひきさがった。そのありさまを見たエルネスト・メックリンガー准将が、ラインハルトに忠告した。あのフレーゲル男爵がひきさがったからには、相応の理由がある。警戒されたい、というのであった。

気をつけよう、と、ラインハルトは答えたが、内心ではそれほどの関心をもたなかった。フレーゲルのような奴になにができるものか、と思う。ブラウンシュヴァイク公がフリードリヒ四世の女婿《じょせい》として虎の威を借る狐なら、フレーゲルは狐の威を借る鼠《ねずみ》ではないか。ミッターマイヤーの報告によれば、彼を背後から撃とうとした門閥貴族のひとりは、惑星レグニツァの雷雲のなかで自業自得の最期をとげたというし、しょせんフレーゲルは手より舌が一〇〇倍もうごくだけの男ではないか。

ラインハルトは、左翼部隊の指揮官として、後ろゆびさされないような布陣をする必要があった。これはラインハルトの計画にしたがって、ミッターマイヤーとロイエンタールが実行にうつした。結果は、ほとんどラインハルトの修正を必要としないほどだった。

「あの艦隊行動の速度と、布陣のみごとさを見ろ。しかも、まったくむだがない」

満足の言葉をラインハルトは、赤毛の友にむけて吐きだした。ロイエンタールとミッターマイヤーは、まったくえがたい人材だった。彼らがラインハルトに属する契機をつくってくれた故クロプシュトック侯や暴行殺人犯の大尉に感謝したくなる彼であった。

「帝国軍、イゼルローン要塞より出撃」

九月九日にその報をうけたとき、自由惑星同盟軍《フリー・プラネッツ》は、すでに全部隊をティアマト星域に展開させつつあった。帝国軍の完全な布陣を待つというのは、消極的なようにも見えるが、イゼルローン要塞にちかすぎる宙域では、要塞の兵器と戦力も相手にすることになる。なろうことなら、帝都からの遠征軍と、要塞とを分断して、戦いを有利にすすめ、各個に撃破したいところなのだ。

それにしても、イゼルローン要塞それじたいが魔宮の要素をもっているように、ヤン・ウェンリーには思える。あの銀色の球体が存在するばかりに、銀河帝国も自由惑星同盟《フリー・プラネッツ》も軍事的野心を刺激され、いっぽうでは戦略的視野をせまくし、ひたすらイゼルローン回廊での攻防戦によってのみ、たがいの存在を主張しうると思いこんでしまったのではないか。

魔女の魔力だな、と、ヤンは思うが、吾《われ》ながらそれほど卓抜な比喩とも思えなかったので、苦笑してそれ以上の考察をやめてしまった。いずれにしても、彼の所属する第二艦隊は、惑星レグニツァ上空の戦いで、致命的とはいえぬまでもすくなからぬ損害をこうむったため、今回の会戦では後衛にまわされている。あまり戦う機会はなさそうだった。

「しかし、もし敵の一部が側背《そくはい》にまわるか、あるいは両翼を伸ばして半包囲態勢になれば、第二艦隊は予備兵力としてきわめて重要になるが……」

ヤン・ウェンリー准将は、操作卓《コンソール》を無器用にうごかして作戦案をシミュレートしようとした。誰でもめずらしいというだろうが、彼は仕事がしたかった。友人のロベール・ラップが、ついにジェシカ・エドワーズ嬢と婚約した、と告白してから、この一週間というもの、やたらと仕事をしたくなっているヤンであったのだ。だが、せっかく形成した星域図が不意に消えて、画面にパエッタ司令官からの呼び出し文が浮かびでた。ヤンは軍用の黒ベレーをぬいで黒い髪を片手でかきまわすと、パエッタの指揮デスクの前に立ち、憮然として艦橋から廊下へ出ていった。よけいなことをせず、将兵の精神不安や不満について調査でもしてこい、と言われたのである。〝エル・ファシルの英雄〟も、今回、はなはだ不遇であるようだった。

ミュッケンベルガー元帥からの指令を受領したとき、ラインハルトの眉間にいなずまがはしった。古代の名工が盲《めし》いてなお精魂をこめて白珠を彫琢《ちょうたく》したような手が慄えた。恐怖などではなく怒りのためであることが、傍にひかえたキルヒアイスには明白であった。ラインハルトは自分より強い者、力のある者を恐怖したことは一度もなかった。やがて白い手がひるがえって、キルヒアイスの前に命令書を放りだした。

視線を投じた瞬間、キルヒアイスの眉が、無意識のうちに両端をせりあげた。

「ラインハルトさま、これは……」

金髪の若者はうなずいた。わずかに呼吸が不規則であった。無益な作戦会議を幾度も開いたあげく、もっとも重要な決定のときに、ラインハルトを呼びもしなかったのだ。

「そうだ、キルヒアイス、司令長官閣下よりのありがたいご命令だ。一二時四〇分を期して、左翼部隊全兵力をあげて直進、正面の敵を攻撃せよ、と」

「ですが、これはなにか戦術的な意味があってのことですか」

そう問うたのは艦隊参謀メックリンガー准将である。他部隊との連係がなく、左翼のみが敵前に突出しても無意味であった。正面からは敵右翼の、右側面からは敵主力の、それぞれ攻撃をうけ、二面戦闘の状態で苦戦をしいられることは確実である。

「吾々は中央部隊や右翼部隊の援助を期待することはできないでしょう、メックリンガー准将」

「というと、キルヒアイス中佐、わが部隊は敵軍より前に味方によって危地におとしいれられるということだな」

ラインハルトの秀麗な頬にするどい笑いがひらめいた。生をもたぬ大理石の彫刻には、けっして見られぬものであった。

「ただひとつ方法がある。ミュッケンベルガー元帥にしても、その無能な側近どもにしても、吾々の苦戦を安楽に見物してはいられなくなるような方法がな」

蒼氷色《アイス・ブルー》の瞳が、体内の炎を映しだして、熾烈にかがやきわたった。

「ミュッケンベルガーの思惑は読めた。敵の手を借りておれを排除し、その犠牲のもとに勝利をおさめる気だ。奴がその気なら、こちらも相応の対処法をとるしかあるまい」

もはや敬語を使おうともせず、ラインハルトは言いはなち、キルヒアイス、ロイエンタール、ミッターマイヤー、メックリンガーの四名に彼の意図をうちあけた。

「……なるほど、大胆な策ですが、あまりに危険が多すぎはしませんか」

「危険は承知している。私としても使いたくはない。だが、ほかに方法はあるまい。手をつかねてミュッケンベルガーの策にのり、二面戦闘の愚をおかすか？」

ほかの三名が了承して去ると、ラインハルトはキルヒアイスのほうをむいて笑顔をみせた。

「わかっている、今回かぎりだ。これで勝ったら、二度とこんな邪道は使わぬ」

ラインハルトは約束した。まったく、このような奇策は彼の本意でないことは事実で、それを使わざるをえない立場に彼をおいこんだミュッケンベルガーにたいし、ラインハルトは好意的ではいられないのだった。

II

帝国軍にうごきが生じた。それを同盟軍が感知したのは一三日である。

双方ともに横列陣を展開し、左翼部隊と右翼部隊、中央部隊と中央部隊、右翼部隊と左翼部隊が、三・四光秒から三・六光秒の距離をおいて布陣している。臆病な昆虫が触角を伸ばすように、わずかずつ距離をつめ、正面砲戦によって戦闘が開始されるかとみえたのに、帝国軍の左翼部隊が急速前進を開始したのである。他部隊の前進速度が変化しないため、左翼部隊はなかば孤立したようにすらみえた。もはやそれは、左翼部隊と称しかねるほど、前方に位置している。

「斜傾陣による時差攻撃か？」

その疑問と懸念は、同盟軍の幕僚たちにひとしくわきおこった。だが、それにしても、左翼部隊の前方突出は度がすぎていた。これではまるで、みずから各個撃破の対象たるを望むようなものではないか。

帝国軍のうごきに、ヤン・ウェンリー准将も不可解さを印象づけられた。常識的には、左翼部隊の孤立を強調しそれを囮《おとり》として同盟軍の無秩序な攻撃を誘発しようとたくらんでいる——そうみるべきであろう。ただ、罠にしては見えすいており、もし同盟軍がそれにのらず漸進をつづければ、帝国軍はみすみす全兵力の三割を敵中に孤立させることになる。

それとも、完全な連係のうえで、たとえば左翼部隊を急に時計方向へ迂回させ、二面攻撃でもかけようとするつもりなのか。

「どうもわからないな」

思考の迷路から、ヤン・ウェンリーはあっさり退却しかけた。帝国軍のうごきには、どこか軍事理論の盲点をつくという目的以外の、なにかありうべからざるものが感じられた。実際に戦端を開いてみないことには、対応のしようもない。

そこで、ふとヤンが考えおよんだのは、帝国軍が本気で左翼部隊を孤立させようとしているのではないか、ということであった。帝国軍内部に意見の不統一や指揮官相互の対立があり、左翼部隊が味方からも見離された存在であるとすれば……。

考えこんでいたヤン・ウェンリーは、やがて司令官に意見を具申したが、パエッタ中将の反応はひややかなものだった。もっとも、証拠をしめしての具申ではないから、好意を期待するほうが誤りであるかもしれない。

「貴官の観測が正しいとして、どうやってそれを確認する？」

「ですから、帝国軍の中央および右翼部隊を攻撃してみて、左翼部隊の反応をためしてみてはいかがでしょう。もし左翼部隊がうごかなければ、彼ら帝国軍の内部の不協和音はまちがいないものとなります。それを利用しない策《て》はありません」

提案はあっさり却下された。もし彼の考えとは逆に、帝国軍が密接な連係をたもっていれば、直進した同盟軍の中央部隊は右前方からの砲火に全身をさらすことになる。

「まあいい、給料ぶんの仕事はした。これ以上のことは、もっと高給をとっている連中にまかせよう」

いささか偽悪的につぶやいたが、実際のところヤン・ウェンリー准将は、能力の地平のはるか前方で手足をしばりつけられることが再三ある。まして、今回の場合、彼自身にすら確たる自信があるわけではなかったのだ。却下の理由ももっともで、それについてパエッタ中将の冷淡をうらむ気にもなれなかった。

じつのところ、ヤン・ウェンリーの進言にかかわりなく、同盟軍首脳部も帝国軍の動向の意図するところを把握しかねている。ヤンと同様の観測をした者さえ、いないわけではなかった。だが、それでは帝国軍がみずから負けたがっているようなものだ。同盟軍がなんら労せずに、帝国軍の兵力分離という果実をあたえられると思うのも、虫のいい話であった。

同盟軍に充分かつ正確な情報があたえられ、とくに人事にかんして精密な知識があれば、彼らは正しく判断し、正しくかつ効率的な用兵を立案して、二分された帝国軍を各個に撃破することができたであろう。

けっきょく、帝国軍の一連のうごきは、あまりにも不自然であったため、同盟軍首脳部の有する戦術的常識は、〝罠である。誘いにのるべからず〟との判断をくださざるをえなかった。その点では、ミュッケンベルガー元帥が立案し、フレーゲル男爵も納得した作戦は、まず成功をみたといえる。このとき、ミュッケンベルガーは、旗艦ヴィルヘルミナのスクリーンをながめ、同盟軍が反応しないことに満足していた。

こうして同盟軍は、ラインハルト艦隊の無謀な突出を無言で見まもることになった。むろん砲戦の準備はととのえていたし、血気さかんな指揮官のなかには先制の砲撃を主張する者もいたが、なにしろ独立した一部隊の行動であるゆえ、相手の行動意図をつかんでから反応すべきである、との見解が支持をえたのは当然であったろう。

急変が生じたのは、一三日一三時四〇分のことだった。

それまで同盟軍中央部隊めがけて突出しつつあった帝国軍左翼部隊が、いきなり右へ方向を転換したのである。帝国軍も同盟軍も驚愕して見まもるなか、ラインハルト艦隊は大胆な敵前旋回を敢行しおえると、そのまま、時計逆まわりの方向に進んだ。

両軍の地理感覚が一瞬、混乱するほどの迅速な行動であった。そして、再整理された感覚は、あらたな驚愕に平手打《スパンク》をくわされた。いまや帝国軍主力と同盟軍は、回避しえぬ至近距離に鼻先をつきあわせており、常識外の旋回行動をはたしたラインハルト艦隊は、同盟軍左翼部隊の左側面へ、たけだけしく牙をかがやかせて展開しつつあったのである。

「……！」

スクリーンいっぱいにひろがる人工の光点群を至近に見て、両軍の司令部要員たちは声をのんだ。

「撃て！」の命令はどちらがさきに発したかわからない。大部分の両軍将兵にとって、静から動への方向転換は急激をきわめた。たちまち宇宙は、乱れとぶ火線によって数万の細片に切りきざまれ、爆発する火球の群によって無数の穴をうがたれた。

「はじまったな」

スクリーンを見やって、金髪の若者は観客のような感想をもらした。

「ほんとうに、二度とやっていただいては、こまります」

キルヒアイスは肺を空《から》にするほどの、大きなため息をついた。もし同盟軍が迅速に反応するか、ラインハルトの敵前旋回を予測するかしていれば、致命的な横撃がラインハルト軍の左側面にくわえられ、誇張ではなく潰滅の憂目をみていたところなのだ。おそらく味方は、ラインハルト軍を見すてて潰滅するにまかせ、その稼いでくれた時間を利用してなんらかの作戦にでたことであろう。

「わかっている。しかし、いい気味だ」

子供っぽい口調でラインハルトは敵と味方を同時に笑いとばした。このようなかたちで戦いがはじまるとは、帝国軍も同盟軍も考えもしなかったであろう。ラインハルトはミュッケンベルガー元帥の命令を無視したわけではない。前進はした。最後まで前進せよとは命令されていないのである。

大胆きわまる、と、メックリンガー准将は内心で舌をまいている。だが、この奇策よりもなお賞賛に値するのは、ラインハルトがこの奇策を、大成功とみなさず、使い捨てのたんなる奇術として二度と使わぬことを言明する、その戦略家としての識見であった。およそ少数をもって多数に勝つ、とか、奇襲のみで戦果をあげるとかいうのは、素人の無責任な夢想であって、敵よりも多くの兵力をそろえること、その兵力をよく訓練すること、多くの兵力をささえるための経済力をととのえることが、戦略の正道というものなのである。ラインハルトはそのことをわきまえていた。戦場で奇策をもちいて勝つなど、じつは最悪の勝ちかたなのである。

同盟軍左翼部隊は、神にも悪魔にも見放された。彼らは正面に展開する帝国軍右翼部隊と砲火をまじえつつ、こざかしくも側面から背後へまわりこもうとする帝国軍左翼部隊からの苛烈な攻撃をささえなくてはならなかった。左翼部隊が、敵の左翼部隊に左側面から攻撃されるなど、ありうべきことではなかった。

この方面の同盟軍司令官はボロディン中将であったが、部下の信望あつい彼は、最初の混乱からたちなおると、たくみな火力の集中と、厚みをもった防御陣の編成によって、かろうじて部隊の崩壊をふせいだ。それにしても、帝国軍の奇策にたいする心理的衝撃は小さなものではなかった。

再三、言明したように、ラインハルトは、このような賭博性の高い奇策を、二度ともちいる気はなかった。同時に、ただ一度の機会においては、最大限の収穫をかりいれるつもりであった。それは、勝つと同時に、ミュッケンベルガーらに恩を売ることである。

Ⅲ

「金髪の孺子《こぞう》め、金髪の孺子め……」

ミュッケンベルガー元帥は、罵声と歯ぎしりを交互にくりかえした。ラインハルトの狙いが、帝国軍主力を傍観者の席から蹴落とすことにあった、と、宇宙艦隊司令長官は洞察したのである。

彼でなくとも、洞察せざるをえないところだった。彼の旗艦は、いまや最前線で敵の火力にさらされ、スクリーンは間断なくわきおこる火球の群に照らしだされ、艦体は放出されたエネルギーの乱流のために上下左右に揺動をつづけているのだ。

ミュッケンベルガーには、大軍の指揮者として、相応の用兵策があった。ラインハルトの左翼部隊を突出させて同盟軍の疑惑をさそい、その後の全面的な交戦に際しては、ラインハルト部隊の犠牲において、それ以外の部隊が最終的な勝利をおさめるつもりだったのである。

その計算は途中まではうまくはこんでいたのだ。にもかかわらず、金髪の孺子《こぞう》は、自分がミュッケンベルガーの計算の一素子《そし》として終わることをこばみ、大胆などという用語では表現しえない奇策を弄して、利用する者とされる者との立場を逆転してのけたのである。敵前旋回、そのあげく長駆して敵の側背にまわりこむとは！

悪寒が皮膚上をはしった。ミュッケンベルガーは額と頸《くび》すじに冷たい汗の存在を感じた。このような用兵は、凡将のよくなしうるところではない。あるいはあの孺子は、稀有の天才ではないのか。

その思いは、しかし、一瞬で消滅した。若すぎるなりあがり者にたいする、ぬきがたい偏見がすべてを偶発事とみなしたがったのである。ラインハルトにとって、知己はむしろ敵の陣営に出現した。

これは帝国軍全体の最初からの戦術案ではない。ヤン・ウェンリー准将はそう結論づけていた。帝国軍主力の、同盟軍におとらない混乱ぶりが、彼にそう教えた。最初から帝国軍が斜傾陣戦法を予定していたなら、左翼部隊の放胆な敵前旋回の直後に、帝国軍は同盟軍前面に火力を集中したであろう。半瞬の差が勝敗を決し、それ以後に存在するのは、戦闘ではなく一方的な殺戮のみであったろう。そうならなかったのは、帝国軍左翼部隊の行動が、ほかの帝国軍にとっても意表をついたからである。

ということは、彼の理由なき直感——帝国軍内部の不協和音の存在——は正鵠《せいこく》を射ていたということか。その直感が、根拠をかき、したがって彼自身にさえも説得力をかいたことは、残念であった。

それにしても、現在の戦況のすべては、いまや同盟軍の左側背に展開する帝国軍左翼部隊の指揮官の演出によるものなのだ。その演出家はいったいどのような人物であるのか、ヤンは興味をいだかずにいられない。

とはいえ、彼の個人的な興味を追求する手段も時間も、いまはなかった。帝国軍の砲火は、彼の搭乗する第二艦隊旗艦パトロクロスのちかくにせまり、スクリーン上には大小の火球が出現と消滅をくりかえしつつあった。

ラインハルトは自分自身の勝利を知っていた——必要なのは確信することではなく、知ることである。ただ、彼の勝利が全帝国軍の勝利に直結するかどうかは、いまだ判断の外にあった。なにしろ帝国軍には相互の連係どころか統一された指揮系統すら存在せず、ラインハルトは目前の事態を戦術レベルで処理するしかなかったのである。

もはや戦術や用兵をうんぬんする余裕はなかった。前線は錯綜し、砲火と戦意が灼熱したスープとなって、見わたすかぎりの宇宙を煮えたぎらせた。艦対艦、小集団対小集団の各個撃破が無数に集積して戦場全体を形成しているのである。

双方の戦力は伯仲していた。陣形は、この時点ではどちらが有利とも決めかねた——陣形というものがなお存在していれば、のことであるが。

帝国軍は、主力とラインハルト軍（もはや左翼部隊とは言えない）によって、正面と側面から同盟軍を半包囲しているように見える。しかし、味方どうしの連係がないし、同盟軍はともかくも兵力の集中度においてはまさっていた。攻撃の指向度を強め、帝国軍主力とラインハルト軍を完全に分断することも可能であったが、そこまで立案する余裕がなく、やはり戦術レベルの攻防に終始し、その結果、事態は乱戦状態へおちいりつつある。

この乱戦状態にあって、ほとんど唯一、組織的な行動と秩序的な指揮系統をたもっていたのは、帝国軍大将ラインハルト・フォン・ミューゼルの統率する部隊であった。

ラインハルトにとって、戦略レベルにおける壮大な構想と計画こそが本領であることはたしかなことだったが、いちじるしく狭い範囲に限定された戦術レベルの処理能力においても非凡であることが、艦隊参謀メックリンガー准将などにとっては、瞠目に値する。とにかく、この収拾つけがたい殺しあいの渦中にあって、武力集団としての形態を完全にととのえているのは、ラインハルトの艦隊だけなのである。そしてこの形態を維持しつづけるかぎり、ラインハルトは全戦場における最強の武力集団を統率することになり、それが会戦に最終的な結着をもたらすことに、おそらくはなるであろう。

ラインハルトは、傍に立つ赤毛の友の胸をかるくたたいて語りかけていた。

「見ろ、キルヒアイス、ミュッケンベルガーの奴はおれたちを犠牲にして楽をするつもりだったのだ。それがあのざまさ」

とはいえ、ラインハルトとしては、麾下の戦力の絶対数がすくない以上、味方の混乱と狼狽に快感をおぼえつづけているわけにはいかなかった。同盟軍が乱戦に勝ち残り、陣形を再編することに成功すれば、孤軍となったラインハルトに勝算はごくすくない。ラインハルトは、勝利が、戦術的計算と戦略的集積の結果であることを知っていた。それらを知らなければ、彼は、〝生意気な金髪の孺子《こぞう》〟どころか、たんなる狂犬でしかなかった。

「どう思う、キルヒアイス、まだ本格的にうごくべきときではないとおれは思うのだが、お前の考えは？」

「はい、まだ早いと私も思います」

「理由は？」

「ラインハルトさまとおなじです」

「おい、ずるいぞ、そいつは」

ラインハルトが澄んだ笑い声をあげ、キルヒアイスも笑った。

「では申しあげます。同盟軍の勢いはまだ削《そ》がれていません。いまうごいても、乱戦の渦中にまきこまれるだけです。いますこし味方にがんばってもらい、敵がエネルギーを費消したところで、致命傷をあたえるべきでしょう」

「そうだ、まだまだミュッケンベルガーに、宿将としての手腕を発揮してもらわねばならんな」

このとき同盟軍も奇策をもちいていた。考案したのは、参謀長ドワイト・グリーンヒル大将であった。彼は司令官ロボス元帥に進言して裁可をえると、乱戦状態にある味方のなかから、苦心して一部隊を抜きとり、それをイゼルローン要塞方向へ走らせたのである。

抜きとった一部隊の間隙《かんげき》をすばやく埋め、帝国軍の浸透をふせいだのは、総司令官ロボス元帥の戦術的手腕をしめすものであろう。

「おみごと」と、ヤン・ウェンリーがつぶやいたほどである。いっぽう、戦場を離脱した部隊は、イゼルローン方面へうごきながら、ことさらに電波を発してみずからの所在を帝国軍に知らせた。彼らの目的は陽動であって、帝国軍の精神的動揺をはかることであった。

「イゼルローン要塞への帰路を絶たれる！」

恐慌の波が帝国軍をおおった。帝国軍が同盟領へくりかえし侵入しうるのも、イゼルローンの存在ゆえであり、遠征する将兵の心理のよりどころであった。そこへの帰路をたたれるのは、破滅を意味した。

そんな余剰の兵力が、同盟軍に存在するはずはなかった。冷静に考えれば判明することだが、冷静さをたもっていたのはラインハルトぐらいのものであった。

「陽動である。顧慮するにたりず」

ラインハルトは断定したが、彼の指揮権のおよばない部隊では、浮足だって後退をはかり、正面の敵からたたきのめされる例が続出した。一時的に同盟軍は乱戦から脱して、全軍の秩序を優勢裡《り》にととのえるかとみえた。

グリーンヒル大将の奇策は、完全な成功までにはたっぷり一〇〇光年の距離があったが、わずかながら時間をかせぐことはできたわけである。

とはいえ、まことにわずかな時間でしかなかった。ラインハルトの洞察と識見は、三〇分ほどの時差をもって、帝国軍の他の指揮官たちの共有するところとなり、彼らはどうにか部隊の潰乱を制止しえたからである。

あわれだったのは、イゼルローン方面へ陽動した同盟軍の部隊である。いちおう任務をはたした彼らは、戦場を迂回して、味方の主力部隊と再合流しようとしたが、オスカー・フォン・ロイエンタールの指揮する、ほぼ同数の帝国軍艦隊に捕捉され、巧妙な側背攻撃の餌食となって、ほとんど全滅してしまったのだ。

ロイエンタールの捷報《しょうほう》をうけたラインハルトは、部下の武勲に喜んでばかりはいられなかった。彼の旗艦ブリュンヒルトの存在が、同盟軍の注意をひき、攻撃をうけるところとなっていたのだ。

鷲と鷹と隼の大群をしたがえた白鳥。ブリュンヒルトの姿はまさにそれであった。

同盟軍がこの白い優美な戦艦を、いわば帝国軍全体の象徴として、火力を集中させてきたのは、ボロディン中将の指示によった。艦隊旗艦を撃って指揮官を倒すのは戦術上の常道だが、とくに部下の心理を昂揚させる目的もあったのであろう。兇暴な光の槍が、純白にかがやくブリュンヒルトにむかってたてつづけに投擲《とうてき》され、攻撃をさけて戦艦は闇と光のなかで揺動した。

「左へ回頭、四〇度！」

思わずラインハルトは叫んでいた。ブリュンヒルトを熱愛していた彼としては無理からぬ反応であったが、これはあきらかに艦長の職権を侵害するものであった。

ブリュンヒルトの艦長としてラインハルトの指名をうけたカール・ロベルト・シュタインメッツ大佐が、このとき屹《きつ》と顔をあげた。

「閣下！　当艦の行動にかんするかぎり、指揮権は小官に帰するものです。閣下は艦隊司令官として、ご自身の責務をおはたしあられたい！」

部下に叱咤されたラインハルトは、まばたきして艦長を見やった。白皙の顔に朱がさしたが、怒りではなく、恥じいったためだった。

「悪かった、卿《けい》の言うとおりだ。ブリュンヒルトの指揮権は卿の手中にある。二度と口をはさむようなことはせぬ」

艦隊参謀のメックリンガー准将は内心、胸をなでおろした。以前、彼はおなじような場面で、司令官に直言した艦長が、即座に解任された例を目《ま》のあたりにしていたのだ。

この人は、部下の直言を容《い》れる度量があるかぎり、どこまでも伸びていくだろう。メックリンガーはそう思った。

キルヒアイスはうれしかった。ラインハルトが自分の非を認めるに率直であるのは喜ばしいことだし、上官をおそれず直言する部下の存在も喜ぶべきであった。ラインハルトさまはよい艦長をえらばれた、と思う。

すぐれた上司にたいしては、部下も相応の有能さを要求されるであろう。ウォルフガング・ミッターマイヤーとオスカー・フォン・ロイエンタールは、敵前旋回の先頭と後衛をつとめ、ラインハルト艦隊が完璧な隊形をたもって迅速に移動することを可能としたのである。

「なかなか、あの金髪の司令官は楽をさせてくれんぞ」

ミッターマイヤーは自分の艦でそう思っていたが、自分の能力を充分に使用してくれる上官の存在はありがたかった。自分ひとりのことにとどまらず、息のつまるような貴族優位の社会に、あの若者は強い風をおとしてくれるような気がする。ロイエンタールは、あの若者がたんに出世を望んでいるだけではない、と、ほのめかしていたが、それも当然のように思える。おそらく、強い翼をあの若者はもっており、その旅程ははるか遠くにあるのだろう。

一五日の二時をすぎるころになると、同盟軍の将兵の心身両面で、エネルギーの欠乏が目立ちはじめた。

睡眠不足と過労のため、兵士たちの判断力と集中力は極度に低下し、動作も鈍重かつ粗雑になっている。自己保存の本能すら、加速度的に衰微しているようで、内部情報の収集分析を命じられたヤン・ウェンリー准将としては看過するわけにいかなかった。

「一時、タンク・ベッド睡眠をとらせて休息をあたえてはどうか」

そう進言してみたが、「その間に敵襲があったらどうする」という理由で却下されてしまった。こうなると、さすがに腹だたしい。戦闘が長期にわたった場合、どのように将兵に休息をとらせるか、そこまで考えるのが司令官の責務というものではないか。ヤンはさらに二度、上申書を提出したが、一度は却下され、一度は無視されて、指揮権をもたぬ自分の無力さを思い知らされたのであった。

九月一五日八時三五分。

同盟軍の側背にまわりこんで陣形を蚕食しつづけていたラインハルト艦隊は、敵軍を中央突破する戦法に出た。それまでむしろ慎重に、安全圏をひろげるような態度に終始していたラインハルトだったが、同盟軍の物的精神的なエネルギーが限界点に達したとみてとり、いっきょに攻勢に転じたのである。

「どうだ、キルヒアイス」

「はい、そろそろでしょう」

ごく短い会話でラインハルトは決断し、それまで横列展開していた麾下の艦隊を、まるで扇をとじるように縦列に再編して、ミッターマイヤーの部隊を先頭に、同盟軍の背後から襲いかかったのである。

後方に広大な安全圏を確保していたからこそ、この再編が可能だったのだが、その迅速さは尋常ではなかった。同盟軍はそのスピードとするどさに対応できなかった。ミッターマイヤーは文字どおり敵を蹴散らして急進した。

同盟軍は完全に分断された。全体の布陣から見れば、縦列のラインハルト艦隊を左右から挟撃することがなおできたはずだが、理屈はそうでも、すでに対応のエネルギーがつきており、なだれをうって左右にくずれさろうとした。

だが、帝国軍主力は、このときすでに充分な損害をこうむっていた。ボロディンにせよ、ウランフにせよ、同盟軍の提督たちは、みずからの分担戦域においては、まず賞賛に値する用兵能力を発揮し、局地的ながら帝国軍を圧倒してすらいたのだ。

ラインハルトのためにくずれかけた部隊にたいして、ウランフは力強い叱咤をあびせた。

「後方から攻めてこられたら、こちらはさらに前方へ進むまでのことだ。水は低きに流れる。なにを恐れるか」

ウランフの言は、猛将らしく粗雑に聞こえたかもしれないが、帝国軍各部隊の強弱にたいする正確な判断と、味方の精神の安定をはかる計算とに立脚したものであった。ウランフ麾下の同盟軍艦隊は、ラインハルトにたいしてはなだれをうってしりぞきつつ、そのまま前方宙域に殺到して、ミュッケンベルガーにたいしては全面攻勢に出た。皮肉なことに、ラインハルトは間接的に味方の帝国軍にたいして、ささえがたい圧力をかけることになり、帝国軍は悲鳴を発して救援をもとめた。

「こちらこそ今度は見殺しにしてやろうか」

一時、ラインハルトは真剣にそう考えた。小さな復讐の快感は、だが、長くはつづかなかった。彼には巨大な目的があったし、それを補佐するだけでなく共有してくれる同志がいるのだった。ラインハルトに意見をもとめられて、赤毛の友は答えた。

「ラインハルトさまにはおわかりのはずです。一〇人の提督の反感など、一〇〇万人の兵士の感謝に比して、とるにたるものではありません」

「そうだ、そのとおりだ、キルヒアイス。どうせおれは提督連中には憎まれている。奴らはおれに助けられても、不愉快に思うだけだろう。だが兵士たちはたしかにちがうな」

ラインハルトは命令をくだした。またしても常識外の急速前進がおこなわれた。それも、緻密に方向と角度を計算した結果、戦場の外縁ぎりぎりを曲線状に進み、いきなり同盟軍の左下前方に躍りでたのだ。

このため、帝国軍中央部隊にたいして苛烈な攻撃をくわえていた同盟軍主力は、左下前方からラインハルト艦隊の鋭鋒をうけ、陣形をくずしつつ四〇万キロにおよぶ後退を余儀なくされた。さすがにウランフも、これ以上、ラインハルトに抗して陣形と兵士の精神とをささえつづけることはできなかったのだ。

それでもなお、同盟軍首脳部は潰滅をまぬがれるための努力をつづけた。けっきょく、同盟軍は、ラインハルトの指揮する少数の一部隊に圧迫されているにすぎない。数で逆に圧倒すればよい。そう考え、くずれかけた陣形のままさらに左方向へうごいた。そこにはミッターマイヤーがいた。

ウォルフガング・ミッターマイヤー少将が、このとき指揮していた戦力は、一五〇〇隻にすぎなかった。正面から衝突すれば、それは一瞬後の包囲と二瞬後の潰滅に直結するであろう。

後年、この当時の数十倍におよぶ艦隊を指揮統率するようになってからもそうであったが、ミッターマイヤーは勇敢であり大胆ではあっても、無謀でも愚劣でもなかった。彼は辛辣な戦法で、同盟軍を罠に誘いこんだ。敵の兵力に押されて逃亡するさまをよそおい、わずかずつ同盟軍の針路をねじまげた。こうして、直進するラインハルト艦隊主力の前を、同盟軍は斜めに横ぎるかたちをとらされたのである。

同盟軍は、右前方二時方向からラインハルト艦隊主力の砲火をあびせられ、いっきょに五〇〇隻以上の損害をだした。それでも右前方の各艦は即応態勢をとって反撃に出たが、左前方の各艦はなおミッターマイヤーを追って急進し、気づいたときには艦列が細長く延びてしまっていた。孤立をおそれ、あわてて反転しようとするところへ、牙をとぎすましたミッターマイヤー部隊が襲いかかり、輻輳《ふくそう》する火線の下になぎたおした。

もはや同盟軍はラインハルト艦隊の柔軟をきわめる行動と戦闘形態に翻弄される、あわれな存在でしかなくなっていた。

Ⅳ

九月一六日一四時五〇分。

同盟軍の損傷率は戦闘続行可能の限界に達した。

第二艦隊司令官パエッタ中将は、幕僚たちに順次、意見を述べさせたが、挙手した者はすべて退却を主張した。彼らにはまだ健全さが残っており、敗色の濃い戦いに固執してすべてを失ってもよいとするような狂言者はひとりもいなかった。ヤン・ウェンリー准将は沈黙していたが、司令官に指名されると、こう答えた。

「軍人が逃げて恥になるのは、民間人を見捨てたときだけです。後日の再戦を期して逃げるのは、いささかも恥ではありません。敗北を隠し、敗因の分析をおこたるほうが、よほど恥でしょう」

表情も口調も超然としたおもむきがあったので、内容の辛辣さを人々が理解するまでに数秒の時差があった。じつのところ、言った当人も、自分ながらえらそうなことをほざく、と内心で思うのだが、しかし正論であることはうたがいない。

ヤンの意見に感銘したふうでもなかったが、パエッタ中将は艦隊司令部全体の意見を総司令部に上申し、おりかえし総司令官ロボス元帥は全軍に退却命令をだした。

「わが軍は、不法かつ非道にも、わが国領域に侵攻せる専制国家の侵略軍にたいし、善戦してその企図を挫折せしめるをえたり。よって、抗戦の目的を達したからには、このうえ、無益なる戦闘において将兵の生命をそこなうの要なしと認め、全軍をもって帰還の途につくものとなす……」

士官洗面室で顔を洗いながら、ヤン・ウェンリーはその放送を聴いた。無益な美辞麗句だなと思うが、さして怒りも関心もない。彼が気になっているのは、奇蹟にもちかい敵前旋回を敢行した帝国軍提督のことだが、これは知るよしもなさそうに思える。さしあたり、同盟首都《ハイネセン》にもどって、おいしい紅茶をひさしぶりに飲むことだけが、どうやら期待できそうであった。彼は自分が保護者になっている一三歳の少年のことを考えた。

ユリアン・ミンツはきっと彼の期待にこたえて、シロン葉かアルーシャ葉の熱いやつをいれてくれるだろう。勲章や昇進などより、はるかにりっぱなごほうびだった。

ロボス司令官の放送は、美辞麗句ではあっても、まるきり虚偽ではなかった。帝国軍はたしかに侵攻の意図をくじかれたし、会戦でこうむった損害もすくなくなかった。じつのところ、ラインハルト艦隊をのぞけば、帝国軍の将兵死傷率と艦隊損傷率は、同盟軍のそれに劣るものではなかったのである。九月一六日二〇時二〇分、帰還命令を発したミュッケンベルガー元帥は疲労の極にあった。

この会戦の開始から終末にいたる事情のすべてを清算し、四捨五入した結果、不本意きわまるものながら、ミュッケンベルガー元帥は認めざるをえなかった――自分たちが〝生意気な金髪の孺子《こぞう》〟によって救われた、ということを。

この回答をみちびきだした要素のひとつに、専制国家の廷臣としての打算もあった。けっきょくのところラインハルトはあらゆる人為的な危険をくぐりぬけて生き残ったのである。皇帝は、この寵妃の弟に、予定どおりローエングラム伯爵の門地をあたえるであろう。ついでに上級大将の階級も気前よくさずけるにちがいない。いかにブラウンシュヴァイク公らの門閥貴族が権勢を誇ろうと、皇帝と比較するのは愚かしいというものである。

自分がラインハルトにたいしてやったことを、つごうよく忘却の戸棚にしまいこむこともできないからには、よけいに事後処理を賢明にすませる必要があった。どうせ一時のことであるし、腰を低くするのはあの孺子にではなく、皇帝にたいしてと思えば、不満もなだめようがある。

　ミュッケンベルガー元帥が結論をだしたところへあらわれたのは、フレーゲル男爵であった。あの孺子は生きている、というのが開口の台詞で、軍務尚書とブラウンシュヴァイク公の密約ともいえる一件を語りはじめたものだが、途中でさえぎられてしまった。

「そのていどにしておかれることだ。フレーゲル男爵」

　ミュッケンベルガー元帥は不機嫌な声をだすのに苦労しなかった。疲れているところへ、こんな問題をもちだされて、さすがに立腹していたのである。

「戦闘の渦中であれば、いざ知らず、それが終結してのち、グリューネワルト伯爵夫人の弟が不慮の死をとげたとあっては、皇帝陛下もそれを異とされるであろう。真相を究明するべく下命あらば、臣下としてはそれにしたがわざるをえぬが、よろしいか」

「…………」

「過日、ベーネミュンデ侯爵夫人が死をたまわったことは、卿《けい》も知ろう。かつて陛下のご寵愛を一身に独占した侯爵夫人でさえ、かくのごとし。卿もルドルフ大帝以来の名族であるからには、自重なさることだ」

　フレーゲル男爵は歯ぎしりしてひきさがった。彼も戦場の労苦で疲れきっていたが、怒りと執念はそれをうわまわるものがあった。旗艦の廊下を私室へと歩きながら、男爵は声をだすかたちに唇をうごかした。

「おれは賭けてもよい。おれ自身をふくめて、若い貴族の素行など、論ずるにたらぬ。あの金髪の孺子《こぞう》をほしいままにふるまわせていれば、いつの日か、銀河帝国の廷臣すべて、後悔の涙で池をつくることになるぞ」

フレーゲル男爵は予言者ではない。彼は偏見と憎悪にもとづいて、最悪の未来図をほしいままにつむぎだしたにすぎなかった。そして、二年後、彼の予想は完全に的中するのである。


九月一六日二二時三〇分。帝国軍も戦場からの離脱を開始した。イゼルローン要塞をへて、帝都オーディンへ帰還するのである。第四次ティアマト会戦はこうして終わった。それはゴールデンバウム王朝の軍隊がこの星域で戦った、最後の会戦となった。

この会戦は、戦略的な意義を有しなかった。その点では、この年初頭の〝第三次ティアマト会戦〟と同様であり、一世紀半のあいだに三〇〇回以上におよんだ会戦の大多数とことなるところはなかった。ことに自由惑星同盟《フリー・プラネッツ》にとっては、しかけられた戦いの、むなしい結果そのものとなった。

だが、ラインハルト・フォン・ミューゼル、ごくちかい将来の第二〇代ローエングラム伯爵にとって、これは上級大将への昇進を確保する意味があった。そして、この会戦で彼があげた武勲は、ミューゼルという姓によってあげた最後の武勲となったのである。

また、ウォルフガング・ミッターマイヤーやオスカー・フォン・ロイエンタールなどにとっては、ラインハルトという金髪の若者の下ではたらいた、最初の戦いとなった。

戦いが終わった直後、ラインハルトはふたりの提督を旗艦ブリュンヒルトに招いて、労をねぎらった。

「ミッターマイヤー、ロイエンタール」

「はっ……」

「卿《けい》らの戦いぶりはみごとだった。満足している。これからも卿らの才幹と技倆を生かしてほしい……私のために」

つけくわえた一言が、グレーの瞳と金銀妖瞳《ヘテロクロミア》をするどくかがやかせた。蜂蜜色の頭とダークブラウンの頭が、うやうやしく下がる。

「御意……」

「閣下が元帥府をお開きになるときは、なにとぞ吾ら両名をお忘れなく」

彼らにとって暗黙の契約は、このとき完全な成立をみたと言えるであろう。ふたりの提督はラインハルトの前をしりぞき、しばらくはふたたびあらわれなかった。彼らが中将に昇進して、つぎに敵と戦うのは、ラインハルト・フォン・ローエングラム〝帝国元帥〟のもとにおいてである。

……さらにまた、ゴールデンバウム王朝にとっては、将来の簒奪者に武勲と声望をえる機会をあたえ、みずからの命脈に斧をふりおろすことにもなった戦いである。要するに、第四次ティアマト会戦は、幾人かの個人的な歴史に意義をもつ戦いだったと言えるのである。ただし、帝国にかぎってのことであって、たとえば同盟軍のヤン・ウェンリーなどにとってはなんの意味もない戦いだった。彼が彼なりに意味のある戦いを経験するのは、これから五カ月後、アスターテ星域においてである。

総司令官ミュッケンベルガー元帥がラインハルトにあたえた讃辞は、ラインハルトがふたりの提督にあたえたものの一〇〇分の一も心がこもらぬものだった。だがとにかく、讃辞は非難ではない。元帥の好意はごく一時的なものに決まっているが、これで上級大将への昇進は確実になった。

ブリュンヒルトの私室にもどると、ラインハルトは赤毛の友に声をかけた。

「お前のおかげだ、キルヒアイス、帝国軍がまた勝って、姉上に自慢できる」

「勝ったのは帝国軍ではありません。勝ったのは、ラインハルトさま、あなたです」

キルヒアイスが言ったのは、追従ではなかった。彼は死ぬまでラインハルトに追従を言ったことがなかった。そんなものがラインハルトのためになるものではないことを、彼は知っていたのだ。彼は心から思ったことを口にしただけであった。

だが、ラインハルトはかぶりをふった。豪奢な黄金色の頭髪が風をおこした。彼は蒼氷色《アイス・ブルー》の瞳に生色を踊らせて赤毛の友に答えた。

「そうじゃない、キルヒアイス、そうじゃない。勝ったのはおれたちさ」

これも心からの声だった。彼は独占しようと思ってはいなかった。成功も、栄誉も、それにともなうもろもろの存在も、この赤毛の友と共有するつもりだった。もう何年も、過去を共有してきた。未来もかならず共有できるはずだった。

ふたりは長椅子にならんですわり、透過壁ごしに星の大海をながめやった。いままで彼らが渡ってきた海であり、これから彼らが征こうとする海であった。星星はきらめき、波だち、沸騰するエネルギーの無音の潮騒を、ラインハルトの意識野に投げかけてくる。

このとき、ラインハルトは、自分が手にいれうるもののことだけを考えていた。失いうるものについては、なにも考えなかった。彼は遠く高くへ飛ぶことだけを想っていた。地に墜ちることなど想いもしなかった。自分の翼の強さをひたすら信じていた……。

充実感にみちた疲労が彼をつかんだ。彼は小さくあくびをすると、睫毛の長い目を閉じ、キルヒアイスの肩に黄金の頭をあずけたまま、こころよいまどろみのなかに落ちていった。

歴史と物語を継ぐ者

小前　亮

はじめに、書誌データを確認しておこう。

本書『銀河英雄伝説外伝1・星を砕く者』は、〈SFアドベンチャー〉（徳間書店）一九八五年十一月号から一九八六年一月号にかけて掲載された。本伝の出版時期にあてはめると、六巻と七巻の間にあたる時期だ。

『銀河英雄伝説』（以下『銀英伝』）の外伝は、一九八四年の「ダゴン星域会戦記」を皮切りに短篇が三本ほど書かれていたが、長篇としては本書が初めてになる。

本書で描かれているのは、帝国暦四八六年、つまり正伝開始の前年に起こった出来事である。ラインハルトは十九歳、姓はまだミューゼルで、階級は中将であった。この年の二つの会戦における武勲により、ラインハルトはローエングラム伯の称号を得るとともに、階級を上級大将に進める。そして、翌年のアスターテ会戦につながるのだ。

大河物語の外伝というと、正伝がはじまる前の出来事をとりあげるか、正伝の視点を変えて脇役たちの活躍にスポットライトを当てるか、という二つのパターンが多いが、『銀英伝』の場合はほとんどが前者である。したがって、主人公たちの若き日《アーリー・デイズ》の活躍が、読みどころとなる。

本書の一番の名シーンは、ロイエンタールがミッターマイヤーを助けるため、ラインハルトとキルヒアイスを訪ねる一幕だろう。

関連する場面が、相前後して執筆された正伝七巻にある。謀叛の嫌疑をかけられたロイエンタールが、ラインハルトの審問を受けるシーン。

――「いまだローエングラムの家名をつがぬころ、予は卿から忠誠を誓約されたことがあったな……」

（中略）

いま、共通の光景が、皇帝と統帥本部総長の視野にかさなりあっていた。

「あの夜のことをおぼえているか、ロイエンタール元帥」

「忘れたことはございません、陛下。一日といえども」

「ではよい……」

ラインハルトの表情から憂愁の翳りが消えさったわけではないが、靄をとおして一条の陽光

がきらめきわたったようであった——（正伝七巻二〇二〜二〇三ページ）

この「共通の光景」が本書に描かれているのだ。正伝と外伝をあわせて読めば、より作品を楽しめるだろう。

『三国志』や『水滸伝』の例を持ち出すまでもなく、歴史小説や軍記物では主人公が仲間や配下を集める過程が、読みどころのひとつとなる。ファンタジーやRPGでも同様だ。

しかし、意外なことに、『銀英伝』正伝にはそういったシーンは多くない。シリーズの全体構成と一巻の成立事情（当初は三巻、場合によっては一巻で終了もありえた）によるところが大きいと思われるが、主君との邂逅《かいこう》から登用までリアルタイムで描写されるのは、リップシュタットの降将をのぞけば、オーベルシュタインとヒルダくらいではないだろうか。それらはきわめて印象的な場面だが、ラインハルトが元帥府に集めた提督たちをどうやって見いだしたか、興味をそそられる読者も多いだろう。

その疑問に答えてくれるのが外伝なのである。

本書には、帝国軍の双璧のほか、芸術家提督メックリンガーが登場するが、今後、文庫化される外伝でもその数は増えていく。同盟ファンも安心してほしい。ヤンと部下たちの出会いも、やがて語られるのだ。

正伝を読み終えたあとも、さらに『銀英伝』の世界を豊かにしてくれる外伝をぜひ楽しんでいただきたい。

では、外伝の話はここまでにして、シリーズ全体の解説に移ろう。

万が一、発表順に読んでいたり、作品世界の時系列順に読んでいたり、さらには何気なく本書を手にとっただけだったりしていて、正伝を最後まで読んでいない人がいれば、ここでページをめくる手を止めてほしい。

さて、私に与えられた解説のテーマは、歴史学や歴史小説の面からみた『銀英伝』である。『銀英伝』はエンターテインメントの要素がつまった大長篇であり、SF小説の面から、戦略・戦術論から、イデオロギーの対立から、キャラクターの魅力から、等々、分析の方法論は山ほどある。何番目の解説であろうとネタが切れることはなく、何を書こうか迷うほどだ。ここは、お題をいただいたのを幸いとして、歴史の話にしぼって解説を試みたい。

『銀英伝』と歴史といえば、誰もが思いつくのは、作品の代名詞的存在と言えるほど人口に膾《かい》炙《しゃ》する「後世の歴史家」であろう。

この視点、あるいは語り口は、全巻に統一しているものではない。

ローエングラム王朝成立期の戦争や人物に対して、様々な見解をもつ無名の歴史家たちは、正伝でいえば三巻から登場し、徐々に存在感を増していく。その活躍のピークは、ヤンが退場する八巻からロイエンタールが叛《そむ》く九巻のあたりであろう。

九巻の中盤以降はこれにくわえて、ユリアンやアッテンボロー、帝国側ではメックリンガーといった当事者たちの回顧が増えてくる。

両者とも歴史小説的手法の一部であるのだが、その手法の効果については、三巻、四巻の解説で的確に分析されているので、ここであえて触れることはしない。

興味をそそられるのは、登場人物の述懐や手記という形で、作中の事件や人物を描くことの意味である。

歴史学的にいえば、当事者の証言は貴重な史料ではあるものの、それだけで史実を構築するのは無理がある。情報は自身が見聞した範囲に限定されているし、立場ゆえのバイアスが必ずかかるからだ。

その点は作者も承知の上であり、ユリアンは「けんめいに公正さをたもとうとつとめ」ているし、作者自身が「史実というのは、近くで見ていればよいという話でもない」と語っている（徳間デュアル文庫版『銀河英雄伝説 VOL.8』所収のインタビュー）。

それでもなお、作者が登場人物の証言を創作したのはなぜか。その結果、どういう効果がもたらされるのか。

ひとつには、人物や事件をどうとらえているかによって、証言者自身を描く意図がある。ヤンに関するユリアンの証言は、ヤンについて語りながら、同時に師父を敬愛するユリアンを描いている。ミッターマイヤーとロイエンタールについてのオーベルシュタインの評は、彼の洞察力と警戒心を表している。ユリアンについては、記録者、歴史家になりたいという意向を作者が尊重しているのかもしれない。

もうひとつ、登場人物の証言には、読者の反論を代弁する役割もある。『銀英伝』における「後世の歴史家」たちは、客観的、あるいは独創的であろうとするあまり、極端な見方をする場合が多い。これら極論に対する反論は当初、逆の立場にたつ「後世の歴史家」から提出されていたが、やがて登場人物によって為されるようになるのだ。

主観的ではあっても、その方が読者の視点に近いがゆえに、読者に対する説得力をもつ。いくら歴史小説の体裁をとり、語り手を未来に設定しているといっても、われわれ読者は作中の現在の視点で読み進めているからだ。ユリアンによるヤン論や、メックリンガーによるラインハルト論を例に挙げれば、理解が容易になろう。

逆に、当事者証言の限界ゆえに、読者に反論の余地を与える例もある。ユリアンによるロイエンタール評（九巻一五一ページ）などは、ロイエンタールファンの眉をひそめさせるものではなかろうか。

それにしても、讃《たた》うべきは、見解にこめられた熱感までも自在に書き分ける作者の筆の冴えである。

当事者だけでなく、同時代の人間にも、歴史は語れないという論がある。たとえ傍観者であろうとも、その時代の空気を吸って、皮膚感覚でとらえている以上、完全に客観的にはなれないし、整理された情報をもとに時代を俯瞰《ふかん》する視点も持ちえないというのだ。

二十世紀を代表する歴史家のひとりであるエリック・ホブズボームは、「後世の歴史家が書くようにして、同時代の歴史を記述することは誰にもできない。それが、私が歴史家として二十世紀について書くのを避けてきた理由の一つである」という主旨のことを述べている。この発言は、『20世紀の歴史』（河合秀和訳、三省堂）という歴史書の序文にあるのだが、それは皮肉でも何でもない。

専門である十九世紀の歴史を書くようには書けないことがわかっていても、彼は書きたかったのだし、書く意味があると考えたのである（滅び行くマルクス主義史観の持ち主であることもあるいは影響しているかもしれないが）。

理非善悪の問題ではなく、後世の歴史家の手による歴史と、同時代の歴史家が書く歴史には、明確な差違が生じる。そして、後者が当事者の立場に近くなればなるほど、その差違は大きくなるだろう。

『銀英伝』では、これが見事に表現されているのだ。ときどき忘れてしまいそうになるが、架空歴史小説である以上、後世の歴史家も当事者の証言も、すべて作者の筆による。両者の発言に微妙な温度差を読みとったとき、われわれはあらためて『銀英伝』が傑作たるゆえんを知るのである。

余談になるが、歴史小説であれば、登場人物の日記や回顧録を引用するケースは少なくない。

ほとんどの場合、それらは実在するものだ。一方、ミステリーでは、作中人物の日記や回顧録を創作する手法がよく見られる。では、このふたつが架空歴史小説でミックスされるとどうなるか。

答えは外伝の四巻にあるので、未読の方は期待されたい。

前段では、『銀英伝』と歴史の関わりについて、まずは描き方の面から述べたが、もうひとつ見過ごせない関係がある。

それは、モデルあるいはモチーフとしての歴史だ。

『銀英伝』の登場人物には、有形無形のモデルが存在することが多い。ただ、モデルは特定のひとりではなく、多くの人物から様々な要素を抜き出して再構成したものとなる。たとえば、ラインハルトが古今東西の英雄のいいとこどりで生まれたことを、作者はくりかえし表明している（徳間デュアル文庫版『銀河英雄伝説VOL.2』所収のインタビューなど）。

同様に、作中の会戦や事件、人物についてのエピソードやセリフにも、歴史上にモデルを見いだすことがままある。歴史小説や歴史書を読んで、元ネタにぶつかり、にやりとした経験をもつ読者も多いだろう。吉岡平氏のことばを借りれば、「あ、『銀英伝』のマネしてる（笑）」（徳間文庫版『銀河英雄伝説5』解説）となるわけだ。

ただし、歴史上のエピソードは伝播《でんぱ》するので、元ネタと思われるものに、さらに元ネタが存在することもある。この点に関しては、作者がエッセイで述べている（「逸話のオリジナルあれこれ」『歴史読本ワールド』一九八八年一月号）が、その博覧強記ぶりとエピソードに対する感受性が表れていて興味深い。

会戦については、直接のモデルを指摘するのは野暮なので、戦術の華麗さで有名な歴史上の戦いをいくつか紹介してみよう。

・カンナエの戦い（紀元前二一六年）　カルタゴのハンニバルが兵力で上回るローマ軍を包囲殲滅した。

・厳島《いつくしま》の戦い（西暦一五五五年）　毛利元就《もうりもとなり》が謀略を駆使して、陶晴賢《すえはるかた》の大軍を狭い島に誘い込み、奇襲して全滅させた。

・サルフの戦い（西暦一六一九年）　清《しん》のヌルハチが、包囲を狙って四方面から進む明《みん》軍を、高速機動による各個撃破で破った。

・アウステルリッツの戦い（西暦一八〇五年）　フランスのナポレオンが、囮《おとり》部隊に敵を引きつけての中央突破背面展開で、オーストリア・ロシア連合軍に完勝した。

いずれも名将の指揮のもと、少数で多数を破った戦いである。戦前戦後の展開も含めて、『銀英伝』ファンにとって興味深いものであろう。

もうひとつ大きな例を挙げておくと、ヤン一党から見た『銀英伝』は、そのまま『岳飛伝《がくひでん》』（宋《そう》代の史実をもとにした物語）の構図に重なる。岳飛というのは、中国でもっとも人気のあるヒーローだ。

宋の名将・岳飛は信頼すべき仲間たち（岳家軍）を率いて、強大かつ尊敬すべき敵（金軍）と戦うが、奸臣たちの妨害にあって、悲劇的な最期をとげる。しかし……、というのが、『岳飛伝』の骨子である。一度など、敵の本拠を落とす寸前まで攻めこみながら、敵と結んだ朝廷の命令により、攻撃停止を余儀なくされてしまう。

作者自身による編訳（『岳飛伝』全五巻　講談社文庫）で詳しい内容を確認すれば、岳飛とヤンの似ているところ、違うところがわかるだろう（個人的には、矛盾を内包するヤンの方が、より魅力的であると思う）。

このように、歴史や先行作品をモデルやモチーフとする手法は、作者の歴史観や創作論を反映している。

「人間は変わらないので、歴史はくりかえす」「物語のパターンというのは、昔から決まっている」そういった発言を、作者はインタビューや講演でくりかえしてきたが、最近では次のようなセリフがある。

「ゼロから新しい作品は生まれないんです。必ず何か他の作品からインスパイアされてる」「簡単に『同工異曲《どうこういきょく》』なんていうけど、実は『異曲』の部分が読ませどころなんです」（いず

れも「とっぴんぱらりのぷぅ　田中芳樹のブックガイド」理論社ウェブサイト連載より）

物語も歴史と同様に、過去の蓄積のうえに存在する。作家のオリジナリティというのは、素材をどう料理するかに表れる。歴史を知り、古典を知って、敬意をもってそれに向き合わねばならない。

作者は、「自分が『架空歴史小説』を書きたかったのだとわかったのは、『銀英伝』を書きはじめてから」（トクマ・ノベルズ版『銀英伝10』あとがき）と述べているが、このような創作論についても同様なのではなかろうか。

もちろん、作家それぞれの創作論は、キャリアを積んでいくうちに醸成されていくものである。だが、古今東西の名作や世界史上の事件を下敷きにした『アルスラーン戦記』（光文社カッパ・ノベルス）や『創竜伝』（講談社文庫）のスタートが後半に重なっていることを考えると、作者の創作論は『銀英伝』の執筆とともに確立され、その成功によって裏付けされたといえるだろう。

近年、作者は歴史小説や児童文学へも活躍の場を広げ、作家としての名声を不動のものとしているが、ベースは『銀英伝』にある。その意味でも、『銀英伝』は、本邦のエンターテインメント小説史上に残る記念碑的作品といえるのである。

本書は一九八六年にトクマ・ノベルズより刊行された。九八年には『銀河英雄伝説外伝2　ユリアンのイゼルローン日記』と合冊のうえ四六判の愛蔵版として刊行。八八年、徳間文庫に収録。二〇〇二年、徳間デュアル文庫に『銀河英雄伝説外伝 VOL.2, 3［星を砕く者上・下］』と分冊して収録された。創元SF文庫版では徳間デュアル文庫版を底本とした。

著者紹介　1952年，熊本県生まれ。学習院大学大学院修了。78年「緑の草原に……」で幻影城新人賞受賞。88年《銀河英雄伝説》で第19回星雲賞を受賞。《創竜伝》《アルスラーン戦記》《薬師寺涼子の怪奇事件簿》シリーズの他，『マヴァール年代記』『ラインの虜囚』『月蝕島の魔物』など著作多数。

検印
廃止

銀河英雄伝説外伝１
星を砕く者

2008年10月31日　初版
2023年2月3日　14版

著者　田《た》中《なか》芳《よし》樹《き》

発行所（株）東京創元社
代表者　渋谷健太郎

162-0814/東京都新宿区新小川町1-5
電話　03・3268・8231-営業部
03・3268・8204-編集部
URL　http://www.tsogen.co.jp
振替　00160-9-1565
DTP　フォレスト
暁印刷・本間製本

乱丁・落丁本は，ご面倒ですが小社までご送付ください。送料小社負担にてお取替えいたします。

ISBN 978-4-488-72511-2　C0193

2年連続ヒューゴー賞&ローカス賞受賞作

THE MURDERBOT DIARIES◆Martha Wells

マーダーボット・ダイアリー

上 下

マーサ・ウェルズ◎**中原尚哉 訳**

カバーイラスト=安倍吉俊　創元SF文庫

◆

かつて重大事件を起こしたがその記憶を消された
人型警備ユニットの“弊機”は
密かに自らをハックして自由になったが、
連続ドラマの視聴を趣味としつつ、
保険会社の所有物として任務を続けている。
ある惑星調査隊の警備任務に派遣された“弊機”は
プログラムと契約に従い依頼主を守ろうとするが。
ヒューゴー賞・ネビュラ賞・ローカス賞３冠
&２年連続ヒューゴー賞・ローカス賞受賞作！

映画『何かが道をやってくる』(1983年)原作

SOMETHING WICKED THIS WAY COMES◆Ray Bradbury

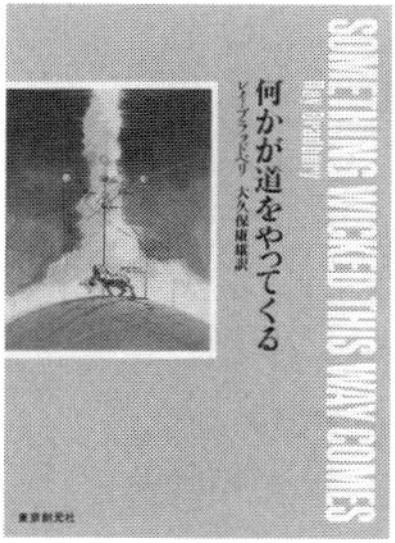

何かが道をやってくる【新版】

レイ・ブラッドベリ
大久保康雄 訳　カバーイラスト＝朝真星
創元SF文庫

◆

石田衣良氏推薦――「サーカスの魔術的な魅力、
ふたりの少年の友情、父と子の物語。
この本には、ぼくの好きなブラッドベリが、
いっぱいに詰まっています。」

ある年の万聖節前夜。
ジムとウィル、13歳の二人の少年は、
一夜のうちに永久に子供ではなくなった――
魔女や恐竜の徘徊する悪夢のような世界が展開する、
SF界の抒情詩人が世に問う絶妙なリズム。
ポオの衣鉢をつぐ一大ファンタジー。

第1位「SFが読みたい!」ベストSF1999/海外篇

QUARANTINE◆Greg Egan

宇宙消失

グレッグ・イーガン
山岸 真 訳

カバーイラスト=岩郷重力+WONDER WORKZ。
創元SF文庫

◆

ある日、地球の夜空から一夜にして星々が消えた。
正体不明の暗黒の球体が太陽系を包み込んだのだ。
世界を恐慌が襲い、
球体についてさまざまな仮説が乱れ飛ぶが、
決着を見ないまま33年が過ぎた……。
元警官ニックは、
病院から消えた女性の捜索依頼を受ける。
だがそれが、
人類を震撼させる真実につながろうとは!
ナノテクと量子論が織りなす、戦慄のハードSF。
著者の記念すべきデビュー長編。

現代最高峰の知的興奮に満ちたハードSF

THE ISLAND AND OTHER STORIES◆Peter Watts

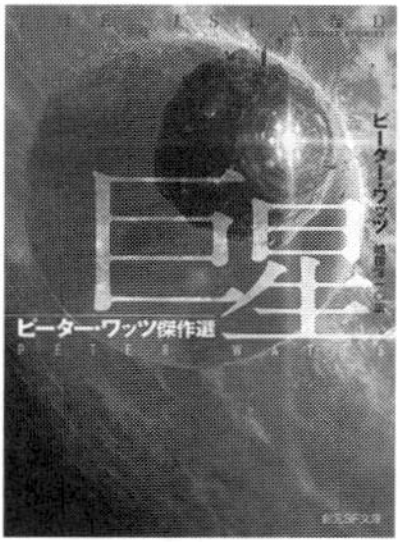

巨星

ピーター・ワッツ傑作選

ピーター・ワッツ

嶋田洋一 訳　カバーイラスト＝緒賀岳志

創元SF文庫

◆

地球出発から10億年以上、
直径２億kmの巨大宇宙生命体との邂逅を描く
ヒューゴー賞受賞作「島」、
かの名作映画を驚愕の一人称で語り直す
シャーリイ・ジャクスン賞受賞作
「遊星からの物体Xの回想」、
実験的意識を与えられた軍用ドローンの
進化の極限をＡＩの視点から描く「天使」
――星雲賞受賞作家の真髄を存分に示す
傑作ハードＳＦ11編を厳選した、
日本オリジナル短編集。

第2位『SFが読みたい! 2001年版』ベストSF2000海外篇

WHO GOES THERE? and Other Stories

影が行く

ホラーSF傑作選

フィリップ・K・ディック、
ディーン・R・クーンツ 他
中村 融 編訳

カバーイラスト＝鈴木康士　創元SF文庫

◆

未知に直面したとき、好奇心と同時に
人間の心に呼びさまされるもの――
それが恐怖である。
その根源に迫る古今の名作ホラーＳＦを
日本オリジナル編集で贈る。
閉ざされた南極基地を襲う影、
地球に帰還した探検隊を待つ戦慄、
過去の記憶をなくして破壊を繰り返す若者たち、
19世紀英国の片田舎に飛来した宇宙怪物など、
映画『遊星からの物体Ｘ』原作である表題作を含む13編。
編訳者あとがき＝中村融